Helen Paris

Call on You – Katie & Leon

Weitere Titel der Autorin

Lynnwood Falls – Sommer der Liebe
Lynnwood Falls – Und dann kamst du
Lynnwood Falls – Mein Weg zu dir

On a cosy Winter Night

Über die Autorin

Helen Paris liebt das Abtauchen in fremde Welten, ob virtuell in Geschichten oder auf ihren Reisen rund um den Globus. Seit knapp zwanzig Jahren lebt sie mit ihrem Mann zeitweise auf ihrem Segelkatamaran und ist auf allen Weltmeeren unterwegs. Eine halbjährige Reise quer durch Nordamerika mit Schiff und Wohnmobil hat ihre Liebe zu diesem vielseitigen Kontinent geweckt.

Helen Paris

CALL ON You

KATIE & LEON

be HEARTBEAT

Dieser Titel ist auch als E-Book erschienen

MIX
Papier | Fördert gute Waldnutzung
FSC® C014496

Vollständige Taschenbuchausgabe
der bei Bastei Lübbe erschienenen E-Book-Ausgabe

Einband-/Umschlagmotive: © opolja / iStock / Getty Images Plus; Juksy / iStock / Getty Images Plus
Umschlaggestaltung: Guter Punkt, München
Satz: 3w+p GmbH, Rimpar (www.3wplusp.de)
Gesetzt aus der Palatino
Druck und Verarbeitung: GGP Media GmbH, Pößneck
Printed in Germany

ISBN 978-3-404-18897-0

5 4 3 2 1

Sie finden uns im Internet unter luebbe.de
Bitte beachten Sie auch: lesejury.de

1

Katie

Die Flasche eierte im Kreis, als hätte ihr Inhalt sie beschwipst gemacht, bevor sie vor ihrer Freundin Janet verlangsamte und schließlich direkt vor ihren eigenen verschränkten Füßen haltmachte.

Katie unterdrückte ein Seufzen.

Sie liebte die Feiern mit ihrer Clique bei den Carlyles – ihrer Freundin Erin und deren Ehemann Rob –, bei denen es immer lustig zuging. Auch dieses Spiel brachte viel Gelächter mit sich, aber es gab die eine oder den anderen in dieser bunt gemischten Runde, der den Bogen mit den Fragen oder Aufgaben manchmal überspannte.

Johns Grinsen wirkte verschlagen. »Wahrheit oder Pflicht?«

Katie nippte zögernd an ihrem Strawberry Punch und ließ die Blicke durch das geräumige, in Anthrazit und Weiß modern eingerichtete Wohnzimmer schweifen, das für Erins Geburtstagsparty mit bunten Girlanden und Lampions dekoriert war.

John fielen immer unangenehme Aufgaben ein – letztes Mal hatte Katie ihre Brüste vor der offenen Fensterfront, die zur Straße ausgerichtet war, entblößen sollen. Und ausgerechnet dann war ein Cabrio voller Studenten des nahegelegenen South California Colleges in Partystimmung in dem sonst eher ruhigen Wohnviertel vorbeigedüst, die natürlich dementsprechend gehupt hatten.

So sagte sie besser: »Wahrheit.«

Johns grinste noch breiter. »Wie lange hattest du keinen Sex mehr?«

Es war ja klar gewesen, dass »der schöne John«, wie sie ihn nannten, sich etwas Anzügliches aussuchte. Er sah mit den sorgfältig frisierten braunen Haaren und stahlblauen Augen aus wie ein Calvin-Klein-Unterwäsche-Model und hatte nur Sex im Sinn.

Acht neugierige Augenpaare ruhten auf ihr.

Obwohl ihr nichts peinlich sein musste, spürte Katie, wie ihr die Hitze in die Wangen stieg, als sie zurückrechnete. Sie musste ein Weilchen überlegen – ihr letztes Mal lag doch schon länger zurück, als es ihr immer vorgekommen war. Für einen Augenblick erwog sie zu lügen, doch ihr Ehrgefühl ließ es nicht zu, und mit ziemlicher Sicherheit wussten die anderen, dass sie schon länger allein und nicht der Typ für kurze Vergnügen war.

»Knapp zwanzig Monate«, murmelte sie und ließ die gut schulterlangen braunen Haare wie einen Vorhang vors Gesicht fallen. Lieber Himmel, wo war die Zeit geblieben?

»Fast zwei Jahre?« Shirleys Entsetzen und die schrill hervorgestoßenen Worte konnte man als taktlos bezeichnen. »O mein Gott, ich wäre gestorben!«

Janet kam Katie zu Hilfe: »Das glaube ich dir gleich. Du hüpfst ja von einem Bett zum nächsten."

Katie warf ihrer Freundin ein dankbares Lächeln zu, während Shirley den Kopf in den Nacken warf, sodass ihre blonde Mähne nur so flog, und kokett lachte, ohne auf die Spitze einzugehen. Sie klimperte mit den künstlich verlängerten Wimpern. Es sah aus, als wäre sie stolz darauf, so begehrt zu sein.

Bevor noch jemand auf ihrem nichtexistenten Liebesleben herumritt, ergriff Katie schnell die Flasche und drehte sie.

Sie kam vor Erin zum Halt.

»Wahrheit oder Pflicht?«

Erin lächelte ihr zu. »Ich nehme auch Wahrheit.«

Katie musterte ihre Freundin, deren Wangen – vielleicht von der Aufregung um ihre Partygäste oder auch von dem Strawberry Punch – gerötet waren, was die Sommersprossen hervorhob und sich farblich etwas mit den kinnlangen rotblonden Haaren biss, ohne der sympathischen Ausstrahlung zu schaden.

»Welcher geheime Geburtstagswunsch wurde dir nicht erfüllt?«, fragte Katie, ebenfalls lächelnd, mit einem Seitenblick zu Erins Ehemann.

Rob, der sich selbst als Vin-Diesel-Double bezeichnete, seit er seine schon früh schütter gewordenen blonden Haare komplett rasierte – was ihm ausnehmend gut stand –, war zwar großartig, er besaß viel Herz und Humor und war nahezu der perfekte Ehemann, doch mit der Wahl von Geschenken hatte er es nicht so. Auch nicht nach den sieben Jahren, in denen die beiden zusammen waren.

Meist erhielt Erin einen Gutschein eines Versandhandels, mit dem sie sich etwas Nettes kaufen sollte. Wie auch in diesem Jahr, zu ihrem zweiunddreißigsten Geburtstag. Vielleicht bekam er so eine Anregung, welchen Wunsch er seiner Frau erfüllen konnte.

Zu Katies Überraschung verdunkelten sich die Gesichtszüge ihrer Freundin, und sie ergriff mit einem lauten Seufzer Robs Hand. »Unser beider sehnlichster Wunsch hat sich immer noch nicht erfüllt.«

»Oh, Honey«, sagte Katie bestürzt. »Warst du denn noch mal bei einer Untersuchung?«

»Anscheinend ist alles okay. Mit uns beiden.« Erin schluckte hörbar und spielte mit einer rotblonden Strähne.

»Ihr probiert es doch erst ein dreiviertel Jahr. Du hast vorher fast sechzehn Jahre die Pille genommen, das kann so lange dauern, ohne dass etwas nicht in Ordnung sein muss. Versuch nur, dich nicht hineinzusteigern. Ihr werdet euer Baby bald bekommen.«

Erin sah Katie an und seufzte. »Dein Wort in Gottes Ohr, Frau Doktor Bennett.«

»Wenn du möchtest, kontaktiere ich einen Kollegen, den du für eine Alternativmeinung konsultieren kannst.« Sie selbst war als pädiatrische Onkologin keine Fachfrau, aber sie hatte einen Lehrgang zur Operation von Tumoren am Fötus belegt und dabei einige Gynäkologen kennengelernt.

»Danke dir, vielleicht komme ich darauf zurück.« Erin griff zur Flasche.

Als sie Colins Lebenspartner Herb in der folgenden Runde auf einem Bein durch den Raum hüpfen ließ – was trotz seines sehnigen Körpers nicht wirklich elegant wirkte –, wich die Trübsal schnell der Heiterkeit.

Je später der Abend, desto ausgelassener wurde die Stimmung.

So langsam schaffte es auch Katie, sich von ihrer Arbeit, die sie momentan geradezu auffraß, zu lösen, und ertappte sich selbst häufig beim Lachen. Die Albernheiten taten ihr gut.

Es gab noch die ein oder andere sexuelle Anspielung, auch auf ihr mangelndes Liebesleben, aber ebenso viele urkomische Aufgaben. Katie versuchte sich an einem Rad, was sie früher ganz gut beherrscht hatte. Doch sie musste anhand der schrägen Figur, die sie wohl dabei abgab, wenn sie den gutmütigen Spötteleien ihrer Freunde Glauben schenken durfte, selbst lachen.

Rob sollte kurz darauf schätzen, wer den größten Brustumfang hatte. Katie lehnte sich entspannt zurück. Sie war zwar nicht schlecht gebaut, aber Shirley hatte mit ihren künstlichen Brüsten wesentlich mehr zu bieten. Stolz reckte diese das Silikon in Körbchengröße Doppel-D nach vorn, über dem das pinkfarbene Top spannte. Doch unter ausgelassenem Gelächter stellte sich beim Messen heraus, dass der große, breitschultrige Colin vier Zentimeter mehr zu bieten hatte.

»Ha! Mein Schatz«, rief sein Freund Herb mit stolzgeschwellter Brust.

Die Reihe kam wieder an Shirley, die einen aufreizenden Poledance an der verchromten Stehlampe hinlegte. Sie nahm die Flasche in die Hand und drehte. Als der Flaschenhals vor Katie anhielt, trat ein Funkeln in Shirleys Augen, das man beinahe als gehässig bezeichnen konnte.

Ein Unwohlsein überkam Katie, und sie hätte am liebsten der Flasche noch einen Schubs gegeben, damit sie sich weiterdrehte.

»Wahrheit oder Pflicht?«

Sie zögerte. Shirley würde bei »Wahrheit« bestimmt wieder auf ihrem Liebesleben herumreiten. Was konnte sie ihr schon für eine unangenehme Aufgabe geben? Shirley würde bestimmt nicht erwarten, dass sie sich entblößte, das würde die Blicke der Jungs auf sie richten, und die Aufmerksamkeit behielt die aufgetakelte Shirley gern bei sich selbst. So entschied sich Katie für Pflicht.

Shirleys Wangen waren gerötet, ihre Stimme klang noch schriller als sonst. Sie hatte Erins Strawberry Punch sowie diversen anderen Spirituosen schon gut zugesprochen. »Dann verpflichtest du dich, vor Ablauf der zwei Jahre Enthaltsamkeit Sex zu haben.« Ihr Kichern klang wie das Kreischen einer Säge.

So viele Bemerkungen lagen Katie gleichzeitig auf der Zunge. Was Shirley eigentlich ihr Liebesleben anging? Dass sie nicht auf One-Night-Stands stand. Aber das hätte vermutlich prüde geklungen. Dass ihr Beruf sie so in Anspruch nahm, dass ihr keine Zeit blieb, Bekanntschaften zu schließen. Shirley hatte als Bürogehilfin mit geregelten Arbeitszeiten in dem Nine-to-five-Job vermutlich wesentlich mehr Freizeit.

Bevor sie einen Gedanken ausformuliert hatte, kamen die anderen ihr schon zu Hilfe.

»Du musst eine Pflicht benennen, die sofort erledigt werden kann«, sagte die stets vernünftige Janet. In ihren jadegrünen Augen funkelte Wut.

»Du kannst Katie doch nicht zum Sex zwingen«, echauffierte sich Erin, die Empörung stand in ihrer Miene.

»Du spinnst«, kommentierte Rob trocken.

Und von John kam natürlich: »Ich würde dir dafür zur Verfügung stehen.« Er wackelte anzüglich mit den Augenbrauen.

»Danke, das ist lieb von dir, aber ich möchte unsere *Freundschaft* doch durch *so etwas* nicht kaputtmachen«, säuselte Katie.

Sie war sich immer noch nicht sicher, wie sie auf die Pflicht reagieren sollte.

»Wenn du natürlich denkst, dass du es nicht schaffst …« Shirleys herausfordernder Blick traf sie.

»Was heißt hier ›nicht schaffen‹?« Katie konnte die Empörung nicht unterdrücken. Sie erhielt genügend Angebote, daran lag es nicht.

»Das heißt, du nimmst die Pflicht an?«, hakte Shirley mit hämischen Grinsen nach.

»Wie willst du es denn nachprüfen, ob ich die Aufgabe erfülle? Möchtest du danebenliegen? Soll ich ein Video posten?« Katie schürzte die Lippen.

»Wir vertrauen auf dein Wort.« Shirley reckte das Kinn.

»Du hast sie doch nicht mehr alle!« Janet schüttelte den Kopf.

Shirley schnaubte verächtlich. »Es ist doch widernatürlich, dass jemand im besten Alter Anfang dreißig so lange seine Bedürfnisse ignoriert. Ich meine es nur gut mit ihr, offenbar braucht sie mal einen Anstoß. Vielleicht solltest du dich ein bisschen herrichten, mehr schminken und herausputzen«, setzte sie unverschämterweise hinzu.

Mehr schminken? Damit sie aussah wie ein Paradiesvogel wie Shirley? Mit ihrem leuchtend blauen Lidschatten, dem pinkfarbenen Top und der knappen weißen Jeanshotpants, unter der sich jede Linie abzeichnete. Da fühlte sich Katie in ihren bequemen Stretch-Jeans und dem schlichten T-Shirt und nur mit Eyeliner und Wimperntusche wesentlich wohler.

»Wie nett, dass du dich so um mich sorgst.«

Der Sarkasmus prallte an Shirley ab – oder sie verstand ihn nicht. Sie lächelte geschmeichelt.

»Komm, jetzt stell ihr schon eine neue Aufgabe, und dann machen wir weiter«, drängte Colin sichtlich ungehalten.

»Dann mach halt einen Kopfstand!« Shirleys Tonfall hätte abfälliger nicht sein können.

Katie wusste selbst nicht, was sie ritt, als sie sich sagen hörte: »Nein, ich nehme die Herausforderung an.« Vermutlich sprach der Strawberry Punch aus ihr, von dem sie selbst einigen intus hatte. Am liebsten hätte sie sich auf die Zunge gebissen. Doch jetzt war es raus. Zu spät.

Ein Raunen ging durchs Zimmer.

»Jawohl, das ist meine Katie.« John suchte ihren Blick.

Und selbst Rob sagte: »Sie kehrt wieder ins Leben zurück«, was ihm einen empörten Stoß in die Rippen von seiner Frau einbrachte.

Janet drückte nur stumm ihre Hand.

»Du hast Zeit bis zu Robs Geburtstag im Juni, dann wollen wir einen Bericht«, forderte Shirley, und Katie ergriff lustlos die Flasche.

Zum Glück löste sich die Gesellschaft schon bald darauf auf.

Vielsagend klimperte Shirley beim Abschied mit den Wimpern. »Bis bald! Viel Erfolg.« Eine Wolke süßen Parfüms hüllte Katie ein, als Shirley sie umarmte.

Katie erwiderte die Umarmung nicht, ließ sie nur stumm über sich ergehen. Zu so viel Falschheit war sie nicht in der Lage.

John wiederholte sein ach so uneigennütziges Angebot, ihr

für eventuelle sexuelle Dienste zur Verfügung zu stehen, und seinen intensiven Abschiedskuss konnte man nicht mehr als rein freundschaftlich bezeichnen, doch Katie nahm es mit Humor.

Sie und Janet blieben noch, um ihrer Freundin beim Aufräumen zu helfen. Während Rob die leeren Bier-, Sekt- und Weinflaschen in die Garage schaffte, räumten die drei Frauen das Geschirr in Erins modern eingerichtete schwarz-weiße Küche.

»Diese intrigante Giftspritze von Shirley!« Janet strich sich die langen glatten schwarzen Haare aus dem Gesicht. »Ich verstehe nicht, dass du die jedes Mal einlädst.« Ihr anklagender Blick traf Erin.

»Unsere Mütter waren Freundinnen, und sie gehört von jeher irgendwie dazu«, verteidigte sich Erin. »Sie hat es sicherlich nicht böse gemeint. Auch wenn ich die Aufgabe auch doof finde«, setzte sie wenig überzeugend hinzu.

Katie verzog die Augen zu Schlitzen. »Aber du bist ihrer Meinung, dass ich mal wieder Sex haben sollte?«

Sichtlich verlegen biss sich Erin auf die Lippen. »Ich kann mir ehrlich gesagt auch nicht vorstellen, so lange keinen zu haben. Rob und ich sind nun ewig zusammen, der regelmäßige Sex gehört für mich zu meinem Leben. Und momentan, wo wir uns auf unser Baby konzentrieren, da ist es noch mehr geworden. Ich denke …«, sie schluckte, »ein bisschen Abschalten würde dir tatsächlich nicht schaden. Und Sex entspannt unglaublich.«

Katie wandte sich an Janet: »Und was sagst du dazu?«

»Nun, Sweetheart, wir wollten immer ehrlich zueinander sein. Ich habe mich auch schon gelegentlich gefragt, ob dir nichts fehlt.«

»Ich habe einfach keine Zeit für eine Beziehung. Kein Mann will diese unregelmäßigen Dienste mitmachen, bei denen man sich kaum sieht. Außerdem – wie sollte ich damit jemanden kennenlernen?«

»Was ist mit einer Datingplattform?«, fragte Janet.

Katie rollte genervt die Augen. »Komm, das hatte ich doch schon mal. Mir fehlt die Zeit, mich durch die zahllosen Angebote zu wühlen. Und die Lust, die Fehlschläge in Kauf zu nehmen.«

»Und wie wäre es, wenn du es noch mal mit einem Kollegen probierst?«, schlug Erin vor, während sie die Teller, die Katie mit den gebrauchten Servietten vorreinigte, in die Spülmaschine räumte. »Es muss doch nicht immer schiefgehen.«

»Damit die Dienste wieder zu verschiedenen Zeiten sind und wir uns nicht sehen? Oder damit ich mir wieder anhören muss, dass *seine* Arbeit doch die wichtigere ist, weil er ein Mann ist und von Geschlechtes wegen in der Chefarzthierarchie ja mal schneller aufsteigen wird? Du kennst das Fiasko vom letzten Mal.«

Ihr Ex-Freund war ein Kollege gewesen. Auch noch einer von der Sorte, die sich und ihre eigene Arbeit in den Vordergrund stellten und von allen anderen erwarteten, sich ihnen unterzuordnen. Davon hatte sie wahrlich genug. Sie musste ihr Licht nicht unter den Scheffel stellen mit ihrer Arbeit in der Forschung und im OP, mit der sie sich einen Namen in der Fachwelt gemacht hatte.

»Und was ist mit *nur* Sex?« Janets Blick ruhte fragend auf ihr, ohne dass sie das hämische oder herausfordernde Gebaren von Shirley zeigte.

»Puh! Gegen Sex hätte ich bestimmt nichts einzuwenden«, räumte Katie ein. »Ich bin keine Nonne. Aber ich fürchte, ich bin einfach nicht der Typ, der sich irgendwo einen One-Night-Stand aufreißt. Allein gehe ich nicht aus. Wenn ich etwas unternehme, dann mit euch oder mit Kollegen. Und in Gruppen lernt man eher selten jemanden kennen.«

»Aber was ist mit deinen Bedürfnissen? Du kannst sie

doch nicht rausschwitzen«, sagte Erin albern und schaltete das Spülprogramm ein. »Sollen wir mal zusammen auf Aufreißer-Tour gehen? Oder mal für ein Wochenende nach Beverly Hills oder rüber nach Vegas fahren? Das sind nur ein paar Autostunden.«

»Im Ernst?« Katie lachte. »Was würde Rob dazu sagen?« Sie wandte sich an Janet. »Oder dein Scott?«

Janets Augen verdunkelten sich. »Scott wäre das ziemlich gleichgültig.« Scheinbar konzentriert polierte sie die eh schon blanke Arbeitsplatte mit dem Geschirrtuch.

»Wie meinst du das?«, hakte Erin nach.

Janet dreht sich um. »Kommt, Mädels, ich habt doch schon mitbekommen, dass es zwischen Scott und mir nicht zum Besten steht.«

Katie nickte zögernd. »Ich hatte mich schon gewundert, dass er heute nicht mitkam und bei den Kindern bleibt, anstatt dass ihr sie bei dem Kindermädchen lasst. Eure Kids sind nicht mehr ganz so klein. Und sparen müsst ihr ja gewiss nicht. Ich wollte dich nur nicht drängen, solange du es nicht selbst ansprichst. Und du sahst irgendwie so zufrieden aus, da war ich mir nicht sicher.« In Gedanken machte sie sich eine Notiz, dass sie sich öfter treffen mussten. Es vergingen oft Wochen, in denen sie sich nicht sahen, weil jede von ihnen in ihrem Leben so eingespannt war.

»Den endgültigen Schritt haben wir noch nicht gemacht, aber wir leben momentan jeder unser Leben. Scott hat ein Appartement in der Stadt gekauft und vögelt ganz klassisch seine Sekretärin, die übrigens ebenfalls verheiratet ist, deshalb hat er mich vermutlich noch nicht verlassen …« Sie verstummte. Ihre maskenhaften Züge verrieten nichts von ihrem Innenleben.

»Und wie kommst du damit klar?«, erkundigte sich Katie besorgt.

Janet kratzte mit dem Fingernagel vermeintlichen Schmutz

von der schwarzen Arbeitsplatte. »Ich schaffe es einfach nicht, ihn zu verlassen. Ich bin mir nicht mal sicher, ob *er* mir fehlen würde oder ob es wegen der Kinder ist, die hin- und hergereicht werden würden.«

Katie legte den Arm um sie. »Oh, du Ärmste. Wenn du reden willst, wir sind immer für dich da.«

Janet schüttelte den Kopf. »Es ist nicht so schlimm. Ich leide nicht. Nicht mehr. Natürlich war mein Stolz verletzt, aber ... Die Luft war nach der Geburt der Kleinen irgendwie raus. Bei uns im Schlafzimmer passierte nichts mehr. Scott hat nur für den Aufbau seiner Firma gelebt und ich für die Kinder. Doch jetzt gehen wir wieder höflich und respektvoll miteinander um. Seit ich ebenfalls meine Bedürfnisse stille. Was mir übrigens vermutlich das befriedigte Aussehen gibt, das du bemerkt hast.«

»Du hast eine Affäre?«, fragte Erin verblüfft.

»So was in der Art. Das Komische ist, dass Scott und ich uns seitdem fast besser verstehen. Irgendwie ist sein Respekt vor mir gewachsen, seit ich mich selbst mehr respektiere.«

»Oh, Liebes ...«, warf Katie mitleidig ein, doch Janet redete schon weiter – Mitleid hatte sie noch nie gemocht.

»Ich habe gelernt, meine Bedürfnisse auszudrücken. Das tut auch der Beziehung mit Scott gut.«

»Erzähl!«, drängte Erin.

»Ich ...« Janet zögerte, dann gab sie sich sichtlich einen Ruck. »Ich gönne mir gelegentlich einen Mann für gewisse Stunden.« Auf die fassungslosen Blicke hin fügte sie erklärend hinzu: »Einen Callboy.«

Katie wäre beinahe das unbenutzte Glas aus der Hand gefallen, das sie gerade in den Schrank hatte räumen wollen.

»Waaas?«, riefen sie und Erin wie aus einem Munde.

Janet errötete. »Nun ja, ich wollte es nicht an die große Glocke hängen. Aber ...«, ein schwärmerischer Ausdruck trat auf ihr Gesicht, »es ist einfach toll! Der Sex ist bombastisch, ich werde nach Strich und Faden verwöhnt, meinem Ego wird geschmeichelt, ich fühle mich endlich wieder richtig als Frau, und ich brauche mir keine Gedanken um Gefühlschaos zu machen. Falls Scott und ich je wieder zusammenkommen, gibt es einen glatten Schnitt. Aber offen gestanden bin ich mit dem aktuellen Zustand äußerst zufrieden.« Sie legte eine bedeutungsvolle Pause ein. »Oder soll ich befriedigt sagen?«

»Ist es immer derselbe Typ?«, wollte Erin wissen, nachdem ihr aller Lachen abgeebbt war.

»Ja, ich habe inzwischen einen festen Typen, davor hatte ich einen anderen getestet. Aber viele wechseln auch konstant. Ich habe auch schon überlegt, ob ich mal irgendwann wieder einen anderen probiere; die Agentur, über die ich buche, hat einige heiße Typen im Angebot. Aber es macht mit Jamie gerade so viel Spaß.«

»Und wie ist er?« Katies Neugierde wuchs.

»Er ist dreiundzwanzig. Groß, etwas längere blonde Haare, Wahnsinnskörper. Knackarsch. Könnte einer der Hemsworth-Brüder sein. Trägt mich auf Händen und liest mir jeden Wunsch von den Augen ab. Im Bett eine Rakete. Eine Ausdauer wie das Duracell-Häschen.«

Erin prustete los, und Katie und Janet stimmten in das Gelächter ein.

Es dauerte eine ganze Weile, bis sie sich beruhigten.

»Stört es dich nicht, dass er mit vielen schläft?«, fragte Erin.

Janet zuckte mit den Schultern. »Warum sollte es das? Ich will ja keine Beziehung mit ihm anfangen. Er gibt mir das Gefühl, absolut begehrenswert zu sein, stärkt meine Empfindungen und mein Selbstbewusstsein, das reicht. Und er ist total diskret, ich weiß nichts von anderen Frauen. Aber so viele sind es auch nicht, da geht's ja nicht um Masse, sondern um Qualität. Und die hat ihren Preis.«

»Und wann seht ihr euch?«, fragte Erin gespannt.

»Es kommt darauf an. Manchmal bringe ich die Kids in den Kindergarten und treffe mich danach direkt mit ihm. Das hat für mich so etwas Verruchtes. Vom Hausmütterchen zum Vamp. Davor habe ich mich oft so wertlos gefühlt, sobald die Kinder weg waren. Meine Arbeit als Anwältin fehlt mir, aber solange meine beiden so klein sind …« Sie seufzte. »Im Haus gibt es kaum etwas zu tun – das erledigen die Angestellten. Gelegentlich ein paar Muffins für irgendwelche Kindergartenevents backen, damit ich sagen kann, sie wären selbst gemacht, ist nicht wirklich Beschäftigung. Und ich liebe es, wenn ich zurückkomme und auf meine spießigen Nachbarinnen in ihren schicken Villen gucke.« Sie lachte. »Die würden in Ohnmacht fallen, wenn die wüssten, wo ich herkomme. Ja, manchmal, wenn die Kinder bei Scotts Eltern sind, gönne ich mir auch eine ganze Nacht.«

Katie konnte sich die Neugierde nicht verkneifen: »Ist das nicht teuer?«

»Er ist seinen Preis definitiv wert. Für die rund zwei Stunden kannst du mit der Summe für einen exquisiten Wellness-Tag rechnen.« Sie grinste. »Aber es ist ja auch Wellness pur. Wenn du eine ganze Nacht oder ein Wochenende willst, gibt es nach oben keine Grenzen. Aber schließlich hat ein Skiwochenende in Aspen ebenso seinen Preis, und das hast du dir auch schon gegönnt.«

Zu gern hätte Katie weitergefragt, doch Erin schaltete sich wieder ein. »Und Scott bekommt nichts davon mit?«

»Natürlich, er weiß es. Zumindest weiß er, dass ich mit jemand anderem schlafe – von dem Callboy ahnt er nichts. Er soll ruhig denken, es wäre eine Affäre. Schließlich kann er ja nichts dagegen sagen.«

»Nicht schlecht.« Erin staunte.

Doch anscheinend musste auch Katie die Neugierde ins Gesicht geschrieben stehen, denn Janet wandte sich wieder an sie. »Wenn es dich interessiert, kann ich dir gern mal den

Kontakt vermitteln. Das wäre doch ideal für dich. Keine Verpflichtungen; Sex, wenn es in deinen Terminkalender passt. Und die Garantie, dass du nicht an einen Stümper gerätst, der nur an sein eigenes Vergnügen denkt, nach zwei Minuten fertig ist und du genauso unbefriedigt zurückbleibst wie vorher. Leisten kannst du dir es.«

Katie lachte verlegen auf. »Danke, Honey, ich teile ja gern fast alles mit dir, aber ich denke, den Liebhaber dann doch nicht.«

»Natürlich nicht meinen«, gab Janet ebenfalls lachend zurück. »Die Agentur hat viele süße Typen am Start. Überleg's dir!« Man merkte ihr an, dass sie so langsam Feuer und Flamme für die Idee war. »Wenn du deine Aufgabe tatsächlich erfüllen willst, lade ich dich ein. Auf meine Kosten. Keine Verpflichtungen für dich. Wenn du dich mit ihm triffst, und es zündet nicht bei dir, dann geht ihr wieder unverrichteter Dinge auseinander. Und wenn du Lust hast, dann verbringt ihr eine unverbindliche Nacht zusammen.«

»Herrje, ich sollte von dem Vorschlag viel geschockter sein.« Katie lachte. »Ich bin schon so betrunken, dass ich es gerade tatsächlich in Erwägung ziehe.«

»Schlaf darüber, und denk nüchtern nach. Lasst uns nächste Woche mal zu einem Kaffee treffen, und dann besprechen wir es.«

Katie nickte nur.

Auf der Heimfahrt im Taxi ging ihr das Gespräch nicht aus dem Kopf. Welch ein Wahnsinn! Sie und ein Callboy! Wenn das die Kollegen wüssten … Und dennoch trafen Janets begeisterte Schilderungen einen Nerv in ihr. Sie lösten Gefühle aus, die sie zu lange unterdrückt hatte.

Unwillkürlich schweifte ihr Blick zum Taxifahrer, der sich auf den am Wochenende um die mitternächtliche Zeit immer noch dichten Verkehr konzentrierte. Das Verkehrsaufkommen war natürlich kein Vergleich zu dem im südlich gelegenen Malibu, wo das Leben tobte. Hier ging es eher gemächlich zu.

Sie versuchte ihre Aufmerksamkeit ebenfalls auf ihre Umgebung zu lenken. Sie liebte ihre Heimat im südlichen Kalifornien mit den vielseitigen Attraktionen. Jede hatte seine eigene Faszination und unterschied sich vollkommen von den anderen.

Die unendlichen Strände und Steilküsten am Pazifik mit den Seehund- und Seeelefantenkolonien, dazu die vorgelagerten kalifornischen Kanalinseln. Der Sequoia-Nationalpark mit seinem üppigen Grün, den beeindruckenden Riesenmammutbäumen und Bären, während im Südosten, eine Autofahrt von nur wenigen Stunden entfernt, der Josuha-Tree-Nationalpark mit kargen Wüstenlandschaften, überzogen von bizarren Bäumen und schroffen Gesteinsformationen, eine ganz eigenen Faszination ausübte.

Es gab die schneebedeckten Gipfel der felsigen Sierra Nevada und unweit davon das Death Valley, die endlose Wüste, die als einer der heißesten Punkte der Erde galt. Und wen es nach Großstadtleben dürstete, der hatte es nicht weit nach Los Angeles oder zu dem in der roten Wüste eingebetteten Las Vegas. Und das schöne Santa Barbara lag ganz in der Nähe.

Auch das milde Klima war hier in dieser Gegend angenehm. Es war das ganze Jahr warm, aber durch den Pazifik, in dem der vorbeifließende Humboldtstrom das Wasser kühlte, war es meist nicht zu heiß – die Vierzig-Grad-Marke wurde hier selten erreicht, und im Winter gab es keine Minusgrade.

Katie mochte ebenso die Vielseitigkeit der Menschen hier im Golden State, einem multikulturellen Schmelztiegel. Es gab Alt-Hippies oder den Jetset von Malibu oder Beverly Hills. Bodenständige Familien mit Kindern oder erfolgreiche Schauspieler, Filmproduzenten oder Immobilienhaie, deren Megayachten im Hafen vertäut lagen. Man spürte den Einfluss des nahen Mexikos – vor allem in der Küche –, aber auch der kühle, neblige Norden um San Francisco trug seinen Teil zum Flair bei.

Irgendwo in dieser bunten Mixtur von Menschen würde doch auch ein adäquater Partner für sie dabei sein. Katie unterdrückte ein Seufzen und sah wieder zum Fenster hinaus.

Zu Fuß konnte sie von ihrem Haus zu den Carlyles die Abkürzung durch den Park nehmen, doch bei Nacht ging sie nicht gern allein. Die Autostraße führte am Pazifikufer entlang. Trotz der Dunkelheit erkannte sie die weißen Schaumkronen auf den Wellenkämmen, der Wind blies heute kräftig. Auch die Palmen, die die Uferpromenade säumten, bogen sich in den Böen.

Das stürmische Wetter passte zu der Unruhe in ihrem Inneren. Sie hatte tatsächlich zu lange enthaltsam gelebt. Natürlich wusste sie als Frau und Ärztin, wie sie sich selbst befriedigen konnte, und sie hatte auch die nötigen Hilfsmittel zur Hand, aber es war einfach nicht dasselbe.

Zu Hause angekommen, stellte sie sich in ihrem mit hellen Möbeln schlicht eingerichteten Schlafzimmer nackt vor den Spiegel. Musterte sich. Wellige dunkle Haare, die bis über die Schultern reichten und die sie, vor allem in der Klinik, meist zu einem Zopf trug. Das Gesicht normal, ohne Auffälligkeiten. Bis auf die Grübchen vielleicht. Die Nase ein bisschen zu stupsig, aber bislang hatte sich niemand darüber beschwert.

Die haselnussbraunen Augen verdunkelten sich, als sie langsam mit den Händen über ihre Brüste fuhr. Noch waren sie rund und fest. Ein bisschen größer als ihre Hände, sie konnte sie nicht ganz umfassen. Perfekt für eine Männerhand. Die Brustwarzen richteten sich auf, als sie darüberfuhr. Ein wohliger Schauer durchlief ihren Körper.

Für einen Moment schloss sie die Augen und stellte sich vor, was besagte Männerhände bei ihr fühlen würden. Ob es einem Mann gefiel?

Sie ließ die Hände tiefer gleiten. Über ihren Bauch, die leicht gerundeten Hüften. Vielleicht hätte sie fünf Kilo abnehmen können, aber so war sie wenigstens nicht knochig. Der Po war fest. Zum Glück auch ohne viel Sport, obwohl sie sich ständig vornahm, sich mehr zu bewegen. Die Schenkel waren ebenso straff. Außen und innen.

Sie ließ sich auf ihr mit einem geschwungenen Metallgestell versehenes Queensize-Bett fallen und versuchte, die Erinnerung aufleben zu lassen, wie es war, mit einem Mann zu schlafen.

Sollte sie Janets Angebot annehmen?

2

Leon

»*Was* hat der Typ gemacht?« Alans rauchblaue Augen waren vor Fassungslosigkeit geweitet.

Leon zuckte müde mit den Schultern. »Er hat mir die Spitze seiner gebrauchten Nadel an die Kehle gehalten und mich gezwungen, so viel Geld von meinem Konto abzuheben, wie es mein Verfügungsrahmen zulässt.«

»Woher wusste der Kerl davon, dass du Kohle verfügbar hast?«

»Er hat wohl ein Gespräch von mir und Dana belauscht. Ich habe ihr erzählt, dass ich das Geld für Lilys OP zusammenspare.«

»Oh, fuck!«

Leon seufzte. »Du sagst es.«

»Dein Job ist einfach großartig – ehemalige Drogensüchtige betreuen … An die Gefahr hatte ich noch nie gedacht. Eure Leute bekommen doch Ersatzdrogen, oder?« Alan fuhr sich durch das dichte blonde Haar.

»Es war ein Ex-Bewohner. Er wurde ständig rückfällig, deshalb mussten wir ihn aus der Wohngemeinschaft werfen. Solche Typen ziehen die anderen nur runter, die versuchen, endlich wieder im normalen Leben Fuß zu fassen.«

»Und du konntest ihn nicht überwältigen?«

»Diese Typen auf *Cold Turkey* entwickeln eine immense Kraft. Ich hätte nichts machen können, ohne dabei zu riskieren, von der Nadel verletzt zu werden.«

»Und der Typ hat natürlich HIV?«

»Du sagst es.«

»Keine Chance, die Kohle wiederzubekommen?«

Leon konnte das verbitterte Lachen nicht unterdrücken. »Er ist sofort getürmt und hat einen Teil in Drogen umgesetzt. Was er mit dem Rest der Kohle gemacht hat, weiß er anscheinend nicht mehr. Er hat sich eine Überdosis reingeknallt.«

»Ist er tot?«

»Nein, zum Glück nicht. Auf der Intensiv. Aber das Geld werde ich nie wiedersehen. Zumindest nicht so schnell.« Leon seufzte. »Aber im Grunde wäre das auch nur ein Tropfen auf den heißen Stein. Ich bräuchte viel mehr Geld. Diese ganzen Chemo-Therapien und nun noch die OP …«

»Zahlt die Krankenversicherung die Behandlungen für Lily nicht?«

Leon schloss für einen Moment die Augen und atmete tief durch. »Du weißt doch, wie die Versicherungen sind. Und so eine Nobel-Variante konnten wir uns leider nicht leisten – wer rechnet auch mit so etwas? Lily muss *jetzt* operiert werden. So viel Zeit haben wir nicht mehr. Es ist ihre letzte und einzige Chance.« Er schluckte.

»In diesem *Hope Institute*, von dem du mal erzählt hast? Die auch Forschung betreiben?«

»Nein, dort wurden wir abgewiesen, beziehungsweise stehen auf der Warteliste irgendwo ganz hinten, aber wir … können nicht so lange warten, womöglich ist es dann für Lily zu spät.« Die Worte auszusprechen, fiel Leon schwer, er musste nach Luft ringen. »Es gibt noch eine andere Privatklinik, das *Tibetarius Hospital.* Aber die Kosten sind immens.

»Brauchst du Hilfe? Soll ich dir etwas leihen?« Mitleid stand Alan auf die Stirn geschrieben.

Leons Blick schweifte durch Alans elegante Wohnung. Marmorboden, ein ausladendes braunes Ledersofa, der Couchtisch aus Naturstein. Die Wände schmückten Landschaftsfotografien, die so großartig aussahen, dass sie sicherlich von einem Profi stammten und bestimmt nicht günstig gewesen waren. Jedes Zimmer war äußerst geschmackvoll – und teuer – eingerichtet.

Sein bester Freund verdiente mit seiner Agentur mehr als genug. Es würde ihm sicherlich möglich sein, ihm auszuhelfen. Und er würde es von Herzen gern tun. Lily zuliebe sollte Leon es annehmen.

Dennoch zögerte er. »Ich weiß nicht, wann ich es zurückzahlen kann.«

»Das eilt nicht.«

»Aber ich habe noch keinen Überblick, welche Folgekosten auf mich zukommen. Ich werde noch mal versuchen, meinen Kredit aufzustocken, vielleicht hat der Bankbeamte doch ein Einsehen.«

Für einen Moment musterte Alan ihn schweigend. »Ich kenne deinen Stolz, von daher überrede ich dich nicht weiter. Aber du könntest auch für mich arbeiten«, sagte er langsam.

Leon lachte auf. »Als Callboy?«

»Es ist mein Ernst. Ich habe momentan so viele Anfragen von Kundinnen, dass ich selbst häufig mit einspringen muss. Ich bin dringend auf der Suche nach Mitarbeitern, auf die ich mich verlassen kann. Männer mit Niveau.«

»Bei aller Liebe, Alan. Ich respektiere, was du tust. Aber für mich wäre das nichts.«

»Das hat nichts mit den Junkies gemein, mit denen du beruflich zu tun hast. Die sich emotionslos für ein paar Bucks in den Arsch ficken lassen oder jemandem einen blasen, damit sie Kohle für den nächsten Schuss haben. Sorry für die Direktheit, aber das ist kein Vergleich. Außerdem bedienen meine Jungs größtenteils Frauen. Bis auf eine Ausnahme, ein Bisexueller, der für Paaranfragen zur Verfügung steht. Meine Jungs lieben Frauen. Meine Jungs haben Spaß am Sex. Und erzähl mir nicht, du hättest das nicht. Bei dir läuft doch kaum mehr etwas seit der Trennung von Dana. Glaubst du, deine paar One-Night-Stands erfüllen dich eher?«

»Darum geht es doch gar nicht.«

»Hast du eine Beziehung in Aussicht?«

»Du weißt genau, dass das nicht der Fall ist! Wer will schon einen alleinerziehenden Vater, dessen Zuneigung und Aufmerksamkeit sich ausschließlich auf seine kranke Tochter konzentrieren?«

»Nun ja, so schwarzmalen würde ich das nicht, aber was sind dann deine Bedenken?«

»Mich dafür bezahlen zu lassen …«

»Das findest du unethisch?«

»Nein, so ist das nicht.« Leon wand sich. Schließlich würde er seinem Freund damit unterstellen, unethisch zu handeln, und auf diesen Gedanken war er bislang nie gekommen.

»Du warst doch auch schon bei einer Prostituierten, oder?«

Verlegen verneinte Leon. »Offen gestanden nicht.«

»Okay. Aber findest du das, was die Frauen machen, verwerflich? Verachtest du sie dafür, weil sie Geld dafür bekommen, Sex zu haben?«

»Nein, natürlich nicht …«

»Also, was findest du schlimm daran, dich dafür bezahlen zu lassen, dass du Spaß hast?«

»Das funktioniert doch nicht auf Befehl. Kriegst du …« Leon verstummte. Erwog er gerade etwa ernsthaft Alans Angebot?

»Ob ich ihn auch bei weniger attraktiven Frauen hochkriege?« Alan hob die Augenbrauen. »Junge, in welchem Zeitalter lebst du? Dafür gibt es Hilfsmittel. Aber ich brauche sie selten. Es sind in den wenigsten Fällen die ganz Unsympathischen, die sonst keinen bekommen, die sich an uns wenden. Mal davon abgesehen, dass es auch mit einer weniger attraktiven Frau viel Spaß machen kann, weil es schön ist, ihre Freude mitzuerleben, wenn du sie verwöhnst. Ihr Selbstbewusstsein wachsen, sie glücklich zu sehen, hat auch etwas äußerst Befriedigendes.«

Leon versuchte, die Bilder, die sich in seinem Kopf festzusetzen drohten, zu verscheuchen, doch es gelang ihm nur ungenügend.

»Schon aus finanziellen Gründen besteht unsere Klientel hauptsächlich aus Geschäftsfrauen, die aus Zeitmangel keine Affären eingehen. Aus Hausfrauen, die von ihren meist reichen Männern vernachlässigt werden. Aus den Neugierigen, die wissen möchten, wie sich richtig geiler Sex anfühlt mit einem Mann, der weiß, wie man eine Frau zu multiplen Orgasmen bringt.«

»Und du denkst, ich weiß das?« Leon hob spöttisch eine Augenbraue.

»Ich traue es dir zu. Aber natürlich wird jeder unserer Jungs auch theoretisch ausgebildet. Und bekommt eine Testperson vom Fach, um sein Können zu beweisen, bevor er auf die Kundinnen losgelassen wird.«

»Wow, ein richtig durchdachtes Unternehmen«, lobte Leon, nicht ohne gutmütigen Spott.

Alan zwinkerte ihm zu. »Und, Interesse?«

»Eher nicht. Aber das ist auch keine Entscheidung, die ich nach drei Gin-Tonic fälle.« Er deutete lachend auf sein Glas auf dem Tisch.

»Du hast mich gar nicht nach den Verdienstmöglichkeiten gefragt.« Alan warf ihm einen bedeutungsvollen Blick zu.

»Wie sind die Verdienstmöglichkeiten?«, fragte Leon gespielt unterwürfig.

»Du bekommst siebzig Prozent der Einnahmen. Der Rest der Kosten geht für die Administration, das heißt auch meinen Aufwand, drauf und für Steuer und Versicherungen, denn bei uns läuft das offiziell …«, er grinste, »zumindest bei denen, die offiziell gemeldet sind. Wir nennen es, der Einfachheit halber, ›Escort-Service‹. Du kannst auch inkognito arbeiten, bei dir mache ich eine Ausnahme. Das können wir gut regeln. Wir haben Hotelsuiten gemietet, unser Webmaster und unsere Bürodame, die die Anfragen bearbeitet, müssen bezahlt werden.«

»Das klingt fair.«

»Auch das Trinkgeld darfst du natürlich behalten.«

»Trinkgeld?«

»Ich habe eine Kundin, die steckt mir jedes Mal einen Large extra zu.«

Hundert Dollar extra? Leon schluckte. »Was ist denn der Tarif?«

Die Summen, mit denen Alan jonglierte, ließen ihn Hören und Sehen vergessen. Ein Grant pro Nacht war locker drin.

»Sonderwünsche kosten extra, aber damit hättest du erst mal nichts zu tun.«

Leon blies die Wangen auf. »Das heißt, Männer bekommen mehr als Frauen?«

»Wir bieten edlen Service. Der kostet auch bei Frauen seinen Preis. Wir sind kein Straßenstrich, sondern ein renommiertes Serviceunternehmen«, erklärte Alan, nicht ohne Stolz in der Stimme.

Ein paar Nächte, und du bist Lilys dringend benötigter OP wieder einige Schritte näher, hämmerte es in Leons Kopf.

Mit einem großen Schluck Gin-Tonic spülte er den Gedanken hinunter. Das war albern. Er würde eine andere Lösung finden.

Und dann erschien ihm Lily vor dem inneren Auge. Viel zu abgeklärt für ihr Alter, so blickten alte Frauen. Was würde sie davon halten, wenn sie es wüsste? Könnte er noch mehr dazu beitragen, um ihr Leben zu retten?

Wortlos griff er nach der Flasche und mixte sich noch einen steifen Drink.

3

Katie

Müde streifte Katie die Latex-Handschuhe von den Fingern und löste den Mundschutz. Die Haube flog hinterher. Seit zweiundfünfzig Stunden war sie im Dienst, seit zwanzig Stunden auf den Beinen, auch davor hatte sie nur kurz geschlafen. Vor Müdigkeit und von literweise Kaffee und Koffeintabletten war sie völlig überdreht.

Falls nicht wieder ein Notfall dazwischenkam, würde sie jetzt nach Hause fahren. Die Berichte über ihre Probanden würde sie ein andermal fertigstellen, jetzt bekäme sie keinen vernünftigen Satz mehr zustande. Sie sehnte sich nach ihrer Dusche und einem guten Glas Rotwein, mit dem sie vor dem Fernseher eindämmern wollte. Ob sie es noch schaffte, eine Pizza in den Ofen zu schieben, war fraglich.

Sie schleppte sich nach Hause und ins Bad. Als die warmen Strahlen auf sie herabprasselten, wäre sie beinahe eingeschlafen. Da fiel ihr Erins Party wieder ein. Ihr Versprechen.

Schon wieder waren drei Wochen vergangen, und ihr war es nicht gelungen, sich mal von der Arbeit loszueisen, um den Plan in Angriff zu nehmen. Zu viele Operationen, aufwendige Behandlungen und dazu die Zeit im Forschungslabor, den dazugehörigen Papierkram nicht zu vergessen.

Janet hatte schon vor einigen Tagen geschrieben, dass sie sich dringend treffen sollten. Sie musste unbedingt antworten und etwas ausmachen.

Ihr Hunger meldete sich wieder. Beim Blick in ihren Gefrierschrank entdeckte sie, dass sie keine Tiefkühlpizzen mehr hatte. Deshalb rief sie den Lieferdienst an. Er versprach, bereits in fünfundzwanzig Minuten da zu sein, die Pizzeria lag direkt um die Ecke.

Da sie die Klimaanlage die letzten Tage abgestellt hatte, weil sie im Krankenhaus geblieben war, war es immer noch sehr warm in der Wohnung. Sie schaltete die Temperatur auf zweiundzwanzig Grad, stellte sich direkt vor das Gerät und ließ sich die kalte Luft über den nackten Körper blasen.

Da klingelte es auch schon an der Tür. Schnell schlüpfte sie in ein ärmelloses schwarzes Sweatshirt-Kleid und eilte hinaus.

Der Pizzabote.

Ein junger Fahrradkurier mit dunklen vom Fahrtwind zerzausten Haaren schenkte ihr ein schelmisches Lächeln, als er ihr die Pizza hinhielt. »Einmal Capriccioso, bitte schön.« Sein Blick wanderte anerkennend über ihre Gestalt.

Katie schoss das Blut in die Wangen. Sie trug nichts darunter. Und ihre Brustwarzen standen vermutlich von der Klimaanlage gut sichtbar hervor.

»W-was macht das?«, stotterte sie.

»Dreizehn Bucks«, gab er so breit grinsend zurück, als könnte er ihre Gedanken lesen.

Schnell drehte sie sich um und floh in die Wohnung zurück, um ihren Geldbeutel zu holen. Sie meinte, seinen Blick in ihrem Rücken brennen zu spüren. Ob er wohl sah, dass sie auch keinen Slip trug?

Mit einem Zehn- und einem Fünf-Dollar-Schein in der Hand eilte sie zurück zur Tür. Sie hielt ihm das Geld hin.

Er berührte ihre Finger länger als nötig, als er die Scheine entgegennahm, und sah ihr dabei in die Augen.

Unwillkürlich benetzte sie ihre Lippen.

Wieder dieses verschmitzte Grinsen, als wüsste er genau, was sie dachte. Nämlich dass der Pizzabote mindestens so lecker war, wie die Pizza duftete.

Für einen Moment spielte sie mit dem Gedanken, ihn hereinzubitten, bestimmt konnte er auf seiner Tour ein paar Minuten erübrigen.

Dann verabschiedete sie sich schnell und drehte sich abrupt um.

»Haben Sie nicht was vergessen?«, rief er ihr hinterher, die Belustigung war deutlich aus seinem Tonfall herauszuhören.

Sie zuckte zusammen. »Was?«

»Ihre Pizza.«

Verschämt schnappte sie den Karton und eilte hinein. Sein Lachen hallte hinter ihr her.

Herrje! Sie war so was von übermüdet, ihre Fantasie spielte ihr Streiche. Nun hätte sie beinahe den Pizzaboten vernascht statt seiner Lieferung. Dabei hatte sie sich sein Interesse bestimmt nur eingebildet. Sie verbrannte sich den Gaumen, als sie hektisch in das erste Stück biss. Fluchend ließ sie es fallen und spülte den Mund mit einem großen Schluck Rotwein. Sie nahm einen zweiten großen Schluck.

Shirleys hämische Worte hallten in ihren Ohren: *Fast zwei Jahre? O mein Gott, ich wäre gestorben!*

»Blöde Zicke«, zischte Katie und schnappte sich das Handy, um Janet zu schreiben.

Sie verabredeten sich für den folgenden Nachmittag um fünf, wenn Erin Feierabend hatte.

Katie schlief bis in die Mittagsstunden. Sie ging einkaufen, füllte ihren Kühlschrank, frühstückte ausgiebig und beschloss, sich die nächsten Stunden selbst zu verwöhnen. Ein ausgiebiges Schaumbad, eine Haarkur und Fußpflege. Auch die Rasur unter den Achseln und im Intimbereich durfte nicht fehlen.

Immer wieder ließ sie warmes Wasser nachlaufen. Erst nach einer Weile fühlte sie sich so langsam wieder wie ein Mensch.

Sie trocknete sich nur leicht ab, legte sich nackt aufs Bett und ließ sich von der Klimaanlage trocken blasen, bis sich auf ihrem Körper eine Gänsehaut bildete. Ihre Gedanken schweiften zum kommenden Treffen. Und Janets Vorschlag.

Nach der Pleite vom Vorabend musste sie sich eingestehen, dass sie es selbst nie schaffen würde, ihre Verpflichtung innerhalb der nächsten Wochen bis zu Robs Geburtstag einzuhalten. Auch nicht bis zum Ablauf der zwei Jahre, falls sie das ausschöpfen wollte.

Natürlich könnte sie einfach darüber hinweggehen, und ihre Freunde würden es akzeptieren, aber Shirley vergaß so etwas nicht. Katies Ehrgefühl ließ nicht zu, dass sie ein Versprechen nicht einlöste. Was hatte sie nur geritten, diese Herausforderung anzunehmen? Auf eine Beziehung hatte sie ganz bestimmt keine Lust – dazu war die letzte noch zu präsent. Die ewigen Streitereien über ihre Arbeitszeit und darüber, wessen Arbeit nun wichtiger war. Dennoch fehlte etwas: körperliche Nähe.

Hatte sie es im Grunde selbst satt, so darben zu müssen? Sosehr ihr *Satisfyer* seinem Namen alle Ehre machte, so war ihr auch klar, dass er auf Dauer kein brauchbarer Ersatz für richtigen Sex war. War ein Callboy tatsächlich die Lösung für ihr Dilemma?

Was hatte sie zu verlieren, wenn sie es tatsächlich einmal ausprobierte? Sie kannte so gut wie keinen Mann, der nicht mindestens einmal in seinem Leben bei einer Prostituierten gewesen war. Das war absolut nichts Verwerfliches, solange keiner zu etwas gezwungen wurde. Zeit für die Frauen, sich auch hier zu emanzipieren.

Auch wir können es uns mal so richtig gutgehen lassen, dachte sie trotzig, während sie in die Nachttischschublade griff, um dem heutigen Verwöhnprogramm ein würdevolles Ende zu geben.

Stimmengewirr, Musikklänge und der Geruch von Bier und

zahllosen Menschen schlugen Katie entgegen, als sie die Tür aufstieß.

Die *American Tavern*, in der sie sich gelegentlich mit ihren Freundinnen verabredete, war ein Studententreff mit Ziegelsteinwänden und rustikalen Massivholzmöbeln. Hier wurden hauptsächlich Burger und Fingerfood sowie Bier vom Fass statt hipper Cocktails serviert. An den hölzernen Tischen wurde hitzig diskutiert und geflirtet.

Katie fühlte sich jedes Mal wieder in die im Rückblick – trotz des vielen Büffelns – unbeschwerte Zeit ihres Studiums zurückversetzt, das doch noch gar nicht so viele Jahre her war, dass sie die Leichtigkeit völlig hatte vergessen können.

Im Stillen nahm sie sich vor, sich wirklich mehr Unbeschwertheit zu gönnen. Dazu gehörte auch ihr neuestes Vorhaben.

Aufgedreht begrüßte Katie ihre beiden Freundinnen, bestellte sich ein Pint India Pale Ale vom Fass und nahm einen großen Schluck, bevor sie die beiden von ihrem Entschluss in Kenntnis setzte.

Janet und Erin waren sichtlich überrascht, als sie sich bereit erklärte, den Vorschlag anzunehmen.

»Du wirst es nicht bereuen«, versprach Janet mit leuchtenden Augen.

Katies Aufregung wuchs. »Aber ich bin mir gar nicht sicher, wie ich mich verhalten soll. Was muss ich tun?«

»Nichts! Das ist ja das Schöne«, schwärmte Janet. »Lass dich einfach von ihm führen. Und wenn du etwas nicht magst, sag es, und er wird etwas anderes tun. Das ist deine einmalige Chance, deine verborgenen Wünsche zu entdecken.«

Katie sah sich in dem gut besuchten Lokal um und senkte die Stimme. »Treffen wir uns dann direkt in einem Hotel, oder wie läuft das?«

Janet lachte. »Nein. Nicht beim ersten Mal. Es erfolgt immer ein Kennenlernen, denn schließlich muss die Chemie ja stimmen. Ihr werdet schön essen gehen, vielleicht anschließend zum Tanzen. Das ist das Standardprogramm zum Beschnuppern. Es sei denn, du willst lieber Kino. Oder direkt ins Hotel und gleich loslegen, falls alles passt. Was auch immer.«

»Nein, irgendwo essen und tanzen klingt gut«, murmelte Katie.

»Und wenn die Chemie stimmt, geht ihr zusammen ins Hotel. Und auch dort überlässt du ihm die Führung. Er wird genau wissen, was er tut. Oder du äußerst Wünsche, wie du magst.«

»Okay«, sagte sie seufzend.

»Das schaffst du. Komm, lass uns gleich einen Termin festlegen, bevor du wieder kneifst. Ich gebe dir einen aus.« Als sie sah, dass Katie protestieren wollte, sagte sie resolut: »Ich bestehe darauf. Gönn mir die Freude! Ich organisiere das für dich. Du musst dann nur aus den vorgeschlagenen Kandidaten auswählen.«

Katies Aufregung mischte sich mit Erregung.

Sie schluckte. »Übernächstes Wochenende habe ich frei.« *Und dann hast du noch knapp zwei Wochen Zeit, einen Rückzieher zu machen*, murmelte diese kleine feige Stimme in ihr.

»Dann mache ich jetzt gleich ein Foto von dir – das brauche ich für die Agentur.«

»Aber …«

»Das wird völlig vertraulich behandelt, keine Sorge! Diskretion auf beiden Seiten. Komm, setz dich dort vor das Bild, das gibt Farbe im Hintergrund.« Sie deutete auf ein bunt gemustertes wandhohes Gemälde der abstrakten Kunst. »Mit den leicht geröteten Wangen siehst du großartig aus. Mach nur deine Haare auf, das wirkt sexyer als ein Zopf.«

Katie gehorchte widerwillig. Sie hatte A gesagt, nun musste sie auch B sagen.

Kritisch beäugte sie das Foto. Tatsächlich hatte Janet sie sogar vorteilhaft getroffen.

»Ich kümmere mich gleich morgen darum. Und dann steht der Erfüllung deiner Träume nichts mehr im Wege«, sagte sie mit verheißungsvoller Stimme.

Katie zog eine Grimasse.

»Also, wenn ich euch beide so reden höre, wünschte ich mir fast, ich hätte Rob nicht, oder er würde mich betrügen«, beschwerte sich Erin lachend. »Ich werde geradezu neidisch.«

Janet strich ihr über den Arm. »Oh, ihr beide seid so verliebt. Nimm dir das zum Anlass, bei Rob deine verborgenen Wünsche anzusprechen. Oder auch mal etwas Neues im Bett auszuprobieren. Die Erfüllung kannst du ja auch, oder gerade besonders, mit deinem Partner haben, einem vertrauten Menschen.« Kurz wirkte sie wehmütig, bevor sie die Augenbrauen zusammenzog. »Lass mich raten: Ihr habt so häufig Sex mit dem einzigen Gedanken, dabei schwanger zu werden, dass es immer das Gleiche ist? Nur immer schön ein Kissen unterlegen und danach nicht bewegen?«

»Ertappt«, erwiderte Erin seufzend.

»Das kenne ich von uns damals«, erwiderte Janet mit verständnisvollem Lächeln, in dem abermals Wehmut mitschwang.

Doch Trost würde sie ablehnen, so gut kannte Katie ihre Freundin. Deswegen sagte sie an Erin gewandt: »Wenn ich meine ärztliche Meinung dazugeben darf, dann würde ich sagen, Janet hat recht. Überlegt euch was Neues. Wenn sich der Kopf mit etwas anderem beschäftigt, ist das auch vorteilhaft für deinen Befruchtungsprozess. Und wallende Hormone können dir ganz bestimmt nicht schaden.«

»Warum gehen wir nicht in einen Sexshop und besorgen dir was Schönes, das du Rob heute mitbringst? Irgendetwas, was ihr noch nicht ausprobiert habt?«, schlug Janet vor.

Erin wirkte verlegen. »Ich weiß nicht …«

Janet seufzte. »Ich weiß, ich war früher vielleicht auch in der Richtung gehemmter, aber nimm den Rat von deiner alten Freundin …«

»Hey, du bist nur ein halbes Jahr älter«, fiel ihr Erin lachend ins Wort.

Janet lachte ebenfalls. »Du weißt, wie ich das meine.« Sie wurde wieder ernst. »Zweisamkeit und die Vertrautheit in einer Beziehung sind wirklich etwas Besonderes. Ich würde an deiner Stelle unbedingt versuchen, mir das zu bewahren. Und ich bin überzeugt, es wird bei Rob positiv ankommen, er ist doch auch ein offener Mensch.«

»Okay, du hast recht.« Erin nickte, und man konnte sehen, wie die Vorfreude in ihr wuchs.

Janet wirkte zufrieden. »Ich gebe dir auch einen aus, damit ich Katie nicht bevorteile.«

Es war ein vergnüglicher Abend, der für Erin sicherlich einen guten Abschluss finde würde.

Wohingegen Katies Nervosität ins Unermessliche wuchs.

4

Leon

Leon ließ müde die Haustür hinter sich zufallen.

Lily war wieder seit einigen Tagen im Krankenhaus, da ihr Immunsystem extrem schwach war, und die Besuche dort laugten ihn immer aus. Ihr kahler Kopf, der die Augen noch größer und noch trauriger erscheinen ließ, ging ihm nahe. Obwohl seine Tochter immer viel lächelte, wenn er da war. Als müsste sie *ihn* beruhigen. *Sie* machte sich Sorgen um *ihn*. Was aus ihm werden würde, wenn sie nicht mehr war.

Wenn diese Behandlung nur den erwünschten Erfolg brachte! Er musste es ermöglichen.

Unruhig tigerte er durch die Wohnung, nahm die DVD in die Hand, die Alan ihm mitgegeben hatte, obwohl er sich nach wie vor eher abschlägig über das Angebot geäußert hatte. Er legte sie wieder beiseite. Er ging in die Küche, machte den Kühlschrank auf. Es herrschte Ebbe. Bis auf eins von Lilys Lieblingsjoghurts. Mit Erdbeergeschmack. Er schloss die Tür wieder, als würde das Joghurt garantieren, dass sie bald wieder nach Hause käme, um es zu essen.

Lustlos knabberte er an einigen *Snyder's Pretzel Pieces* herum, aber obwohl die *Honey, Mustard & Onion*-Variante eigentlich würzig war, schmeckten sie irgendwie heute fad. Er musste sich ablenken, sonst würde er verrückt werden. Doch die Gedanken um die Beschaffung des Geldes kreisten in seinem Kopf, als säßen sie auf einem unsichtbaren Karussell.

Was, wenn er doch einfach versuchte, ob er mit Alans Vorschlag klarkam? Zumindest konnte er sich informieren.

Er legte die DVD ein und machte es sich auf dem Sofa bequem.

Es waren Beschreibungen der Anatomie des weiblichen Körpers verbunden mit einer praktischen Anleitung.

Er hatte eigentlich erwartet, dass es nur um die Vulva gehen würde, doch es wurden sämtliche erogene Zone des weiblichen Körpers angesprochen. Das Gesicht, die Ohren, der Hals, die Unterarme, natürlich die Brüste, die Flanken, der Po, die Innenseiten der Schenkel, die Füße.

Alles konnte gestreichelt, geküsst, mit der Zunge, Federn, weichen Bürsten oder diversen vibrierenden Gegenständen verwöhnt werden. Die Anzahl der Objekte, die man verwenden konnte, war endlos, auf manche – wie Seidenschals – wäre er wohl spontan nicht gekommen, aber der Frau auf dem Bildschirm schien es ausnehmend gut zu gefallen. Das war eine regelrechte Wissenschaft.

Und natürlich wurde auch die Vulva und deren empfindsamen Zonen eine ausführliche Einheit gewidmet. Hatten ihn die vorigen dazwischen gespielten Aufnahmen schon unwillkürlich in Erregung versetzt, so drückte seine Erektion nun hart gegen den Stoff der Boxershorts, obwohl die Beiträge eher sachlich gehalten waren. Doch den Frauen beim Orgasmus zuzusehen, ließ ihn definitiv nicht kalt.

Alans Rat zum Abschluss fiel ihm ein: »Wenn du es dir tatsächlich überlegst, für mich tätig zu werden, dann kannst du auch bereits einige Übungen absolvieren. Trainiere deinen Johnny, so oft es nur geht. Und dann versuch, innezuhalten, kurz bevor du kommst. Um deinen Orgasmus hinauszuzögern. Das kann man prima an sich selbst üben. Du musst zwar nicht zwingend gleichzeitig mit der Frau kommen, aber das kann gelegentlich ganz nett sein. Und wenn du in der Lage bist, bei Bedarf etwas länger durchzuhalten, kommt das auch deiner Partnerin zugute.«

Seit Leon allein war, masturbierte er häufiger. Morgens

oder abends – im Bett oder unter der Dusche. Aber ohne Aufschieben, weil er oft in Eile war – sozusagen kurz und bündig Druck abbauen.

Obwohl er noch weit davon entfernt war, den angebotenen Job anzunehmen, schaltete er das nächste Video *Die Kunst der richtigen Penetration* ein und befolgte Alans Rat, das Hinauszögern zu trainieren.

5

Katie

Seit Katies Zusage war Janet in ihrem Element. Es sollte der perfekte Abend werden, und sie wollte, laut ihrer Aussage, dafür sorgen, dass er es auch wurde. Mit einem Ruck öffnete sie Katies Kleiderschrank. »Dann lass uns mal sehen, was du anziehen wirst.«

Unwillig brummend ließ sich Katie auf ihr Bett fallen. »Herrje, was muss ich denn anziehen für den Fall? Kann ich nicht so wie immer gehen?« Sie sah an ihren Jeans und dem ausgeleierten T-Shirt hinunter. »Okay, ich kann ja eine Bluse tragen.«

»Natürlich kannst du auch so gehen, wenn du dich dann wohler fühlst. Aus Erfahrung kann ich dir sagen, dass etwas, das sich einfacher vom Leib reißen lässt, praktischer ist«, gab ihre Freundin grinsend zurück.

»Hm, hattest du nicht gesagt, dass wir es langsam angehen lassen?«

»Auf jeden Fall. Trotzdem ist es unpraktisch, dich aus einer engen Jeans zu pellen, oder? Schließlich wird er dich vermutlich entkleiden.«

Wieder ergriff die Aufregung von Katie Besitz. Ließ ihr Herz schneller schlagen. Der Gedanke, sich von einem Fremden ausziehen zu lassen, wirkte erregend und beängstigend zugleich. »Na gut, was schlägst du vor?«

Janet musterte ihren Körper von oben bis unten. »Du hast eine gute Figur. Du könntest ein schwarzes Stretchkleid anziehen. Das wirkt sexy und zugleich seriös. Damit kannst du in ein elegantes Restaurant und in einen Rockschuppen gehen. Und bist immer passend gekleidet.«

»Ein hautenges Kleid?«

»Klar, du wirst super aussehen«, sagte Janet begeistert.

»So etwas besitze ich nicht.«

»Das weiß ich. Das gehen wir jetzt besorgen.« Geschäftig wendete sie sich der Wäscheschublade zu. »Wie sieht es mit Unterwäsche aus?«

»Ja, ich trage welche.«

Sie musste selbst lachen, als Janet mit gerümpfter Nase ihre praktischen Baumwollschlüpfer hervorzog.

Viele weiße waren dabei, die sich kochen ließen, das war ihr unter der OP-Kleidung lieber. Sie besaß für die Freizeit zwar hauptsächlich schwarze, aber auch die machten mit dem Baumwollstoff nicht wirklich viel her. Und die paar Spitzenhöschen, die noch von ihrer letzten Beziehung stammten, waren inzwischen recht verwaschen.

»Das ist nicht dein Ernst?«

»Du hast ja recht. Aber wenn ich gewusst hätte ...«

Janet vollendete den Satz anders, als Katie es geplant hatte: »... dass du mal gut aussehen musst, hättest du dir schon längst ein paar sexy Accessoires besorgt.«

Und schon wurde sie vom Bett gezogen. »Los, komm! Wir gehen shoppen!«

»Jetzt?«, fragte Katie entsetzt. »Wir haben doch noch zehn Tage Zeit!«

»Aber du hast ständig Dienste. Dann hast du hinterher keinen Stress.«

»Ich hasse shoppen!«

»Das sieht man«, kommentierte Janet trocken.

»Aber ich hasse es auch, in tausenderlei Kleider zu schlüpfen und dann ...«

»Ich verspreche dir, wir machen es schnell. Auf jetzt, ich

habe Durst! Ich möchte hinterher ein Glas eisgekühlten Weißwein trinken, den haben wir uns dann verdient.«

Seufzend ergab sich Katie in ihr Schicksal.

Als sie in Janets rotem BMW-Cabriolet saßen und in Richtung Innenstadt fuhren, traute sich Katie endlich, die Frage zu stellen, die ihr bereits eine Weile auf der Zunge lag.

»Und? Wann erfahre ich, mit wem ich mich treffe?«

»Die Agentur hat einige Vorschläge geschickt, aber ich wollte erst mit Jamie reden, den sehe ich morgen.« Sie grinste. »Zum Frühsport. Vielleicht hat er eine persönliche Empfehlung für dich. Ich leite dir die Vorschläge dann direkt weiter.«

»Alles klar!« Katies Stimme klang selbst in ihren eigenen Ohren heiser.

Schnell sah sie zum Fenster hinaus, als wäre die von Palmen gesäumte Uferpromenade, auf der sich Hundesitter, Jogger und Spaziergänger zwischen Segways und Elektrorollern tummelten, total spannend.

Den restlichen Weg plauderten sie über Nichtigkeiten, bis Janet vor einer exquisit wirkenden Boutique anhielt, die den blumigen Namen *Kingdom of Heaven* trug.

»Puh, können wir nicht in irgendein Kaufhaus gehen?«

»Pff«, machte Janet. »Lass mich das mal erledigen. Gehört zu deinem Geschenk dazu. Du kriegst dafür nichts mehr zum Geburtstag.«

»Nein, Quatsch. Ich zahle selbst. Das kann ich mir leisten«, beeilte sich Katie zu versichern.

Janet nahm sie bei den Schultern. »Jetzt hör mir mal gut zu. Du hast so irre viel für mich getan in meinem Leben. Zum Beispiel als meine Granny im Sterben lag. Ohne deinen ärztlichen Rat, deinen Zuspruch und den kühlen Kopf wäre ich damals vollkommen verloren gewesen. Ich wollte dir schon immer dafür danken. Und wir haben so viel Geld, dass ich froh bin, es endlich mal für etwas ausgeben zu können, was mir richtig viel Spaß macht. Was sollen die Millionen sonst bringen? Gönn mir die Freude.« Sie küsste sie auf die Wange. »Bitte, bitte, bitte«, murmelte sie ihr ins Ohr.

Katie lachte. »Du verrücktes Huhn! Mach dich an deinem Geburtstag auf was gefasst!«

Janet lachte. »Ich bin gespannt.«

Ohne einen Blick auf die Preisschilder geworfen zu haben, konnte man sehen, dass es hier hochpreisig zuging. Die Kirschbaummöbel waren dermaßen auf Hochglanz poliert, dass sie – trotz der indirekten Beleuchtung – beinahe blendeten. Ein anthrazitfarbiger hochfloriger Teppichboden verschluckte das Geräusch der Schritte, stattdessen ertönten dezent Klavierklänge aus verborgenen Lautsprechern.

Katie konnte nicht sagen, ob der blumige Duft aus unsichtbaren Zerstäubern oder von den Rosensträußen stammte, die auf Tischen mit geschwungenen Beinen zwischen elegant gekleideten Schaufensterpuppen, die täuschend echt wirkten, standen. Zwei Verkäuferinnen befanden sich gerade im Kundengespräch.

Eine blonde ältere Dame, die auch gut als Zofe nach Schloss Windsor gepasst hätte, wandte sich Ihnen zu. »Oh, Mrs Sullivan! Lucinda ist in Mutterschutz. Es wird Sie heute ein anderer Kollege bedienen.«

»Kein Problem!« Janet lächelte. »Ich hoffe, es geht Lucinda gut?«

»Ja, alles bestens!«, versicherte die Verkäuferin. »Das Kind muss jeden Tag kommen!«

»Wie schön! Sagen Sie ihr bitte liebe Grüße von mir.«

»Das mache ich. Es ist sofort jemand bei Ihnen«, versprach die Verkäuferin dienstbeflissen.

»Danke, wir schauen uns so lange um.«

Janet war ganz in ihrem Element. Zielsicher steuerte sie auf die Kleiderabteilung zu. Sie ließ ihre Augen über die Kleiderständer schweifen, zog ein schwarzes Kleid heraus und hängte es kopfschüttelnd wieder hin.

»Kann ich Ihnen helfen, Myladys?«, fragte eine männliche Stimme direkt hinter ihr.

Sie fuhr herum. Sonnengebleichtes blondes Haar, Augen so leuchtend blau wie Gletschereis und ein tiefgebräuntes Gesicht fielen ihr als Erstes auf. Gefolgt von einem breiten Lächeln, das strahlend weiße Zähne entblößte. Der elegante graue Anzug saß wie angegossen, ohne bieder zu wirken. Der Typ war ein echter Augenschmaus.

»Mein Name ist Rupert.«

Janet lächelte breit. »Lieber Rupert, ich bin Janet Sullivan. Wir suchen ein schwarzes Cocktailkleid für meine Freundin Katie. Ich hatte an ein Stretchkleid gedacht. Ohne Träger.«

»Ah, Sie kennen sich aus.« Er nickte anerkennend.

Ein eisblaues Augenpaar glitt taxierend über Katies Körper. Doch der Blick hatte nichts Unangenehmes an sich, er zeugte lediglich von professionellem Interesse.

Sie streckte ganz ungeniert die Arme aus, als er sie aufforderte, und drückte die Brüste nach vorn.

»Ich habe da was für Sie«, sagte er nach einigen Sekunden und eilte zu einem Kleiderständer. Er griff zielsicher ein Kleid heraus, ohne sie nach ihrer Größe gefragt zu haben. Doch etwas sagte Katie, dass er ein Meister seines Fachs war und diese sehr gut schätzen konnte.

»Kommen Sie mit, meine Liebe!« Er winkte so begeistert mit einem schwarzen Etwas, dass Katie sich ein Lächeln verkneifen musste.

Auch die geräumige Umkleidekabine, die rundum verspiegelt war, wurde dezent beschallt, und es duftete schwach nach Rosenblüten.

Katie zog T-Shirt und Jeans aus. Kritisch beäugte sie den weißen Sport-BH, den sie noch von der Arbeit trug. Das würde unter dem trägerlosen Kleid albern aussehen. Schulterzuckend zog sie ihn aus.

Das Kleid war nur ein winziger Schlauch – ob sie da wirklich reinpassen würde? Doch es glitt überraschend leicht und angenehm über den Kopf und schmiegte sich wie eine zweite Haut an ihren Körper. Es reichte bis eine Handbreit übers Knie.

Sie bewegte sich. Das Kleid steckte locker Bücken und Kniebeugen weg, ohne dass der Sitz sich großartig veränderte. Der Stretchstoff behielt die Form.

Sie hatte eigentlich gedacht, dass sie zu dick für so etwas Enganliegendes wäre, aber es saß perfekt. Der Stoff war rundum leicht gerafft, sodass er auch hervorragend kaschierte. Und die Wandlung war überraschend. Sie wirkte wesentlich weiblicher. Einem Impuls gehorchend griff sie in ihr Haar und löste den Zopf. In weichen Wellen fielen die dunklen Haare über ihre Schultern.

Irgendwie kam sie sich nackt vor. Völlig fremd. Und gleichzeitig verrucht.

»Alles okay?«, erkundigte sich Rupert.

Zögernd schob Katie den Vorhang beiseite.

»Wow! Du siehst großartig aus!« Janet riss ihre Augen auf.

Rupert klatschte in die Hände. »Ich wusste, das Kleid ist wie für Sie gemacht. Es bringt Ihre weiblichen Formen hervorragend zur Geltung. Sie sind wunderschön.«

Verlegen murmelte Katie einen Dank und zupfte am Saum des kurzen Kleides.

»Daran wirst du dich schnell gewöhnen, keine Sorge!«, beruhigte Janet sie. »Ja, das nehmen wir!«

»Drehen Sie sich einmal um«, befahl Rupert.

»Mhm, mhm«, brummte er in sich hinein, während sich Katie brav um ihre eigene Achse drehte.

»Ich würde einen String-Tanga empfehlen«, sagte er an Janet gewandt. »Sonst zeichnen sich die Ränder des Höschens unter dem Kleid ab. Und sie hat zwar großartige Brüste, die keinen Halt und keinen Push-up benötigen, aber ein trägerloser Büstenhalter, der die natürliche Form so richtig zur Geltung bringt, wäre von Vorteil, was meinen Sie?«

Janet tätschelte begeistert seinen Arm. »Sie sind ein Schatz, Rupert!«

Während er in die Wäscheabteilung eilte, krauste Katie die Stirn. »Habe ich eigentlich auch etwas dazu zu sagen?«

»Möchtest du etwas anderes anprobieren? Gefällt es dir nicht?«

»Doch, schon«, sagte Katie langgezogen.

»Na, also! Ich hatte dir versprochen, es geht schnell.«

Und da war Rupert auch schon wieder zurück. Mit einem Nichts von schwarzem Höschen, das in ein Pillendöschen gepasst hätte.

Er hielt es in die Luft. Fast durchsichtig war es auch noch. Mit Spitze durchsetzt. Zumindest vorn. Hinten gab es nur diese Schnur. Passend mit der gleichen Spitze versehen war der trägerlose BH.

»Aber diese Schnur, ist das nicht unbequem?«, murmelte Katie.

»Den Büstenhalter können Sie probieren. Das Höschen leider nicht. Die Strings haben keine Möglichkeit für einen Textilschutz«, sagte Rupert mit so viel Bedauern in der Stimme, als würde er zum Tod eines nahen Verwandten kondolieren. »Höchstens«, fügte er zögernd hinzu, »Sie lassen das andere Höschen darunter an. Aber das wirkt dann nicht so.«

Bevor Katie antworten konnte, nahm ihm Janet resolut den Slip aus der Hand, riss das Preisschild ab und drückte es dem verdutzten Rupert in die Hand.

»Wir kaufen das Höschen.« Dann wedelte sie damit vor Katies Nase herum. »Probier es an! Und wenn du die Unterwäsche anhast, dann ruf mich!«

Katie gehorchte resigniert.

Der BH saß wie angegossen. Unterhalb der Brustwarzen und an den Seiten war er etwas unterfüttert, was die Brüste zusammendrückte und dadurch voller wirken ließ. Oberhalb bestand er aus dünner, hauchfeiner Spitze, die den dunkelroten Hof durchscheinen ließ.

Durch den Stretchstoff, der an ihr gerieben hatte, oder auch hervorgerufen durch die Aufregung, waren ihre Brustwarzen hart geworden und drückten sich aufreizend hervor. Sie versuchte, sich mit den Blicken eines Mannes zu sehen. *Gar nicht mal so übel.*

Das Höschen war … ein Nichts. Gut, dass sie sich heute Morgen nachrasiert hatte. Sie ging leicht in die Knie und spreizte die Beine. Die Schnur fühlte sich weniger unangenehm an als gedacht. Fast ein bisschen erregend. Sie errötete und schalt sich albern dafür. Das Erregende war vermutlich, dass sie sich in den Dessous sinnlicher fühlte als in einem OP-Kittel.

»Und, hast du es?«, rief Janet durch den Vorhang.

Für einen Moment schämte sich Katie, so halbnackt vor Ihrer Freundin zu erscheinen, doch auch das war albern, sie hatten sich schließlich schon öfter im Bikini gesehen oder sogar zusammen nackt in einer Umkleidekabine oder Dusche im Schwimmbad oder früher beim Schulsport gestanden.

Janet steckte den Kopf hinein.

»Darf ich schauen?«, fragte Rupert.

Katie und Janet grinsten sich an.

»Ach, was soll's!« Mit einem Ruck zog Katie den Vorhang beiseite.

»Entzückend!« Er schlug die Hand vor den Mund. »Meine Liebe, vor Ihnen wird jeder Mann ergeben zu Boden sinken!«

»Danke, Rupert.« Katie lächelte.

»Ziehen Sie noch rasch das Kleid über, dann sehen wir das Gesamtpaket.«

Wieder wurde sie mit Lob überschüttet, das sie wider Willen mit Stolz erfüllte. Für einen Moment fragte sich Katie, warum sie sich eigentlich so viel Mühe gab, einem Mann zu gefallen, den sie für Sex bezahlte, doch dann verdrängte sie den Gedanken vehement.

6

Leon

»Hast du dir schon über mein Angebot Gedanken gemacht?«, erkundigte sich Alan, als Leon ihn nach dem Squash vor seinem Haus absetzen wollte.

Da war sie, die Frage, auf die er den ganzen Abend gewartet hatte. Die er befürchtet hatte. Er stellte den Motor ab. »Ich bin ganz ehrlich. Das Geld könnte ich sehr gut gebrauchen. Das lockt mich. Aber ich bezweifle einfach, dass das was für mich ist.«

»Und der Sex, der lockt dich nicht?« Alan zwinkerte ihm zu.

Leon stieß die Luft aus. »Nun ja, natürlich macht mich der Gedanke an Sex scharf. Würdest du meinen Johnny fragen, der hätte sofort zugesagt. Aber wenn Lily wüsste, dass ihr Vater …« Er verstummte.

»Lily weiß, dass du alles Menschenmögliche für sie tust.«

Leon schluckte.

»Ich will dich wirklich nicht überreden. Aber ich denke tatsächlich, auch ein wenig Abwechslung und vor allem Aufmunterung könnten dir gelegentlich nicht schaden. Du besitzt viel Einfühlungsvermögen, das ist in unserem Beruf unerlässlich. Und ich will auch ehrlich zu dir sein: Ich brauche dringend neue Männer, meine momentanen Jungs können die Anfragen kaum bewältigen. Die Frauen werden immer emanzipierter, gönnen sich auch gern mal etwas für sich selbst, der Markt blüht. Auch ich springe öfter ein, als ich wollte – diese Woche hatte ich drei längere Aufträge. Und habe dazu noch die Organisation am Hals. Warum probierst du es nicht für einen Auftrag? Du hast doch nichts zu verlieren. Wenn es dir nicht zusagt, kommst zu jederzeit wieder raus. Ich bin kein Zuhälter, der seine Jungs zu irgendetwas zwingt.« Alan lachte.

»Was sind die anderen überhaupt für Typen? Warum tun die das?«

»Es gibt ganz unterschiedliche Motive. Lust auf Sex oder die Verlockung des Geldes. Meist ist es vermutlich eine Kombination aus beidem. Wenn du mich fragst: Natürlich törnt es mich an, unverbindlichen Sex zu haben, so oft ich will. Auch die Kohle spielt selbstverständlich eine Rolle. Aber du glaubst gar nicht, wie viele Frauen es gibt, die zuvor noch niemals richtig befriedigt wurden. Die einen Orgasmus beim Sex nur vom Hörensagen kennen. Es ist nicht nur sexuell erfüllend, ihnen den Himmel auf Erden zu bescheren. Ich finde es total schön, einen Beruf zu haben, in dem man Glück schenken kann. Wer kann das schon von sich behaupten?« Plötzlich wirkte Alan verlegen.

»So habe ich es noch nie gesehen.« Die Schwärmerei seines Freundes ließ eine Saite in Leon erklingen, die ihn verwirrte.

»Und, was denkst du?«

»Ich weiß nicht …«, sagte Leon langsam.

»Lass uns das nicht im Auto besprechen. Komm kurz hoch, wir trinken noch was zusammen, und dann entscheidest du dich, okay?«

»Ich muss noch fahren.«

»Herrje, es ist noch früh am Abend. Dann trinkst du halt ein alkoholfreies Bier. Du weißt, wie ich das meine. Du bist doch bloß feige.« Alan sah ihn herausfordernd an.

Leon lachte. »Schon gut. Du hast ja recht.«

Er verriegelte die Tür seines alten Chryslers mit dem Schlüssel – er musste unbedingt die Batterien für die automatische Türverriegelung erneuern – und folgte Adam in seine

Penthouse-Wohnung, in der er auch das Büro untergebracht hatte.

Mit je einem Bier bewaffnet setzten sie sich vor Alans Computer.

»Lass mich dir einige unserer Stammkundinnen zeigen, die gern etwas Abwechslung bei den Männern haben. Ich habe auch Kundinnen, die immer den gleichen Mann wollen, aber einige sind ganz scharf auf frisches Blut.«

Eine mondäne Blondine erschien bildfüllend auf dem Monitor. Die geschickt geschminkten Augen waren halb geschlossen und die Lippen zum Kussmund geformt. Sie war wohl um die Ende dreißig und sah aus, als hätte sie gegen plastische Chirurgie nichts einzuwenden. Dennoch war sie noch als hübsch einzustufen, es wirkte nicht übertrieben.

»Das zum Beispiel ist eine unserer Geschäftsfrauen. Jessica. Sie ist alle paar Wochen in der Stadt und verbringt dann gern die Nacht nicht allein. Sie zahlt einen höheren Tarif, hat aber auch einige Sonderwünsche.«

»Inwiefern?«, fragte Leon alarmiert.

»Sie mag es in Lack und Leder.«

»Ich stehe nicht auf Sadomaso«, wandte Leon sofort ein.

»Keine Sorge. Ihr geht's nur ums Outfit. Der Sex darf bei ihr gern etwas härter sein, auch mal mit Augenbinden oder Fesseln, aber keinerlei Gewalt.«

Er musste Leon die Zweifel angesehen haben, denn er öffnete das nächste Bild. »Ruth ist eine unserer nicht ausgelasteten Hausfrauen. Mutter von vier Kindern. Die Freundinnen des Mannes sind immer dreiundzwanzig. Wenn sie älter werden, wechselt er sie aus. Er ist übrigens schon weit über siebzig. Ihr geht es mehr um Anerkennung und Kuschelsex. Sie möchte die Abwechslung, weil sie vielleicht Angst hat, sich zu verlieben, wenn sie zu häufig mit demselben Mann schläft. Oder es ist die Sorge ihres Mannes, der wohl über das Arrangement Bescheid weiß.«

Leon wusste nicht, ob er lachen oder den Kopf schütteln sollte. Er entschied sich für Ersteres.

Ruth sah sympathisch aus. Sie hatte vielleicht einige Kilos zu viel auf den Hüften, vermutlich war auch die Haut nach den Kindern nicht mehr die straffste. Der kastanienfarbene Pagenkopf sah etwas bieder aus, das Lächeln wirkte eher schüchtern. Sie war sicherlich schon Mitte vierzig, also rund zehn Jahre älter als er selbst. Aber Alter war für ihn noch nie ein Thema gewesen.

Als Alan wohl wahrnahm, dass er zögerte, schlug er vor: »Probier es doch mal bei Ruth. Sie ist wirklich eine dankbare Seele. Ihr verbringt eine angenehme Nacht zusammen. Und du bist einige hundert Bucks reicher. Und wenn es nichts für dich ist, dann war's das.«

»Was hast du noch im Angebot?«, fragte Leon heiser.

Alan zeigte ihm noch einige Fotos, die allesamt durchaus ansprechend waren.

»Ich habe noch zwei nagelneue Anfragen hereinbekommen. Eine war schon bei einer anderen Agentur und möchte weiter probieren. Die wollte ich eigentlich selbst übernehmen, damit ich ihre Wünsche kennenlerne und weiß, wen ich ihr zukünftig empfehlen kann. Und eine Kundin, die noch nie bei einem Callboy war. Vielleicht wäre das was für dich? Zwei Frischlinge treffen aufeinander? Das darfst du ihr natürlich nicht sagen. Eine Freundin, eine Stammkundin von uns, bucht für sie. Ich hatte ihr schon ein paar Angebote geschickt, sie wollte sich morgen bei mir melden, nachdem sie einen Termin mit einem unserer Jungs hat, der momentan ihr ständiger Begleiter ist.«

»Zeig sie mir!«

Alan öffnete die Datei.

Leon schluckte. Augen in einem warmen Braunton schienen ihn direkt anzublicken. Die dunkelbraunen Wellen, die bis knapp über die Schulter reichten, luden ein, die Hände darin zu vergraben. Die kleine Stupsnase war kaum merklich gerümpft, so, als wüsste diese Frau nicht genau, ob sie mit dem Fotografieren einverstanden sein sollte. Zwar kritisch, aber dennoch humorvoll.

Sie schien gern zu lächeln, die beiden kleinen süßen Grübchen auf ihren Wangen waren ausgeprägt, und um die Augen zeichneten sich feine Lachfältchen ab. Die Zähne waren strahlend weiß, wirkten aber nicht künstlich gebleicht.

Die Figur konnte man nur erahnen, es war ein Brustbild. Der Hals war schlank, eine schlichte Silberkette mit einer Muschel als Anhänger zierte ihn. Das Kinn war leicht angehoben, die Schultern nach hinten gedrückt – sie schien zu wissen, was sie wollte. Die Haut schimmerte goldbraun, der Farbton wurde durch ein dunkelbraunes Top verstärkt. Die obere Hälfte der Brust, die das Foto zeigte, ließ ihn unwillkürlich neugierig auf den Rest werden.

Alan riss ihn aus den Gedanken: »Und, was sagst du?« Sein Grinsen sagte Leon, dass er sehr wohl gesehen hatte, dass er angetan war.

»Was führt solch eine Frau, der die Männer sicherlich zu Füßen liegen, dazu, zu einem Callboy zu gehen?«, dachte Leon laut, sein Herzschlag war von ihrem Anblick immer noch leicht beschleunigt.

»Warum ist solch ein heißer Typ wie du allein? Vielleicht ist sie alleinerziehend? Vielleicht beruflich eingespannt? Vielleicht hat sie schlechte Erfahrungen gemacht und von Beziehungen die Schnauze voll? Vielleicht ist sie nur auf Stümper beim One-Night-Stand getroffen und will endlich mal wieder geilen Sex? Vielleicht hat ihr die Freundin vorgeschwärmt, und sie ist einfach neugierig und will es sich mal so richtig besorgen lassen von einem Profi? Triff sie, und du wirst es erfahren.« Alan grinste.

Leon räusperte sich. »Ich tue es«, hörte er sich selbst sagen.

Alan lachte auf. »Offen gestanden hat mich ihr Bild auch

angesprochen, obwohl ich ja normalerweise auf blond und ein bisschen zickig stehe, wie du weißt. Aber ich habe mir schon gedacht, dass sie dein Typ ist – gleich nachdem die Anfrage kam. Ich habe mich nicht getäuscht, das hat man dir sofort angesehen, dass du bei ihr schwach wirst.«

»Bin ich so leicht zu durchschauen?« Leon zog eine Grimasse.

Alan lachte nur. »Ich kenne dich schon seit dem Kindergarten. Über dreißig Jahre, der Wahnsinn! Ich kann dir natürlich nicht versprechen, dass sie auch dich auswählt, ich habe ihrer Freundin ja bereits andere Angebote geschickt. Ich werde jedoch Jamie, der morgen bei ihr ist, nahelegen, dass er auf jeden Fall eine Empfehlung für dich ausspricht.«

»Danke«, sagte Leon heiser und versuchte, die Enttäuschung, die ihn plötzlich überkam, zu unterdrücken. Was, wenn sie einen anderen auswählte? Und auf einmal wünschte er sich, den Auftrag zu erhalten – unabhängig von dem Geld, das er mehr als gut gebrauchen konnte.

Sein Freund kannte ihn mal wieder besser als er sich selbst. »Hüte dich vor allzu intensiven Gefühlen.«

Leon fuhr sich über die Augen. »Für mich gibt es momentan nur Lily.«

»Ich hoffe es! Ein paar Punkte müssen wir dann noch besprechen. Zum einen brauchst du ein Gesundheitszeugnis. Geh am besten morgen gleich zum Arzt. Ich gebe dir seine Nummer.«

»Ich war erst beim Doc zum Rundum-Check, den bekommen wir wegen des Umgangs mit den Drogenabhängigen regelmäßig. Es ist alles okay. Aber die Untersuchung mache ich selbstverständlich.«

»Gut! Zum anderen gibt es natürlich einen Vertrag. Ich drucke ihn dir aus, und du kannst ihn zu Hause in Ruhe durchlesen. Die wichtigsten Punkte sage ich dir jedoch direkt. Jeder Auftrag, der durch uns vermittelt wird, bleibt bei uns. Es geht nicht, dass du Kundinnen, die du durch uns kennengelernt hast, danach privat weiter *bedienst* und uns quasi um die Provision prellst.«

»Nein, natürlich nicht!«, beeilte sich Leon zu versichern. »Das ist Ehrensache.«

»Sex gibt es nur mit Kondom …«

»Das erklärt sich von selbst.«

»Die Kundin ist immer Königin. Es geht nicht um deine Wünsche und Bedürfnisse, sondern nur darum, der Frau die größtmögliche Erfüllung zu schenken. Was nicht heißt, dass wir sie wundrubbeln, um einen Orgasmus-Marathon aufzustellen, sondern sie soll umworben und umsorgt werden, mit allen Hilfsmitteln, die dir zur Verfügung stehen. Du sollst sie regelrecht auf die höchsten Ebenen der Lust tragen. Sie soll sich hinterher rundum glücklich und zufrieden fühlen, wie nach einem langen Wellnesstag in einem Spa.«

Hitze wallte in Leon auf. »Okay«, sagte er langgezogen.

»Wie ich dir schon gesagt hatte, musst du einen kleinen Test ablegen. Da die Zeit für diese Kundin drängt, müssen wir das direkt erledigen. Ist das okay für dich?«

»Was meinst du?«

»Du hast nachher noch Sex. Mit einer *Kollegin.* Und sie wird mir Bericht erstatten, ob sie dich für würdig hält. Sonst wird aus dem Ganzen nichts.«

»Ich bin jetzt nicht vorbereitet …«

»Du bist frisch geduscht nach dem Training. Das muss für den Moment als Vorbereitung reichen. Ich werde dir vorher im Schnellverfahren die Filme vorspielen, damit du eine Idee bekommst, wie du sie verwöhnen kannst …«

»Die DVD habe ich mir bereits angesehen. Und auch geübt.« Leon zwinkerte Alan zu.

In seinem Gesicht zeichnete sich Überraschung ab, dann warf er lachend den Kopf in den Nacken. »Ich hätte es mir denken können. Du willst auf jeden Fall auf alle Eventualitäten vorbereitet sein, bevor du dich für etwas entscheidest.«

Leon zuckte nur, ebenfalls grinsend, mit den Achseln.

»Gut, dann kannst du bei Penny ja direkt beweisen, was du gelernt hast. Denk dran: Mach sie glücklich! Ich bin gespannt.« Er zwinkerte, wurde jedoch gleich darauf wieder ernst. »Dann lass uns ein Foto von dir machen und ein Profil anlegen, was du alles zu bieten hast. Die Mädels wollen schließlich ebenso wissen, was sie erwartet.« Kritisch beäugte er Leons Jeans. »Die ist in Ordnung. Eng sitzend und verwaschen. Der etwas verruchte Typ, das gefällt den Frauen.«

»Verrucht! Na, klasse! Das ist meine beste Jeans.«

Alan lachte nur.

Er führte ihn in den Nebenraum, wo in einer Ecke eine weiße Wand, ein Parabolschirm und eine Kamera aufgebaut waren.

»Das T-Shirt kannst du gleich ausziehen. Geh kurz nach nebenan ins Bad. Dort liegen verpackte Einwegrasierer.«

»Soll ich mir das Gesicht rasieren?«

»Nein, der Dreitagebart ist prima. Der steht dir. Bloß nicht länger werden lassen. Rasier dir die Stoppeln von den Achseln. Und Brusthaare, falls du welche findest, ich glaube, du hast nicht viele. Entferne unten herum alle Haare. Lass nur einen circa zwei Zentimeter breiten Strich vom Bauchnabel bis zur Schwanzwurzel stehen. Nach oben schmaler werdend.«

»Willst du mich etwa nackt fotografieren?«, fragte Leon entsetzt.

»Nein, wir öffnen nur die Jeans. Aber mir fiel vorhin beim Duschen auf, dass du zwar getrimmt bist, aber Dreitagebart ist nur im Gesicht hip«, gab er grinsend zurück.

»Du glotzt mir aufs Gemächt beim Duschen?«

Alan zuckte mit den Schultern. »Sorry, Berufskrankheit, manchmal fragen die Kundinnen ja danach, wobei das eher selten ist. Aber wir vermessen ihn dann auch noch im erigierten Zustand, das macht die Kollegin nachher. Ich kenne ihn ja nur schlaff, aber keine Sorge, deine Größe ist absolut in Ordnung.«

»Wenn ich das gewusst hätte, hätte ich niemals mit dir geduscht«, sagte Leon mit einem Stöhnen.

»Ich habe auch schon neidvoll deinen Knackarsch bewundert«, gab Alan feixend zurück, was ihm einen Boxhieb von Leon einbrachte, bevor er sich ins anschließende Bad verzog.

»Lass den Slip weg, und zieh nur die Jeans an«, rief Alan ihm hinterher.

Leon drehte sich um. »Da hast du aber nicht konstant gut aufgepasst, ich trage gar keinen. Ich habe nämlich frische Unterwäsche vergessen«, sagte er augenzwinkernd, bevor er endgültig im Bad verschwand.

»Umso besser, die solltest du auch bei den Aufträgen weglassen. Nimm auch von dem Haar-Gel, und verschaff dir einen zerzausten Look«, hörte er noch, bevor er seufzend die Tür schloss.

Für das Foto musste sich Leon zu allem Übel den Oberkörper mit Massageöl einreiben.

»Ich glänze wie eine Speckschwarte«, murrte er nach einem Blick in den Spiegel.

»Deine Muckis musst du nicht verstecken. Du bist zwar kein Bodybuilder-Typ …«

»Wie du, Captain America?« Leon deutete auf Alans massigen Brustkorb, bei dem sich die Muskeln abzeichneten.

»Ich trainiere hart dafür. Es ist eine Unverschämtheit, dass dir dieser Oberkörper von der Natur gegeben ist«, beschwerte sich Alan lachend.

»Hey, ich spiele Basketball mit unserer Mannschaft. Und mit dir Squash. Ich bewege mich gelegentlich.«

»Nun ja, für den Job ist das gut. Sehnig-durchtrainiert und breite Schultern – das kommt bei den Frauen an.«

Geschäftig bereitete Alan die Kamera vor. »Stell die Beine hüftbreit hin. Etwas versetzt. Mach den Reißverschluss noch ein Stück weiter auf, der Schwanzansatz darf zu erahnen sein. Schieb die Hand seitlich in die Hose, direkt neben dem Reißverschluss. Genau so. Kopf ein bisschen tiefer, Augen minimal geschlossen. Wunderbar.« Die Kamera klickte unentwegt. »Nun das rechte Bein auf die Kiste, die Hand nur andeutungsweise in Richtung Schritt. Prima. Bauchmuskeln anspannen. Genau so. Den anderen Arm hinter den Kopf, Hüfte vorgedrückt. Prima.« Wieder klickte es. »Zieh ihn mal nach links oben, damit er sich besser durch die Jeans drückt. Und jetzt stell dir vor, diese heiße Dunkelhaarige bläst dir einen.«

Leon resignierte.

Überrascht stellte er hinterher fest, dass dies das beste Bild geworden war. Sein Blick war leicht verschleiert, und die Beule in der Hose sah aus, als hätte er etwas zu bieten, ohne aufdringlich zu wirken. Auch sein Oberkörper und die Armmuskeln wurden durch das Öl vorteilhaft betont.

»Du scheinst dein Geschäft zu verstehen«, musste er widerwillig einräumen.

»Na, davon gehe ich aus«, sagte Alan trocken. »Penny erwartet dich. Nun kannst du zeigen, ob du deines auch verstehen wirst.«

Leons Mund wurde trocken. Deshalb nickte er nur.

Als er gute zweieinhalb Stunden später wieder bei seinem Freund auftauchte – noch eingehüllt in den Duft von Sex und Weiblichkeit –, fühlte er sich von den Ereignissen völlig überrollt. Doch das Adrenalin, das nach wie vor durch seinen Körper peitschte, wusch auch die Zweifel mit davon.

»Und, wie hast du dich geschlagen?«, fragte Alan, sein Gesichtsausdruck war ungewöhnlich neutral.

»Das muss Penny doch sagen«, gab er zurück. Lachen

wäre ihm schwergefallen. Zu gern hätte er gewusst, was Alan dachte.

»Wie war denn *dein* Eindruck?« Immer noch dieses Pokerface.

»Ich denke, es hat ihr gefallen. Zumindest hatte ich einige Male Sorge, dass ihre Schreie die Nachbarn auf den Plan bringen. Aber die sind den Lärm vermutlich gewohnt. Oder die Wohnung ist gut isoliert.« Er grinste. »Penny ist es bestimmt gewohnt, Orgasmen vorzuspielen, aber das wäre in meinem Fall ja kontraproduktiv gewesen. Also gehe ich davon aus, dass sie echt waren.«

Nur widerwillig ging Leon auf die Fragen ein, die daraufhin auf ihn einprasselten.

Er schwenkte danach schnell um: »Wird Penny jetzt eigentlich dafür bezahlt?«

Alan winkte ab. »Ich habe ein Arrangement mit ihr, lass das meine Sorge sein. Penny gehört zu den Frauen, die sich den Job ausgewählt haben, weil sie den Sex mögen. Sie arbeitet unabhängig. Und sie genießt es, zur Abwechslung mal selbst verwöhnt zu werden, anstatt immer nur die Gebende zu sein. Und, hast du dich jetzt schlecht dabei gefühlt?«

»Nein, es ging. Ich war viel zu angespannt, um darüber nachzudenken. Du weißt, ich liebe Herausforderungen. Und als solche habe ich es gesehen. Zumal es natürlich schön war, mal wieder ausgiebig Sex zu haben.« Leon stieß die Luft aus. »Das ist irgendwie echt schräg, dass mein bester Kumpel meine Sexpraktiken im Detail beurteilt.«

»Ehrlich gesagt, für mich auch. Das hätte ich mir auch nicht träumen lassen, als wir damals zusammen die Schulbank gedrückt haben«, gab Alan trocken zurück. »Nicht, dass ich dir nicht traue. Aber mir ist mein Renommee unglaublich wichtig, und ich weiß gern, wovon ich spreche, wenn ich meine Jungs empfehle ...«

»Schon gut.«

»Hat Penny dir gefallen?«

Leon zuckte mit den Schultern. »Sie ist hübsch. Nicht ganz mein Typ – im Gegensatz zu dir mag ich ja eher Dunkelhaarige. Auch bin ich nicht so wild auf Silikon. Aber sie hat sonst natürlich eine klasse Figur. Also im Großen und Ganzen: Ja! Und, was sagst du?«

Nun grinste Alan übers ganze Gesicht. »Um deine Qual zu beenden: Sie hat dich sehr gelobt. Anfangs warst du etwas nervös, aber das hat sich wohl nach ihrem ersten Orgasmus gelöst. Sie war jedoch nicht nur von deiner Leistung begeistert. Sondern auch davon, dass du wohl instinktiv gemerkt hattest, ob sie es ruhiger oder wilder wollte. Und das Tempo auch immer wieder gewechselt hast. Das mit dem Verwöhnen hast du wohl ganz ernst genommen. Um es kurz zu machen: Sie sagte, sie fühlt sich paradiesisch und du bist ein Naturtalent.«

»Oh, das freut mich, danke!«

War er gerade tatsächlich stolz darauf, ein Naturtalent als Callboy zu sein?

Und zum ersten Mal gestand er sich ein, dass es ihn belastete, dass ihn seine Frau verlassen hatte. Obwohl er genau wusste, dass er sich nichts vorzuwerfen hatte, hatte er sich instinktiv immer wieder gefragt, ob er etwas hätte anders machen können. Oder sogar falsch gemacht hatte. Daran hatten auch die gelegentlichen flüchtigen One-Night-Stands nichts geändert.

Die Anerkennung tat ihm nun überraschend gut. Hatte er auch deshalb zugesagt, um sich selbst etwas zu beweisen? Schnell verdrängte er die Grübeleien.

»Ein Naturtalent!«, wiederholte Alan und strahlte, als wäre Leon seine ureigene Schaffung. »Ich wusste es! Du hast es drauf! Da hat mich mein Näschen doch mal wieder nicht getrogen. Wärst du nicht mein bester Freund und ich stolz auf dich, würde ich fast ein bisschen neidisch werden, so sehr, wie sie dich gelobt hat.«

Leon hob zur Antwort nur eine Augenbraue. »Dann bin ich eingestellt?«

Alan nickte. »Ich sag dir morgen Bescheid, wie sich die Kundin entschieden hat. Der Termin ist nächstes Wochenende. Ich schlage vor, du startest diese Woche mit Ruth. Sie ist wirklich eine unserer einfachen Stammkundinnen. Und dann schlage ich Nadja vor. Sie ist dreiundzwanzig und möchte hauptsächlich gern wissen, was Männern gefällt. Ein bisschen gemeinsam herumprobieren.« Das Bild einer pausbackigen jungen Frau mit kurzen schwarzen Stoppelhaaren erschien auf Alans Monitor. »Sollten beide einfache Kandidatinnen sein. Du bist ja schließlich nicht nur für diese eine Frau dabei, oder?«

»Das ist okay«, zwang sich Leon zu versichern.

»Und falls die besagte Dame absagt, beziehungsweise einen anderen wählt, können wir für das darauffolgende Wochenende noch mal in die Kartei schauen.«

Leon nickte langsam. »In Ordnung.«

Alans Blick wurde durchdringend. »Nimmst du von mir, als dein bester Freund, noch ein paar letzte gut gemeinte Ratschläge an?«

»Natürlich! Welche denn?«

»Sprich nicht mit Kundinnen über Lily. Die Frauen wollen eine sorgenfreie Zeit erleb…«

Leon unterbrach ihn sofort: »Das hätte ich sowieso nicht.«

»Gut! Frag auch die Kundinnen nicht aus, wenn sie nicht selbst von sich aus das Gespräch auf sich lenken. Hier musst du Fingerspitzengefühl walten lassen. Für einige wirst du der Seelentröster sein. Sie wollen nicht mal viel vögeln, sondern brauchen jemanden, der ihnen zuhört. Für andere bist du einfach die Maschine, die sie körperlich befriedigt, und sie wollen nicht, dass du etwas über sie weißt.«

»In Ordnung.«

»Dass du mit niemandem über deinen Nebenjob oder unsere Agentur redest, es sei denn, du wüsstest jemanden, der uns noch unterstützen könnte, erklärt sich von selbst?«

»Natürlich. Und was noch?«

Alan wurde noch ein bisschen ernster. »Verlieb dich nie in eine Kundin! Ich kenne keinen Fall, in dem das gut gegangen wäre. Wir sind nicht im Fernsehen.«

»Ganz bestimmt nicht«, sagte Leon mit Inbrunst. »Ich habe für eine Beziehung momentan weder die Zeit noch den Kopf.«

»Dann ist es ja gut«, erwiderte Alan, doch leise Zweifel standen in seinen Zügen.

Mit einem großen Schluck Bier spülte Leon seine eigenen hinunter.

7

Katie

Endlich Feierabend!

Die OP am heutigen Samstag, ein Tag, an dem normalerweise nur in äußersten Notfällen operiert wurde, hatte sie völlig aus dem Zeitplan geworfen. Eigentlich hätte sie den ganzen Tag freigehabt.

Doch ein faustgroßes bösartiges Karzinom im Kopf ihrer kleinen Patientin, das eigentlich für Montag auf dem OP-Plan gestanden hatte, hatte das Atemzentrum lahmgelegt, und so waren sie gezwungen gewesen, es schnellstmöglich zu entfernen. Es hatte übel ausgesehen. Die Gefahr, dass es gestreut hatte, war groß, auch wenn momentan noch nichts zu sehen war. Ob die nachfolgende Behandlung anschlagen sollte, würde sich zeigen. Nun konnte sie nur noch für sie beten.

Seufzend streifte Katie ihren OP-Kittel ab, als ihr Handy summte. Ihre Kollegin Patricia. Ein ungutes Gefühl überkam sie.

»Was gibt's?«

Patricia klang völlig aufgelöst. »Katrina! Gut, dass du noch da bist! Kannst du meine Schicht übernehmen? Meine Kleine hat Brechdurchfall, und ihr Vater ist mit seiner Freundin irgendwo Richtung Vegas unterwegs. Die Babysitterin erreiche ich auch nicht.« Die Stimmlage wurde um einige Oktaven höher.

Katie unterdrückte ein Stöhnen. Ihr Blick schweifte zur Uhr. Es war kurz nach zwölf. Noch knappe sieben Stunden bis zum Treffen. In gut fünf Stunden musste sie hier fertig sein. Und sie hatte heute noch einiges erledigen wollen.

Sie hatte Hochachtung vor alleinerziehenden Müttern – oder Vätern –, aber gerade heute hätte sie sich gewünscht, ihre Kollegin wäre keine solche. Sie sprang sonst öfter für sie ein, auch Patricia war eine wirklich gute Seele und half aus, wo sie konnte, aber wieso ausgerechnet heute?

Patricia hatte ihr Zögern wohl gespürt, ihre Stimme wurde drängender. »Wenigstens ein Weilchen, bis ich einen Babysitter aufgetrieben habe? Bitte, Katrina!«

Katie musste abermals einen unwilligen Laut unterdrücken. »Ich habe heute Abend ein wirklich wichtiges Date.«

»Ein Mann?«, kam es wie aus der Pistole geschossen.

»Nicht das, was du denkst!« *Darauf kommst du nie!* »Ich muss spätestens um drei weg.« Lieber ließ sie einen Puffer.

»Du bist ein Schatz! Ich eile!«, sprudelte Patricia hervor und hatte schon aufgelegt.

Sie seufzte laut. Sie hatte ihren Dienst extra so gelegt, dass sie genug Zeit hatte, sich vorzubereiten. Ein Schaumbad, eine Rasur, vielleicht könnte sie sich mal ausnahmsweise die Nägel lackieren, was im OP ein absolutes No-Go war. Nun würde sie sich doch abhetzen müssen.

Sie schickte einen stummen Dank an Janet, die schon vor einigen Tagen darauf bestanden hatte, dass sie zum Friseur ging. Was sie eigentlich auch für heute geplant hatte. Wie ihre Freundin doch mal wieder recht behalten hatte! Hoffentlich kam nichts mehr dazwischen.

Natürlich kam noch etwas dazwischen. Patricia wurde selbst von dem Magen-Darm-Virus ihrer Kleinen befallen und sagte ab. Nachdem auch noch ein am Vortag frisch operierter kleiner Patient kollabierte, musste Katie warten, bis ihr Kollege endlich eintraf.

Völlig verschwitzt und abgekämpft kam sie schließlich um Viertel vor sechs zu Hause an. Es reichte ihr gerade, unter die

Dusche zu hüpfen, um den Mief von Krankheit und drohendem Tod von sich abzuwaschen und den Geruch von Desinfektionsmitteln mit einem Pfirsichshampoo zu übertünchen. Kurz war sie mit dem Rasierer über die wichtigsten Stellen gefahren.

Zum Glück waren die Haare gut geschnitten, mit leichten Stufen, und fielen einigermaßen von selbst dorthin, wohin sie sollten. Es waren noch fünfundzwanzig Grad. Bis sie im Hotel ankam, waren sie sicherlich trocken. Bei den Wellen war das sowieso schwierig, sie in Form zu bringen, ihre Frisur wirkte immer etwas wild.

Die letzten beiden sonnigen Wochen war sie – in Shorts und Trägershirt – mit dem Rad zur Arbeit gefahren und hatte gelegentlich die Pausen auf dem Dach des Krankenhauses verbracht. Ihr Teint war nun gebräunt.

So reichten etwas Rouge, Eyeliner und Wimperntusche sowie ein Lipgloss. Sie schminkte sich sowieso nie viel, das hatte sie sich wegen der Arbeit abgewöhnt.

Schnell warf sie frische Wäsche für den nächsten Morgen und etwas Waschzeug in einen Beutel, den sie im Hotel abgeben würde. Sie schlüpfte in die neue Unterwäsche und zerrte das Kleid über den Kopf, dann zog sie die Riemchensandalen an, die nur einen flachen Keilabsatz hatten. Zu hochhackigen Schuhen hatte sie sich nicht überreden lassen, aber die Riemchen schnürten sich apart ihre schlanken Fesseln hinauf, sodass sie schließlich auch vor Janets kritischem Auge Gnade gefunden hatten.

Ihre silberne Halskette mit dem Muschelanhänger war zwar nicht elegant, aber sie liebte sie. Der silberne Schlangenarmreif passte gut dazu und die Armbanduhr mit dem schmalen Silbersteg vervollständigte den Schmuck. Ein Silberring dazu, das musste genügen. Als sie sich vor dem Spiegel um die eigene Achse drehte, merkte sie auf einmal, wie schön es war, sich hübsch zu machen und sich nicht immer nur im OP-Kittel zu sehen.

Beinahe hätte sie das Abendtäschchen vergessen, das sie sich quer über den Oberkörper hängte. Sie quetschte ihr Handy, ein paar zusammengefaltete Taschentücher, einen Mini-Deoroller, eine Viertel Rolle Mentos, einen Eyeliner und den Lipgloss hinein. Das Portemonnaie passte nicht mehr. Sie nahm einige Scheine und ihre Kreditkarte heraus, die sie im Täschchen verstaute, und steckte das Portemonnaie selbst in den Beutel.

Erschöpft ließ sie sich eine halbe Stunde später in das vorbestellte Taxi fallen. Hoffentlich war der Beginn des Tages kein schlechtes Omen für den Rest. Hatte sie sich unter den fünf angebotenen den richtigen Mann ausgesucht? Hätte sie vielleicht doch den etwas älteren, erfahreneren nehmen sollen? Oder den ganz jungen, der noch enthusiastisch war?

Hatte ihr Bauchgefühl sie getrogen, weil sie nur nach dem Aussehen gegangen war und sich den Typen ausgesucht hatte, der ihr spontan am besten gefallen hatte, ohne sich um die genauen Daten zu kümmern? War er nicht eine Nummer zu heiß für sie? Ein Meter fünfundachtzig war er groß, das hatte sie noch behalten. Dunkle Haare und markant grüne Augen. Dreitagebart. Und studiert hatte er. Da würde sich doch ein Gesprächsstoff finden.

Nun war es eh zu spät. Das Taxi fädelte sich bereits in den Verkehr in Richtung Süden ein. Nachdenklich starrte sie ihre kurzen, unlackierten Fingernägel an.

Sie hatte vergessen, Parfüm aufzulegen. Sie brauchte es normalerweise selten, im Krankenhaus war es verpönt. Auch dafür war es nun zu spät.

Je näher sie ihrem Ziel kam, desto trockener wurde ihr Gaumen. Und desto schneller schlug ihr Puls. Gleich war sie bei ihm.

8

Leon

Er entschied sich für schwarze Jeans und ein schwarzes Hemd. Das war neutral. Es gab zwar auch Kundinnen, die einen Anzug bevorzugten, aber zum Glück gehörte diese, laut dem Fragebogen, den sie ausgefüllt hatte, nicht dazu.

Sie wollte eher schlicht essen und mochte fast alle Musik außer Techno und Hip-Hop. Das klang schon mal gut. Das war aber auch alles, was er über sie erfahren hatte. Sexuelle Präferenzen gab es keine, oder sie hatte sie nicht direkt preisgeben wollen. Auch wie viel Sex sie wollte, hatte sie nicht angekreuzt. Ihm wäre es lieber gewesen, er hätte mehr davon gewusst, was sie sich von dem Abend erhoffte, aber so musste er sich eben auf seine Spontaneität verlassen. Falls seine Nervosität diese nicht im Keim erstickte.

Die beiden gut verlaufenen Abende mit Ruth, die hauptsächlich in den Arm genommen und gestreichelt werden wollte und jemanden brauchte, der zur Abwechslung auch ihr einmal zuhörte und Anerkennung schenkte, und mit Nadja, die nicht nur seinen Männerkörper erforscht, sondern sich auch von ihm in neue Praktiken hatte einführen lassen, die ihr viel Spaß bereiteten, hatten ihm kurzfristig etwas Sicherheit verschafft, doch die war heute völlig verpufft.

Selbst Lily hatte ihm bei seinem Besuch vorhin angemerkt, dass heute etwas anders war als sonst. Schließlich hatte er ihr erzählt, dass er eine Verabredung mit einer Frau hatte.

Sie hatte sich so für ihn gefreut, dass es eine ganze Weile gedauert hatte, bis er es geschafft hatte, diesen riesigen Kloß in seinem Hals hinunterzuschlucken und sich nichts dabei anmerken zu lassen. Selbst ihre sonst so blassen Wangen hatten sich ein wenig gerötet.

»Wie heißt sie?«

»Katie.«

»Wo hast du sie kennengelernt?«, hatte sie gefragt.

»Über Alan.« Das war ja nicht einmal gelogen.

»Trefft ihr euch jetzt öfter?«

»Das weiß ich nicht. Es ist doch unser erstes Treffen. Vielleicht mögen wir uns ja gar nicht.« Er hatte ihr mit den Handschuhen über ihr kahles Köpfchen gestrichen. Und die Scham hatte ihn überwältigt.

»Ach, jede Frau, die dich kennt, wird dich lieben«, hatte sie mit so viel Überzeugung in der Stimme gesagt, dass der Kloß direkt zurückgekommen war.

Dies war wieder einer der Momente, in denen er den Mundschutz verfluchte, den er zu ihrer Sicherheit tragen musste, denn sie reagierte hochsensibel auf Keime, die ihr empfindliches Immunsystem übermäßig belasten konnten. Zu gern hätte er sie jetzt geherzt und geküsst. »Für mich gibt es nur eine einzige große Liebe in meinem Leben, das weißt du, Prinzessin.«

»Ach, Daddy, du Schmeichler.« Kurz hatte sie gekichert, wie Mädchen in ihrem Alter es so taten.

Dann war es wieder dagewesen, dieses wissende Lächeln. Eine Weisheit, die für ihr Alter sehr ungewöhnlich war. Gespickt mit Traurigkeit. Und Sorge. *Um ihn.* Was ihm jedes Mal Angst machte.

Energisch riss er sich aus seinen Grübeleien. Er hatte sich entschieden, und er stand für gewöhnlich zu seinen Entscheidungen.

Er verrieb einen Hauch herben Eau de Parfums auf den Händen und fuhr sich über die Wangen. Bloß nicht zu stark riechen. Den Dreitagebart hatte er rechtzeitig gestutzt, sodass die Stoppeln heute weich waren.

Er warf einen kritischen Blick in den Spiegel.

Sie hat dich ausgewählt, du wirst ihr gefallen, sagte er sich. Doch wenn er ehrlich zu sich war, galt seine Angst weniger dem, sondern eher der Möglichkeit, zu versagen. *Vielleicht will sie auch nur hauptsächlich in den Arm genommen und gehätschelt werden*, versuchte er sich zu beruhigen.

Mit Neurosen konnte er – schon allein wegen seines Berufs – gut umgehen. Eine breite Schulter zu bieten, darin war er geübt. Dennoch steckte er eine der blauen Pillen in die Hosentasche, die Alan ihm vorsorglich mitgegeben hatte. Zu den beiden Kondomen, die er sicherheitshalber eingepackt hatte – im Hotel würde es dann von beidem genügend Vorrat geben. Schnell schob er noch einige Papiertaschentücher in die hintere Hosentasche, dazu eine Packung Fisherman's Friends, von denen er eins direkt in den Mund steckte. Nun war er gewappnet.

Ein Blick auf die Uhr sagte ihm, dass er losmusste. Er hatte es zwar nicht weit, doch er wollte auf keinen Fall zu spät kommen.

9

Katie

Das Taxi hielt direkt vor dem Hotel *Ambassador.* Es war ein ausladender alter Prunkbau im Stil der alten Kolonialhäuser mit Stuckverzierungen, gestrichen in einem ansprechenden Ockergelb, das von der Abendsonne in einen goldenen Schein gehüllt wurde. Weinrote Fensterläden und eine passende Markise brachten Farbe ins Spiel.

»Das macht siebzehn fünfzig«, brummte der Taxifahrer von vorn.

Katie zögerte. Das Herz schlug ihr bis zum Hals.

»Wir sind da, Lady. Wollen Sie nicht aussteigen?«, fragte der Mann ungehalten.

Für einen Moment war sie geneigt, ihn sofort wieder umdrehen zu lassen, dann riss sie sich zusammen. Verlegen nestelte sie zwei Zehn-Dollar-Noten aus dem Geldbeutel und drückte sie ihm in die aufgehaltene Hand. Sie holte tief Luft und öffnete die Tür.

Kaum war sie draußen, brauste der Fahrer ab. Sie zog sich das Kleid in Richtung Knie und richtete sich auf.

Da stand er plötzlich vor ihr. Einen guten halben Kopf größer als sie und breitschultriger, als er auf dem Foto gewirkt hatte. Die dunkle Kleidung gab ihm etwas Verwegenes. Seine Haut war gebräunt, und er sah aus, als würde er viel Zeit im Freien verbringen.

Doch das Beeindruckendste waren seine Augen, die auf dem Foto einfach grünlich gewirkt hatten. Allerdings zog sich ein hellbrauner Ring um die Pupille, er wurde nach außen hin smaragdgrün und war schwarz umrandet.

Vielleicht war es auch der intensive Blick, in dem sie vermeinte, Bewunderung zu lesen, oder sein offenes Lächeln, mit dem er gepflegte weiße Zähne entblößte, das ihren sowieso schon rasenden Puls noch um einige Takte beschleunigte.

»Katie? Ich bin Leon.« Das dunkle Timbre seiner Stimme verursachte ihr eine wohlige Gänsehaut.

Sie schaffte ein Nicken und ergriff die dargebotene Hand.

Warme Finger umschlossen ihre. Er hauchte einen Kuss an ihre Wange, der sie kaum berührte. Nur einen Wimpernschlag lang streiften sie weiche Lippen, mehr ahn- als spürbar. Ein zarter Hauch von einem herben Duft, gemischt mit frischer Minze, umhüllte sie, bevor er sich wieder zurückzog.

Er deutete auf ihren Beutel. »Magst du ihn hierlassen?«

Sie nickte stumm. Bis ihr auffiel, dass sie noch keinen Ton herausgebracht hatte. Sie räusperte sich. »Das wäre super, danke.« Trotz des Räusperns klang ihre Stimme heiser.

Sie versuchte, den Gedanken an bezahlten Sex in einem Hotelzimmer zu verdrängen.

Er wandte sich an den bereits beflissen bereitstehenden Portier. »Würden Sie das bitte auf Suite sechs-zwei-vier bringen lassen? Besten Dank!«

Ohne die Antwort abzuwarten, legte er sanft die Hand auf ihr nacktes Schulterblatt und führte sie Richtung Straßenecke.

»Magst du Italienisch?«

»Ich liebe es!«

»Gleich da vorn ist ein kleines Restaurant, das sehr authentisch eingerichtet ist. Es gibt dort hervorragende Pizza und Pasta, alles hausgemacht. Man kann auch hinten im Garten sitzen. Dort habe ich uns einen Tisch reserviert. Ist dir das recht?«

Ob er dort immer mit seinen Kundinnen hinging?

Schnell verdrängte sie den Gedanken und nickte. »Das klingt gut. Ehrlich gesagt habe ich einen Bärenhunger.«

Sein tiefes Lachen war so ansteckend, dass sie unwillkürlich einstimmte.

Er zwinkert ihr zu. »Na, dann. Schnell dahin, bevor du mir noch vor Schwäche zusammenbrichst.«

Als er die Hand zurückzog, prickelte ihr Schulterblatt. Sie fühlte sich immer noch befangen in seiner Gegenwart. Warum hatte sie nur den Typen genommen, der ihr am besten gefallen hatte? Normalerweise hatte sie keine Mühe, Konversation zu betreiben, doch sie fühlte sich gerade wie ein Teenager gegenüber seinem angehimmelten Rockstar und nicht wie die selbstbewusste Ärztin, die sich ihren Namen in der Fachwelt erobert hatte und dort auch durchaus »ihren Mann« stehen konnte.

Der Garten war angenehm schattig, umgeben von großen Linden. Für das italienische Flair sorgten Olivenbäume, die ringsherum in Kübeln wuchsen, und der terrakottafarbene Hausanstrich, der zwischen dem rankenden Efeu hervorblitzte. Es roch lecker nach Holzofen und warmem Teig sowie Tomaten, Kräutern und Knoblauch. Ihr lief das Wasser im Mund zusammen.

Der Ober führte sie zu einem Tisch am hinteren Ende des Gartens, reichte ihnen Speisekarten und zündete die bereitstehende Laterne an.

»Es ist schön hier«, sagte Katie anerkennend.

»Ja, das dachte ich gerade auch. Ich bin froh, dass es dir gefällt.«

»Du bist auch zum ersten Mal da?«

Kurz glitt ein Schatten über sein Gesicht, den sie nicht richtig einordnen konnte. »Ja.«

Unwillkürlich strahlte sie ihn an, was er erwiderte. Sie wusste nicht, warum es sie erleichterte, dass er kein Standardprogramm abspulte.

Der Kellner kam wieder und fragte nach ihren Getränkewünschen.

»Möchtest du einen Aperitif? Oder einen Prosecco?«

»Am liebsten zuerst ein großes Bier vom Fass. Ich habe nämlich auch fürchterlichen Durst. Danach gern einen Martini Rosso.«

Wieder dieses dunkle Lachen, das sie bis ins Zwerchfell spürte. »Ich schließe mich der Dame an«, sagte er an den Kellner gewandt.

Sie hatten gerade die Speisen ausgewählt, als bereits die Getränke serviert wurden.

Kondenswasser perlte von den Bierkrügen.

»Das sieht gut aus.« Sie stöhnte genießerisch und griff nach dem Krug. »Ich wäre fast verdurstet.«

»Chin-chin!« Leons Glas klirrte gegen ihres. »Auf einen schönen Abend!« Er sah ihr bedeutungsvoll in die Augen. Ihr Herz setzte für zwei, drei Schläge aus, bevor es einen Hüpfer machte.

Durstig nahm sie einige tiefe Schlucke, was wieder ein Grinsen auf sein Gesicht zauberte.

Zum Glück legte sich die Befangenheit schnell, als Leon das Gespräch geschickt auf die Toskana lenkte. Sie stellten fest, dass sie beide nach dem College gereist, auch schon in Europa gewesen waren und sogar teilweise dieselben Orte in Italien besucht hatten.

Sie waren sich einig, dass es ihnen besonders die kleinen Orte und Agrotourismus – vor allem die alten Bauernhöfe – angetan hatten und Rom zwar eine tolle Stadt mit großartigen Bauwerken war, aber auch für sie, trotz einiger Parks, zu wenig Grünflächen zu bieten hatte.

»Meine Eltern sind gerade mit dem Wohnmobil auf einer Weltreise und haben als nächstes Europa auf dem Programm. Obwohl ich es ihnen von Herzen gönne, beneide ich sie richtig«, erzählte er schmunzelnd.

»Oh, das glaube ich, da bin ich bei dir. Ich finde das toll, was deine Eltern machen.« Wie sie wohl waren? Er schien sie zu mögen. Sie war selbst überrascht, als sie sich sagen hörte: »Ich wünschte, mein Vater würde auch etwas mehr rausgehen. Je älter er wird, desto bequemer wird er. Ein richtiger Couchpotato.«

»Und deine Mutter?«

Katie schluckte. »Sie ist gestorben, als ich zwölf war.«

»Das tut mir leid. Entschuldige, dass ich gefragt habe«, sagte er betreten.

»Nein, schon in Ordnung. Ich habe eine ... Stiefmutter. Sie ... kümmert sich um ihn.«

Als hätte er gespürt, dass sie nicht über Mildred sprechen wollte, wechselte er das Thema. »Und wie fandest du Venedig?«

Dankbar nahm Katie das Thema an. »Eine großartige Stadt mit den Kanälen. Zum Glück war es damals noch nicht so überfüllt, ohne die zahllosen Kreuzfahrtschiffe, deren Passagiere heutzutage die Städte überfluten.«

Und sie schwenkten um auf nachhaltiges Reisen, ein Thema, bei dem sie erfreulicherweise auch einer Meinung waren. Es war schön, dass er sich Gedanken um die Umwelt machte und zu ihrem Erhalt beitrug. Einen Moment lang fragte sie sich, warum sie das wunderte. Schließlich schloss die Tatsache, dass er diesen Beruf ausübte, ja nicht aus, dass er trotzdem achtsam sein konnte.

So langsam entspannte sie sich.

Bis auf die Tatsache, dass sein Knie gelegentlich ihres berührte oder er beim Reden für einzelne Momente die Hand auf ihre legte, was sich durchaus nicht unangenehm anfühlte – im Gegenteil –, ließ er ihr den Raum und die Zeit, sich an ihn zu gewöhnen und verzichtete auf plumpe Vertraulichkeiten. Falls sie später doch noch der Mut verlassen würde, mit ihm mitzugehen, hatte sie wenigstens einen angenehmen Abend verbracht.

Als Vorspeise hatten sie eine gemischte Platte mit Antipasti für zwei ausgewählt. Leon war aufmerksam und füllte ihren Teller zuerst. Sie war erstaunt, dass sie – trotz ihres eingeschnürten Magens – solch einen Appetit entwickelte. Sie ließ sich getrocknete Tomaten in Olivenöl, mit Schafskäse gefüllte Oliven, Parmaschinken mit Melone, Miesmuscheln, sauer eingelegte Sardinen, Meeresfrüchtesalat und knusprig angebratenen geräucherten Provolone schmecken. Dazu wurde ofenfrisches Oliven-Ciabatta gereicht.

Hinterher ließ sie sich in dem bequemen Korbstuhl zurückfallen und wischte sich mit der Serviette den Mund ab.

»Das war schon mal hervorragend für den Anfang!«

Er lachte wieder. »Schön, dass es dir geschmeckt hat.«

Ein verlegenes Grinsen schlich sich auf ihre Züge. »Sorry, dass ich so reingehauen habe, aber ich kam heute noch nicht zum Essen.«

Er hob fragend die Augenbrauen.

»Ich hatte überraschend Dienst.«

»Dienst?«

»Ich bin Ärztin«, erklärte sie zögernd. Eigentlich hatte sie sich vorgenommen, nicht über ihr Leben zu sprechen. Warum hatte sie es angeschnitten?

»Ein stressiger Tag?«

Sie seufzte. »Irgendwie schon.«

Wieder dieser fragende Blick. Ein offenes Lächeln.

Instinktiv spürte sie, dass er neugierig war, sich Nachfragen jedoch verkniff und es ihr überließ, wie viel sie sagen wollte.

»Lass uns lieber über Reisen sprechen. Wo warst du sonst noch außer Italien?«

»Ich war auch im Norden von Europa, in Skandinavien. Norwegen hat teilweise Ähnlichkeiten mit Kanada …« Während er von seinem Kanutrip durch die nördlichen Länder Europas erzählte, fingen seine Augen an zu funkeln, und sie konnte förmlich spüren, wie er in der Natur auflebte. Doch er schwang sich nicht zum Alleinerzähler auf, sondern war stets bemüht, sie zu Wort kommen zu lassen und auch ihren Erinnerungen die Zeit zu geben, zurückzukehren.

Sie merkte, wie sie sich zunehmend in seiner Gegenwart wohlfühlte, und manchmal kam es ihr vor, als würden sie sich schon ewig kennen.

Der Hauptgang – gegrilltes Zanderfilet auf Zitronenbutter, mit Rosmarinkartoffeln und mediterranem Gemüse, das al dente zubereitet war – schmeckte hervorragend, doch sie musste sich gelegentlich zwingen, sich darauf zu konzentrieren, was sie aß, so anregend war das Gespräch.

Leon hatte sich eine Pizza Diavola bestellt und ließ sie ein Stück kosten. Der Teig war knusprig und der Belag würzig. Das Restaurant würde sie sich merken.

Sie waren nach dem Aperitif zu Rotwein übergegangen, einem Bardolino, der vom Süden des Gardasees stammte. Sie war schon beim zweiten Glas und musste aufpassen, dass ihr der Alkohol nicht zu Kopf stieg, sie merkte, wie ihr leichter zumute wurde.

Der Kellner unterbrach ihre Gedanken: »Hat es Ihnen geschmeckt, Signora?«

Katie kramte noch etwas von ihrem verstaubten Italienisch-Wortschatz hervor: »Delizioso, grazie.«

Der Kellner strahlte. »Grazie, Signora. Gradisce del caffè o dessert?«

»Un espresso e un tiramisù, per favore.«

»Solo un espresso per me, Signore«, bestellte Leon.

Das Tiramisu war eine mächtige Portion. Voller Vorfreude tauchte sie den Löffel in die sahnige Masse. Die Kombination aus herbem Kakao und süßer Creme war eine Gaumenexplosion. Genießerisch schloss sie die Augen.

Leon lachte leise.

»Magst du kosten?«

Er lächelte. »Wenn du so schwärmst, gern.«

Sie hatte eigentlich gedacht, er würde ihr seinen Löffel reichen, doch er sah sie nur abwartend an.

Zögernd stach sie ein großes Stück ab und hielt es ihm hin.

Er behielt den Löffel einen Sekundenbruchteil länger im Mund als üblich und sah ihr dabei vielsagend in die Augen. »Sehr lecker!«

Ihr Puls schnellte nach oben. Und das lag nicht an dem starken Espresso. Ein Kribbeln breitete sich in ihrem Magen aus, als sie ihrerseits den Löffel in den Mund steckte und sich einbildete, *ihn* zu schmecken. Da war sie wieder, diese Nervosität.

Er war ein Wildfremder. Und sie sollte nachher geplant mit ihm ins Bett steigen. Nicht, dass sie sich nicht bereits in Gedanken ausmalen würde, wie es mit ihm sein würde. Das Foto von seinem nackten Oberkörper war noch präsent vor ihrem inneren Auge. Ihre Blicke schweiften über das schwarze Hemd, das eng an seinen Schultern anlag. Die aufgekrempelten Ärmel präsentierten kräftige Unterarme, gebräunt und die Härchen von der Sonne golden gebleicht. Wie es sich wohl anfühlte, wenn er sie in den Arm nahm?

Sie wusste nicht so richtig, was sie sich von dem Abend erwartet hatte – auf keinen Fall eine solche Vertrautheit. Es fühlte sich kein bisschen wie ein *Geschäftsessen* an. Sie waren einfach zwei noch einigermaßen junge Menschen – er war mit vierunddreißig auch nur zwei Jahre älter als sie –, die sich zu einem Date trafen. Mit ungewissem Ausgang des Abends.

Wieso machte sie sich so viele Gedanken? Das Kneifen war immer noch eine Option. Während sie nachdenklich ihren Nachtisch löffelte, gestand sie sich zum ersten Mal selbst ein: Sie hatte keine Angst mehr, dass es ihr mit ihm *nicht* gefallen würde. Vermutlich bestand eher die Gefahr, dass es *zu gut* werden konnte.

Der nächste unangenehme Moment kam beim Bezahlen. Der Kellner legte automatisch die Rechnung vor Leon hin, der auch danach griff. Doch es stand im Vertrag, dass das Essen auf ihre Kosten lief.

Sie zückte ihr Täschchen, entnahm die Kreditkarte. »Auf diese Karte, bitte.«

Leon öffnete den Mund, als wollte er protestieren, dann kniff er die Lippen zusammen. Und reichte ihr, fast widerwillig, mit verschlossener Miene die Mappe. Sie konnte ihm ansehen, dass es ihm unangenehm war. Warum nur? Er war es doch sicherlich gewohnt?

Die Rechnung war eh lächerlich niedrig. Er war mit seiner Pizza und ohne Nachtisch sehr günstig gewesen. Für einen Moment schoss ihr durch den Kopf, ob er das mit Absicht so gewählt hatte, doch dann verwarf sie den Gedanken. Auf die paar Dollars mehr kamen es bei der Summe pro Nacht auch nicht an.

Als sie dem Kellner wieder den unterzeichneten Bon reichte, versehen mit einem großzügigen Trinkgeld, und Leon sich, etwas verlegen, bedankte, kroch eine ungewöhnliche Wärme durch ihren Bauch. Sie konnte verstehen, wie er sich fühlte. Auf einmal bekam sie das Bedürfnis, mehr über ihn zu erfahren. Warum tat er das?

»Nicht nötig, sehr gern. Ich danke dir für den tollen Tipp. Es war total lecker.« Sie lächelte ihn offen an.

Als sie vor der Tür waren, hatte er sich wieder gefangen. »Was möchtest du jetzt tun? Zurück zum Hotel, dort gibt es eine Bar mit Klaviermusik oder …« Den Rest ließ er offen, doch zum Glück grinste er nicht anzüglich dabei.

Ihr Zögern dauerte wohl einen Moment zu lang.

Mit einem Blick auf ihre flachen Schuhe schlug er vor: »Es ist so ein schöner Abend. Herrlich lau. Sollen wir zum Strand spazieren? Es ist nicht mal einen Block weit. Ein Verdauungsspaziergang?«

Sie nickte erleichtert. »Das klingt toll nach dem üppigen Essen.«

Wieso kann man sich gleichzeitig etwas dermaßen herbeisehnen und doch solche Angst davor haben?, ging ihr durch den Kopf.

Schon beim Näherkommen konnte sie die salzhaltige Luft riechen und das Rauschen der Wellen hören, untermalt von rhythmischen Reggae-Klängen aus der Ferne. Sanft strich der Seewind durch ihre Haare.

Als sich ihre Sandalen mit Sand füllten, zog sie sie kurzerhand aus und nahm sie in die Hand. Leon tat es ihr mit seinen schwarzen Sneakers gleich. Der warme Sand unter ihren Füßen und die silberne Sichel des Mondes, die sich auf den brechenden Wellenkämmen spiegelte, vermittelten ein Urlaubsgefühl und Leichtigkeit.

Leon ergriff ihre andere Hand. Seine war warm und trocken, es fühlte sich gut an, mit verschränkten Fingern am Strand entlangzugehen, wie ein potenzielles Paar. Das Schweigen war einträchtig. Sie geriet ins Träumen, stellte sich vor, dass dies ein echtes Date wäre.

Weiter vorn leuchtete schwach ein Lagerfeuer, um das eine Gruppe Leute saß. Daneben standen einige Campingbusse. Die salzhaltige Luft mischte sich mit dem Geruch von Holzfeuer – und vielleicht auch Marihuana.

Die Leute schienen einen entspannten Abend zu verbringen, dachte sie amüsiert.

Leon warf ihr einen fragenden Blick zu, vielleicht hatte er ihr Lächeln bemerkt. »Willst du dich dazusetzen?«

Im Grunde liebte sie es, am Strand an einem Lagerfeuer zu sitzen, in den Semesterferien zu Hause hatte sie viele Abende am Strand verbracht, doch irgendwie war ihr gerade nicht nach weiterer Gesellschaft, er reicht ihr völlig. Sie schüttelte nur lächelnd den Kopf. »Jetzt nicht.«

Er nickte verstehend, drückte ihre Hand und schien auch irgendwie froh darüber zu sein, was ihr Herz für einen Moment hüpfen ließ. Ob er ihre Gesellschaft genauso angenehm empfand wie sie seine?

»Vielleicht ein Drink da vorn in der Bar?« Er deutete auf ein Holzgebäude, das von Flaggen mit den Emblemen diverser Surfboard-Hersteller umsäumt war, die im Wind flatterten – vermutlich ein Surfertreff. Die Bar wurde nur von Fackeln erleuchtet. Leon strich ihr sanft eine Haarsträhne beiseite, die ein Windstoß ihr ins Gesicht wirbelte.

Ihr Herzschlag beschleunigte sich. »Das wäre schön.«

Als sie näher kamen, besang Bob Marley den Buffalo Soldier, den »Büffelsoldaten« mit den Dreadlocks, der aus Afrika entführt und nach Amerika gebracht worden war, um dort einen Kampf zu kämpfen, der ursprünglich nicht seiner war.

»Eigentlich ein trauriger Text«, sagte Leon in dem Moment, als sie darüber nachdachte.

Erstaunt sah sie ihn an. »Das habe ich gerade auch überlegt.«

Kurz sah er überrascht aus, dann lächelte er und zwinkerte ihr zu. »Wie heißt es so schön …«

»Zwei Dumme, ein Gedanke«, ergänzte sie lachend.

Er stimmte ein. Sie mochte sein tiefes Lachen, das ihr jedes Mal direkt unter die Haut ging.

Die Bar war auf den Sand gebaut, Fackeln verbreiteten einen warmen Schein. Bunte Lampions bildeten die einzige Beleuchtung über den Tischen. Auf der Tanzfläche – ein Stückchen Strand – tummelten sich einige Tanzwütige. Viele in Badeshorts – Männer mit nacktem Oberkörper und Frauen in Bikinioberteilen –, die Haare vom Surfen noch salzverkrustet. Doch Janet hatte recht gehabt – mit dem Kleid wirkte sie auch hier nicht deplatziert.

Leon zog sie in Richtung Bar. Zwei mannshohe Boxen standen nebeneinander – die Bässe hämmerten.

»Was willst du trinken?«, rief er ihr ins Ohr und ließ zu ihrem Bedauern ihre Hand los.

»Piña Colada«, schrie sie zurück. Erst Bier, dann Martini, dann Wein … noch mal wechseln war eigentlich keine gute Idee, aber das passte hier einfach am besten.

Er wählte einen Mojito.

Als sie sah, dass der Barkeeper direkt kassieren wollte, griff sie nach ihrem Täschchen. Doch Leon packte ihr Handgelenk und sagte fast ein wenig barsch: »Ich übernehme das.«

Sie verstand.

Wieder sah er ihr beim Anstoßen tief in die Augen. »Auf dich.«

Sie nahm allen Mut zusammen. »Auf den schönen Abend.«

Sein erfreutes Lächeln zündete ein Feuerwerk in ihrem Inneren.

Er legte die Hand, die eine angenehme Wärme ausstrahlte, auf ihre Schulter und schob sie an den Rand der Tanzfläche, neben ein paar Fackeln.

Sie war enttäuscht, als er die Hand wieder zurückzog. Unwillkürlich fröstelte sie.

»Ist dir kalt?«, fragte er sofort und legte fürsorglich den Arm um ihre Schultern.

Eigentlich nicht, der Wind war lau, doch sie hätte sich lieber auf die Zunge gebissen, als das zuzugeben. Sonst zog er womöglich den Arm wieder zurück. So lächelte sie ihn nur stumm an, nahm einen großen Schluck aus ihrem Glas und fasste den Mut, sich an ihn zu lehnen.

Sein Körper fühlte sich so gut an wie erwartet. Warm und fest. Er drückte sie kurz an sich, bevor er langsam den Daumen auf ihrer Schulter kreisen ließ. Wärme breitete sich in ihrem Bauch aus.

Janets Stimme erklang in ihrem Ohr: *Überlass ihm die Führung, er weiß, was zu tun ist.*

Ob es jetzt an dem vielen Alkohol lag oder an seiner angenehmen Gesellschaft, sie merkte, wie sie sich entspannte. Und zugänglicher wurde. Sie schlang den Arm um seine Hüften und rückte noch ein wenig näher. Er hauchte ihr einen Kuss auf den Scheitel.

Die Musik wechselte zu Rockmusik. Er wippte mit den Beinen mit, was seinen Unterkörper vor- und zurückbewegte. Ihre Fantasie spielte ihr Streiche und ließ sie an weitere rhythmische Bewegungen denken.

Herrje, sie war wirklich schon leicht betrunken. Ihre Hand machte sich selbstständig und kreiste auf seiner Hüfte. Sie hörte, wie er scharf den Atem einsog. Seine Fingerspitzen glitten federleicht über ihr Schulterblatt und in der Mitte ihres Rückens hinauf. Sie erschauerte wohlig, was ihm ein dunkles Brummen entlockte.

Sie sah ihm ins Gesicht. Seine Augen wirkten viel dunkler, und er sah sie unverwandt an. Ob sie ihn wohl erregte? Auf einmal wünschte sie, dass er sie wirklich wollte. Und nicht nur des Geldes wegen.

Die Musik schwenkte wie gerufen auf Balladen um.

»I've been waiting for a girl like you«, schallte es aus den Boxen, und sie hoffte, Leons Blick wäre so bedeutungsvoll, wie es ihr Wunschdenken hineininterpretierte.

Die Musik wurde noch langsamer.

»Willst du tanzen?", raunte er ihr ins Ohr. Sein warmer Atem strich dabei über ihren Hals.

Sie nickte stumm.

Er zog sie zur Tanzfläche, und dann lag sie in seinen Armen. Ein Gefühl der Geborgenheit mischte sich mit der wachsenden Erregung, als sie ihn so nah an sich spürte. Sie vergrub die Hände in seinen dichten Haaren, während sie ihr Gesicht in seine Halskuhle presste.

Sie bewegten sich kaum von der Stelle, nur ein sanftes Wiegen. Eine einschmeichelnde Stimme sang von der Kraft der Liebe, die die Seele verbrannte. Und Katie hatte das Gefühl, dass ihr gesamter Körper in Flammen stand.

Mit einem Arm hatte Leon ihre Taille fest umschlungen, während die andere Hand sacht über ihren Rücken fuhr – von den nackten Schulterblättern bis in ihren Nacken. Dann spielte er mit ihren Haaren und strich die Wirbelsäule hinunter.

An der Stelle, wo sich der String an ihren nackten Po schmiegte, hielt er inne und fuhr wieder hinauf. Langsam, zärtlich, vorantastend. Sie wurde sich ihres beinahe nackten Hinterteils bewusst. Auf einmal wünschte sie sich, er würde die Hand darauflegen.

Wärme breitete sich in ihrem Schoß aus. Unwillkürlich drückte sich ihr Unterkörper gegen ihn. Wenn sie es richtig spürte und er nicht gerade etwas Hartes in seiner Hosentasche hatte, ließ ihn der Tanz ebenfalls nicht kalt.

Als hätte er ihren geheimen Wunsch gespürt, fuhr seine Hand etwas tiefer. Zögerlich, als wollte er ihr die Möglichkeit geben, ihm jederzeit Einhalt zu gebieten. Seine Hand schob sich auf ihren Po und drückte sie noch fester gegen sich. Hatte sie gerade tatsächlich leise gestöhnt?

»Katie«, sagte Leon heiser, dann suchte sein Mund den ihren – genauso langsam und erregend wie alles andere, was er getan hatte. Die Schläfe hinunter, über ihr Ohr an den Hals, was köstliche Schauer in ihr weckte, zu ihrem Kinn. Und dann lagen seine Lippen auf ihren.

Ich habe immer gedacht, dabei wird nicht geküsst, schoss es ihr noch durch den Kopf, bevor er ihren Mund endgültig eroberte. Seine Lippen waren warm und weich. Er schmeckte süß nach Mojito und Minze. Seine Zunge streichelte ihre mit einer Zärtlichkeit, die ihr unter die Haut ging.

Katie klammerte sich an ihm fest, als würde sie ertrinken. Mit der einen Hand fuhr sie in seine Haare, die andere schob sich wie von selbst unter den Bund seines Hemdes und berührte die nackte Haut seiner Taille.

Nun war er es, der leise aufstöhnte und sie noch fester an sich presste. Hatte sie bislang noch Zweifel gehabt, war sie sich nun sicher, dass er erregt war, als er sie verlangend an sich presste.

Auf einmal waren auch Katies Zweifel wie weggeblasen.

»Wollen wir gehen?«, raunte Leon ihr mit heiserer Stimme ins Ohr, und sie nickte stumm.

Der Weg zum Hotel war nicht weit, aber er erschien ihr endlos. Immer wieder hielt Leon an, um sie ausgiebig zu küssen, bevor er sie wieder an der Hand packte und weitereilte.

Obwohl der Aufzugboy sein Pokerface behielt und ihnen den Rücken zugewandt hatte, war sie sich sicher, dass er genau wusste, was im sechsten Stock, in Suite 624, gleich passieren würde. Doch es war Katie mit einem Mal gleichgültig.

Das Pochen in ihrem Schoß war schon beinahe schmerzhaft geworden. In ihrem Bauch sammelte sich eine Horde Schmetterlinge, als Leon seine Hand, zwar immer noch langsam, aber nun auch deutlich fordernder, über ihren Rücken hinab gleiten ließ und diesen sanft durch den Stoff streichelte.

Kaum waren sie in der Suite angekommen, warf Leon die Tür zu, drückte sie mit seinem ganzen Körper an die Wand. Er stöhnte auf. Hungrig eroberte sein Mund ihren. Seine Zunge spielte mit ihrer, sanft und gleichzeitig fordernd.

Sein heiser hervorgestoßenes »Ich möchte dich berühren, Katie« verursachte eine wohlige Hitze in ihrem Unterleib, und sie nickte nur.

Seine Hand fuhr unter den Saum ihres Kleides, und endlich spürte sie seine Finger auf ihrer nackten Haut. Sie hatte nie gewusst, was das Streicheln ihres Pos für erregende Gefühle hervorrufen konnte.

Auf einmal wollte sie auch ihn spüren. Sie nestelte ungeduldig an den Knöpfen seines Hemdes. Mit einem kehligen

Lachen zog er sich das Hemd über den Kopf und feuerte es achtlos beiseite. Genussvoll strich sie über seinen nackten Oberkörper. Seine Brustwarzen richteten sich auf, winzige Erhebungen, als sie mit den Fingerspitzen darüberfuhr. Und er sog scharf die Luft ein, als sie über seinen Bauch strich.

Er küsste wieder ihren Hals, er saugte leicht daran, was ein erregendes Pochen in ihrer Mitte hinterließ, als gäbe es eine Direktleitung durch ihren Körper. Seine Hand fuhr unter ihren Rocksaum, abermals zögerlich, verharrte, um ihre Reaktion abzuwarten.

Sie schluckte, sah in seine vor Verlangen dunklen Augen und nickte dann abermals. Er schloss die Lider. Seine Finger strichen über die Spitze des Höschens. Hungrig drückte sie sich gegen seine Hand, doch er zog sie wieder zurück und ergriff den Rocksaum und schob ihn nach oben.

Aber anstatt sie zu streicheln, griff er an seine eigene Hose.

Sehnsucht und Enttäuschung hielten sich die Waage. Zum einen wünschte sie sich nichts mehr, als dass er sofort in sie eindrang, zum anderen hatte sie sich etwas mehr Vorspiel erhofft. Wenigstens ein kurzes Streicheln.

Doch wider Erwarten rückte er nur die Jeans zurecht. Mit einem süßen Grinsen sagte er: »Da drin wird's verdammt eng.«

Unwillkürlich musste sie auflachen. Das Lachen wandelte sich sofort in ein kaum unterdrücktes Stöhnen, als seine Fingerspitzen langsam die Innenseite ihrer Schenkel hinaufglitten, während seine Lippen sich ihrem Brustansatz näherten. Wieder strich er nur ganz leicht über ihr Höschen, bevor er die Hand wieder wegnahm, an das Oberteil ihres Kleides griff und es nach unten zog. Obwohl er das Licht nicht angeknipst hatte und die Umgebung nur schummrig von einer Notbeleuchtung im Gang erhellt war, konnte sie die Bewunderung und Begierde in seinen Augen lesen.

»Du bist einfach der Wahnsinn«, sagte er heiser und fuhr

anerkennend über ihren BH. Ihre Brustwarzen drückten sich ihm hart entgegen. Wieder streichelte er sie erst einige Male, rieb sanft den Spitzenstoff über ihre schon empfindsame Haut, bis Katie kurz davor war, ihn anzuschreien.

Dann zog er den Stoff herunter und umfasste die Brustwarzen mit den Lippen. Saugte leicht daran, ließ dann zart die Zunge kreisen. Wellen der Erregung schwappten durch ihren Körper. Sie drückte ihren Unterleib nach vorn.

Wieder erklang sein heiseres Lachen, als er ihrem unausgesprochenen Befehl folgte und die Hand zwischen ihre Schenkel schob. Er drückte die Handfläche gegen ihre empfindlichste Stelle. Warm und verheißungsvoll. Er hielt so inne, während er genießerisch mit der Zunge an ihren Brustwarzen spielte.

Katie hielt es nicht mehr aus, öffnete die Beine ein Stück weit und rieb sich an seiner Hand. Ein Stöhnen, fast wie das Brummen eines Bärs, entrang sich seiner Kehle, und endlich glitten seine Finger in ihr Höschen.

Er sog scharf die Luft ein.

Sie spürte selbst, wie feucht sie inzwischen war. Sein Streicheln war langsam, genussvoll, fast in Zeitlupe und brachte sie an den Rand des Wahnsinns.

Viel zu schnell zog er die Finger wieder zurück. Sie murrte unwillig. Mit einem heiseren Lachen, das mehr einem Stöhnen glich, tauchte er mit den Fingern in sie ein. Und nun gab es keine Zurückhaltung mehr. Leon schien genau zu wissen, wo die erogenen Zonen lagen, wo er Druck ausüben oder sanft reiben musste, während seine Zunge zärtlich mit ihrer Brustwarze spielte. Alles in ihrem Inneren zog sich zusammen. Er musste spüren, dass sie enger und enger wurde, sein Atem kam stoßweiße, und er stöhnte auf, während er seine Bewegungen beschleunigte. Mit einem lauten Schrei explodierte sie.

Und während es in ihr noch zuckte, hob Leon sie auf die

Arme, als wäre sie ein Fliegengewicht, und trug sie ins Schlafzimmer, das lediglich von den beiden roten Nachttischlampen erhellt wurde. Doch er ließ sie nicht aufs Bett sinken, sondern stellte sie davor auf die Füße und zog ihr Kleid und BH aus – wieder voller Genuss, als würde er es auskosten. Erst dann bettete er sie sanft.

»Du bist wunderschön«, sagte er heiser und liebkoste sanft ihren Körper. Aufgrund seiner bewundernden Blicke war sie fast geneigt, ihm zu glauben.

Wieder streichelte er sie von Kopf bis Fuß mit Fingerspitzen und Lippen. Ihre Erregung wuchs. Sie bewegte sich unruhig.

Sein Streicheln wurde fordernder, das Ziehen in ihr stärker. Als er sie küsste, fuhr sie auffordernd über die Ausbeulung in seiner Hose, die sich hart gegen ihre Finger presste. Doch er schien völlig darauf konzentriert zu sein, sie zu streicheln.

Schließlich hielt sie es nicht mehr aus und packte ihn am Bund seiner Jeans. Sie öffnete den Knopf und zog den Reißverschluss auf. Seine Erektion drückte sich ihr entgegen. Er war steinhart. Sie konnte das genüssliche Aufstöhnen nicht unterdrücken.

Doch er machte keine Anstalten, zu ihr zu kommen. Sie hob auffordernd den Unterkörper. Er ließ seine Finger kreisen, was wohlige Schauer durch ihren Körper jagte, doch es war ihr längst nicht mehr genug.

»Mmmh«, brummte sie und schob ihre Hand in seine Hose. Umfasste ihn. Massierte ihn. Er war so prall, fühlte sich so gut an. Sein lautes Aufstöhnen erregte sie.

»Sag mir, was du willst«, raunte er ihr ins Ohr.

»Ich will dich spüren. In mir.«

Sein Stöhnen ging ihr unter die Haut. Mit einem Ruck zog er sich die Jeans von den Hüften. Es knisterte, als er eilig das Kondom überstreifte. Wieder ließ er die Finger kreisen, als wollte er prüfen, ob sie wirklich bereit für ihn war, umschloss die Brustwarzen mit den Lippen, saugte an ihnen, dann lag er auf ihr. Er stützte sich mit den Unterarmen ab, dennoch konnte sie seinen harten, angespannten Körper überdeutlich spüren. Jeden Muskel. Sie öffnete weit die Beine.

Er wartete. »Mach die Augen auf«, bat er.

Sie sah ihn an. Seine Iris war dunkel vor Leidenschaft. Dann glitt er in sie. In Zeitlupentempo. Als würde er es auskosten. Millimeter für Millimeter. Bis er sie vollkommen ausfüllte. Ihr Körper stand in Flammen.

Katie konnte nicht mal sagen, ob er oder sie oder vielleicht sie beide laut gestöhnt hatten.

Endlich bewegte er sich. Langsam und aufreizend. Er ließ ihr Gesicht nicht aus den Augen. Ihr eigener Atem hallte in ihren Ohren. Er senkte den Kopf und küsste sie hungrig, während er sich nun schneller bewegte. Und noch schneller.

Katies Nägel gruben sich in seinen Rücken, doch das schien ihn nur noch mehr zu erregen. Er wurde noch schneller. Sie schlang ihre Beine um seine Hüften, drückte ihren Unterkörper noch enger an ihn, umfasste seinen knackigen Po und presste ihn an sich.

Seine Beherrschung schien sich zu verflüchtigen. Er keuchte, stieß nun hart zu. Jeder Stoß schürte ihre Erregung nur noch mehr. Er schob eine Hand unter ihren Po und drückte sie fester an sich, während er unerbittlich tiefer und tiefer drang.

Sie spürte, wie sich eine unbekannte Erregung in ihrem Inneren aufbaute. Ihr Körper machte sich selbstständig, drückte und rieb sich ihm entgegen. Wie aus dem Nichts explodierte sie und schrie laut auf.

Überrascht riss sie die Augen auf. »Was …«

Er hielt schwer atmend inne. »Alles okay?«

»Ja, nur … Auf diese Art bin ich noch nie gekommen«, stammelte sie.

Sie hatte mit einem selbstgefälligen Grinsen gerechnet, doch stattdessen war sein Lächeln unglaublich zärtlich. Er zog sie eng in seine Arme, küsste sie sanft und ließ ihr einen Moment, die Erregung auszukosten, bevor er sich erneut langsam in ihr bewegte.

Hatte sie gedacht, es wäre im Grunde schon genug, wurde sie eines Besseren belehrt. Nachdem er sich einige Male bewegt hatte, ließ er sich nach unten gleiten und küsste sie zwischen den Beinen. Sie hatte nie mehr als einen Orgasmus beim Sex erlebt und war erstaunt, wie ihr Körper nun auf den erneuten Reiz reagierte. Stärker, erregter, als sie es erwartet hatte.

Als er wohl merkte, dass ihre Ungeduld wuchs, legte er sich neben sie, hob eines ihrer Beine an und drang mit einer unter die Haut gehenden Langsamkeit wieder in sie ein, während seine Finger sanft ihre empfindlichste Stelle massierten. Katie konnte nicht sagen, was sie mehr erregte – sein zärtliches Streicheln oder wie er sie ausfüllte. Die Kombination brachte ihre Mitte regelrecht zum Glühen.

Auch um seine Beherrschung schien es langsam geschehen. Er hielt inne, um ihre Brust zu küssen, doch sie bewegte sich ihm drängend entgegen.

Nun waren es seine Augen, die zusammengepresst waren, während er tiefer und tiefer in sie eindrang.

»Sieh mich an«, keuchte sie.

Er riss die Augen auf. Der erregte Blick, in dem so viele Gefühle steckten, drang bis in ihr Inneres vor.

Seine Finger bewegten sich schneller, die Stöße kamen härter. Alle Empfindungen schienen sich in ihrer Körpermitte zu sammeln. Sie war nicht in der Lage, ihren Blick von seinem zu lösen, als bestünde eine magische Verbindung.

»Katie«, stammelte er heiser.

Da war es um sie geschehen. Eine Explosion katapultierte sie regelrecht in himmlische Sphären.

Noch zwei, drei Stöße, und Leon drückte sich mit einem lauten Aufstöhnen an sie. Sein Zucken ließ sie abermals erbeben.

»Wahnsinn«, stieß er keuchend hervor.

Er zog sie an sich und hielt sie ganz fest, bis sich ihrer beider Atem beruhigt hatte. Jeden Millimeter ihres Gesichtes bedeckte er mit Küssen, bevor er sich aus ihr zurückzog.

Diskret wickelte er das Kondom in ein Tuch, dann ließ er sich auf den Rücken fallen und zog sie in seine Arme. Er hielt sie eng umschlungen. Küsste ihre Stirn, ihre Nase, ihren Mund.

Sie kuschelte sich dankbar an seinen festen Körper, Geborgenheit umhüllte sie. Sie hatte immer noch Mühe, das soeben Erlebte zu verarbeiten. Sanft streichelte er ihre Seite und ihren Rücken, und sie war froh, dass er schwieg und ihr Zeit ließ, das Ganze auszukosten.

Eine wohlige Entspannung ergriff von ihr Besitz. Die arbeitsreiche Woche forderte ihren Tribut, und sie dämmerte erschöpft weg.

Sie wachte auf, als er sich vorsichtig bewegte. Erschrocken schlug sie die Augen auf.

»Sorry, ich wollte dich nicht wecken. Ich muss nur …« Er deutete in Richtung Bad.

»Habe ich lange geschlafen? Müssen wir schon aufstehen?«, fragte sie entsetzt.

»Nein, du warst nur vielleicht zwanzig Minuten weg«, beruhigte er sie.

Ihr »Gott sei Dank« kam wohl so voller Inbrunst, dass er leise lachte.

»Keine Angst. Wir haben noch ganz viel Zeit, bis es Morgen ist.« Nun war das Lächeln verheißungsvoll.

Er küsste sie, schwang sich aus dem Bett, und sie konnte ausgiebig Leons Anblick von hinten genießen. An der Tür drehte er sich um, und auch sein gut gebauter Anblick vorn konnte eine Frau in Ekstase versetzen. »Hast du Lust auf ein Bad im Whirlpool?«

Sie stöhnte genießerisch auf. »Das klingt toll.« Und unwillkürlich kam die Hitze in ihrem Schoß zurück, als sie an seinen nackten Körper an ihrem im warmen Wasser dachte. Sie war neugierig. Was er wohl alles mit ihr vorhatte?

Er blieb lang weg. Sie hörte das Wasser rauschen.

Schließlich kam er mit dem Handtuch um die Hüften heraus und hatte wie ein Kellner ein zweites Handtuch über den Arm gelegt. Unterwürfig verneigte er sich. »Ihr Bad ist angerichtet, Mylady.«

Er schüttelte das Handtuch aus und hielt es ihr beflissen hin. Dankbar ließ sie sich einwickeln. Hatte er mal wieder gespürt, dass sie gerade gedacht hatte, dass es ihr peinlich war, nackt vor ihm durchs Zimmer zu spazieren? Was in Anbetracht der zurückliegenden Ereignisse zwar albern war, aber so fühlte sie sich bedeutend wohler.

Sie stieß einen überraschten Laut aus, als sie ins Bad kam. Er hatte das Licht gelöscht. Überall brannten Teelichter, sicherlich fünfzig Stück. Die Dämpfe des warmen Wassers, die aus einer großen runden Wanne in der Mitte des Raums aufstiegen, verliehen dem Ganzen ein mystisches Ambiente. Es roch ansprechend nach Vanille. Am Rande des Beckens stand ein Kübel mit Eis, aus dem eine Champagnerflasche ragte, daneben zwei Sektflöten. Aus verdeckten Lautsprechern klang leise, einschmeichelnde Musik.

»Wow«, hauchte sie.

»Gefällt es dir?«, raunte er leise gegen ihr Ohr, bevor er die empfindsamen Stellen an Ohrmuschel und Hals mit der Zunge liebkoste.

Ein wohliger Schauer rann über ihren Körper. »Mmmh.«

Die feine Bitterkeit, die beim Gedanken in ihr aufkam, ob das auch zum Standardprogramm gehörte, verdrängte sie schnell. Sie würde die romantische Stimmung in vollen Zügen auskosten.

»Möchtest du Champagner oder etwas anderes trinken?«

»Ich glaube, ich brauche erst einen Schluck Wasser, danach gern.«

Wie aus dem Nichts zauberte er eine Flasche Mineralwasser hervor, die er wohl neben dem Becken deponiert hatte, und goss die beiden Sektflöten voll.

»Bei dir bleibt kein Wunsch offen, oder?«

»Ich bemühe mich.« In der Stimme lag ein Versprechen. Er hob das Glas. »Cheers.«

Sie sah ihm beim Anstoßen in die Augen und befeuchtete ihre Lippen. »Danke.«

Sein Lächeln war so warm wie das Wasser, in das sie sich nun gleiten ließ. Es umschmeichelte sie. Ihr Herz klopfte schneller, als er in die Wanne stieg und sich neben sie setzte.

Wieder ließ er es langsam angehen. Er nahm eine feine Bürste vom Beckenrand und ergriff ihr Bein. Sie hätte sich niemals träumen lassen, wie erotisch es sein konnte, die Fußsohlen mit dieser Bürste massiert zu bekommen, während die Blasen an ihrem Körper entlangperlten.

Als er am Beinansatz angekommen war – seine kreisende Hand berührte dabei immer wieder wie zufällig ihre empfindlichsten Stellen –, bat er sie, sich umzudrehen. Sie legte das Kinn entspannt auf die verschränkten Arme auf dem Wannenrand und schloss die Augen.

Oh, wie empfindsam ihr Po war! Die Bürste massierte sanft in Kreisen. Sie bewegte sich unruhig gegen seine andere Hand, die er wie zufällig an die Innenseite ihres Schenkels gelegt hatte. Leon drückte auf einen Knopf. Nun kam ein Massagestrahl von vorn. Nicht übermäßig stark, aber stark genug, um sie nach Luft schnappen zu lassen, als er an ihrem Bauch entlang über ihren Venushügel streifte.

»Gut so?«, fragte er.

Katie schluckte. Und nickte.

Leon widmete sich wieder der Massage ihres Pos. Er spreizte dabei leicht ihre Beine und tastete nach vorn, um das Auftreffen des Strahls zu prüfen und glitt mit seiner Hand zwischen ihre Beine.

Wieder schnappte Katie nach Luft, als der Massagestrahl dieses Mal direkt ihre empfindlichste Stelle traf. Er schaltete noch mehr Düsen hinzu. Sie schwebte im warmen Wasser, und Leon ließ ihren Körper kreisen. Mal traf der Strahl ihre Nippel, dann wieder ihre pulsierende Mitte. Eine Hitze stieg in Katie auf, die nichts mit dem warmen Wasser zu tun hatte. Gelegentlich streifte sie seine Erektion, die ihr zeigte, dass ihre Erregung auch ihn nicht kaltließ.

»Knie dich hin«, murmelte er gegen ihr Ohr, bevor er es mit der Zunge verwöhnte. Auch ihr Hals wurde wieder bedacht. Sie hatte nie gewusst, wie sensibel sie an Ohren und Hals war und wie erregend es war, dort geküsst zu werden.

Leon positionierte ihren Körper so, dass der Strahl nun genau ihre empfindlichste Stelle traf. Erregung brodelte in ihr auf. Ihre Finger krallten sich am Beckenrand fest. Sein harter Körper, den er an sie presste, und die Arme, die sie umschlangen, ließen ihr keine Chance zum Ausweichen.

»Lass dein Becken kreisen«, murmelte er heiser an ihrem Ohr, während er mit der weichen Bürste sanft ihre Brüste massierte.

Während der Strahl und seine Massage sie der Ekstase entgegentrieben, war sein Körper hinter ihr nicht minder erregend. Sie drückte ihren Po an seine Vorderseite, was auch seinen Atem keuchend werden ließ.

Mit der Bürste massierte er ihren Rücken, während seine Finger in sie eintauchten. Ihre gereizten Nervenenden reagierten sofort auf ihn mit Wellen der Erregung.

Wie von selbst öffneten sich ihre Beine so weit, wie es ging, und ihr Körper drückte sich der Erlösung entgegen.

Leon zog sich kurz zurück, streifte ein Kondom über, und dieses Mal massierte er ihren Eingang mit seiner prallen Eichel. Ihre eigene Hemmungslosigkeit überraschte sie, als sie sich im Wechsel gegen ihn und die Düse drückte.

Er umfasste ihre Brüste, massierte sie, während seine Erektion zwischen ihren Beinen hin und her fuhr, ohne in sie einzudringen. »Ich freue mich schon auf dich!« Die Erregung in seiner heiseren Stimme ließ sie erschauern.

Das Ziehen in ihrem Unterleib war fast schmerzhaft. Sie stöhnte laut auf.

»Jetzt hol's dir«, murmelte er ihr ins Ohr, bevor er an ihrem Hals saugte und ihre Brüste massierte.

Ihr gesamter Körper stand in Flammen.

Gerade als sie aufkeuchte, weil sich alles in ihr zusammenzog, drang er in sie ein. Ein Feuerwerk explodierte in ihrem Kopf, das nicht aufhören wollte, als er hart und erbarmungslos in sie stieß und sie in noch schwindelerregendere Höhen trieb. Der nächste Orgasmus folgte direkt. Dieses Mal hielt Leon inne, ließ sie das Beben auskosten, bevor er sich zurückzog.

»Komm auf mich.« Er zog sie auf seinen Schoß.

Sie küsste ihn leidenschaftlich und führte seine Hand zu ihrer Brust, bevor sie sich langsam auf ihm niederließ. Er stöhnte lustvoll auf.

Nun spielte sie mit ihm. Ließ ihren Unterkörper kreisen. Bewegte sich auf und ab, und wenn sie merkte, dass er ihre Hüften packte, um ihre Bewegungen zu beschleunigen, hielt sie inne. Bis sie es nicht mehr aushielt.

Ihr Atem kam stoßweise. Das Wasser schwappte über den Wannenrand, doch das war ihr völlig gleichgültig. Sie spürte, wie sich ein Erdbeben in ihr ankündigte.

Dieses Mal überließ er die Geschwindigkeit ihr. Sein Körper war ihr Werkzeug. Sie nahm ihn völlig in sich auf, reizte mit ihm jede Zone ihres Körpers. Schob seine Hände dahin, wo sie sie wünschte. Biss ihn in die Schulter, küsste ihn wild.

Auch seine Bewegungen waren nicht mehr sanft. Seine Augen waren halb geschlossen, er rieb ihre Nippel, die sie ihm regelrecht entgegenpresste, zwischen Daumen und Zeigefinger. Hart an der Schmerzgrenze und so erregend. Das Ziehen nahm von ihrem Körper Besitz. Auch sein Körper wurde hart wie Stahl, als er die Muskeln anspannte.

»Katie, ich …«, stammelte Leon und versuchte, sie mit den Händen an ihren Hüften zu bremsen. Anspannung zeigte sich auf seinem Gesicht.

Das Wissen, dass er kurz davor war, zu kommen, gab ihrer Erregung den letzten Schub. Gegen den Widerstand seiner Hände drängte sich ihr Körper der Erlösung entgegen. Ein Zucken übermannte sie, das sich von ihrer Mitte über den ganzen Körper ausbreitete. Vor ihren Augen tanzten bunte Sterne. Sie bäumte sich auf, hörte Leons Stöhnen, bevor er erschauderte. Ein Nachbeben folgte, bis sich ihr Körper wieder langsam beruhigte.

Sie schlang ihre Arme um seinen Hals. Und küsste ihn. Langsam und sehnsuchtsvoll. Nun waren seine Hände wieder zärtlich, seine Nähe hüllte sie ein. Erst jetzt spürte sie wieder die Blasen, die ihre Körper wohlig massierten. Sah das Kerzenlicht. Hörte die sanfte Musik.

Eine ganze Weile hielt Leon sie, dann schob er sie vorsichtig von sich. Er musste ihr die Enttäuschung angesehen haben. »Ich muss … das Kondom«, murmelte er.

Er stand auf, streifte es ab, bevor er sich wieder neben ihr in die Wanne gleiten ließ und sie in seine Arme zog.

Mit einem wohligen Schnurren schmiegte sie sich an ihn.

Er küsste sie zart auf beide Wangen. »Das ist unfair.«

»Was denn?« Erstaunt hob sie den Kopf.

Abermals streiften seine weichen Lippen ihre Wangen. »Diese süßen Grübchen bringen mich regelrecht um den Verstand.« Er küsste sie auf die Nasenspitze. »Am liebsten würde ich dieses Näschen sofort wieder zum Krausen bringen, was es immer tut, wenn du kommst. Dabei brauche ich wirklich kurz eine Pause.« Sein dunkles Lachen und diese liebevollen Worte ließen ihr Herz hüpfen.

Sie tranken Champagner, hörten Musik, und Katie genoss seine Nähe. *Nicht nachdenken!* Immer wieder drängten sich die unguten Gedanken in den Kopf. *Es ist nicht real. Er tut es für Geld.*

Doch ihre Gedanken und ihr Empfinden schafften es die meiste Zeit, sich einfach im Hier und Jetzt zu aalen und zu genießen.

Sie gingen zurück ins Bett, wo er sie nochmals langsam und sehnsuchtsvoll liebte. Und ihr den langandauerndsten Orgasmus schenkte, denn sie je gehabt hatte.

Der Rest der Nacht bestand aus einer Mischung aus Schlafen und Wachen, zwischen tiefster Entspannung und höchster Ekstase. War es die lange Enthaltsamkeit oder lag es an Leon, dass sie einfach nicht genug bekommen konnte?

Katie fragte sich gelegentlich, ob er es als Service, als Erfüllung seiner Pflicht, betrachtete, sie von einem Orgasmus zum nächsten zu jagen, doch sie hatte eigentlich zu keiner Minute den Eindruck, dass er sich dazu gezwungen fühlte. Im Gegenteil. Er gab ihr das Gefühl, das begehrenswerteste Wesen auf der Welt zu sein, und Katie sonnte sich in der Aufmerksamkeit und Bewunderung.

Sie erwachte von einem Geräusch und schlug die Augen auf. Helles Sonnenlicht umflutete sie. Sie lag allein in dem großen Bett. Ihr Blick schoss zum Radiowecker, der auf dem Nachttisch stand. Die roten Ziffern leuchteten ihr entgegen. *9:35.*

Verflucht! Sie fuhr so schnell auf, dass ihr schwindelig wurde. Ihr *Arrangement* sollte bis zehn Uhr gehen. Sie hätte so gern noch mehr Zeit mit ihm verbracht. Doch wo war er?

Da ging die Badtür auf. Leon. Mit feuchten Haaren, ein Badetuch um die Hüften. Er schenkte ihr ein zärtliches Lächeln.

»Guten Morgen!« Er beugte sich zu ihr, um sie zu küssen. Hüllte sie in eine Wolke aus Minz-Zahnpasta und herbem Duschgel ein.

Ihre eigene Hemmungslosigkeit der vorigen Nacht verwunderte sie, im hellen Tageslicht betrachtet.

»Ich habe uns Frühstück bestellt. Jetzt habe *ich* einen Bärenhunger.« Sein schelmisches Grinsen ließ ihre Glieder zu Wachs werden.

Sie bemühte sich, das Lächeln zu erwidern. Sie hätte so gern nach dem Aufwachen noch gekuschelt – oder sogar noch mehr.

Müde schleppte sie sich ins Bad, putzte sich die Zähne und stieg widerwillig unter die Dusche, obwohl sie gern seinen Geruch an sich behalten hätte.

Sie hatten sich soeben den Bademantel übergezogen, als es an der Tür klopfte. »Zimmerservice.«

Leon schien wirklich hungrig gewesen zu sein. Er hatte Berge von Essen bestellt. Rührei mit schwarzen Bohnen, Hash Browns, Toast, Bagel, Schinken, Käse, Marmelade, Butter – sogar ein Obstteller fehlte nicht.

Katie deutete auf die Uhr, die fünf vor zehn anzeigte. »Schaffen wir überhaupt, das alles rechtzeitig zu essen?«

»Musst du gleich weg?«, fragte er überrascht.

»Nein, gar nicht. Ich habe heute nichts Wichtiges vor. Aber ich dachte, um zehn …« Sie schluckte.

»Ich bin nicht in Eile.« Er zuckte mit den Achseln. »Ich habe erst heute Nachmittag einen Termin. Privat!«, betonte er, da er vermutlich ahnte, welche Gedanken ihr bei »Termin« sofort in den Kopf schossen. »Ich muss einen Krankenbesuch machen. Das Zimmer müssen wir auch nicht gleich räumen.«

»Prima!«

»Dann lass uns essen.« Und wie zur Bestätigung knurrte sein Magen laut.

Er lachte, und Katie fiel erleichtert ein. Jede Minute Aufschub war ihr recht.

Obwohl sie nach der Nacht auch sehr hungrig war, hatte sie Mühe zu essen. Das Ziehen in ihrem Magen war dieses Mal sehnsüchtiger Natur. Sie wollte nicht weg. Sie wollte nicht, dass es zu Ende war.

Was Leon wohl dachte? Auch er war ungewöhnlich schweigsam beim Essen, schob das Rührei auf dem Teller hin und her. Sie hatte das Gefühl, dass er ihr gelegentlich nachdenkliche Blicke zuwarf, wenn sie ihn nicht ansah, aber vielleicht interpretierte sie auch zu viel hinein.

Schließlich schob Leon den Teller zurück.

Katie stand auf, sammelte ihre Kleidung vom Vorabend ein, nahm ihre frischen Sachen aus dem Beutel und stopfte die getragenen hinein.

Er sah ihr mit undurchdringlicher Miene zu. Sie wollte gerade mit den Klamotten im Bad verschwinden, da hielt er sie an der Schulter fest.

»Hat …« Er räusperte sich. »Hat es dir gefallen?«

»Das fragst du nicht im Ernst?« Sie schüttelte den Kopf, ein wehmütiger Zug schlich sich um ihre Lippen. »Das hast du doch gespürt, oder?«

Wieder verdunkelten sich seine Augen. Er zog sie an sich. Umschlang sie, als wollte er sie nie wieder loslassen. So fest, dass ihr das Atmen schwerfiel. Dann bog er den Kopf zurück und küsste sie hungrig.

Ein tiefes Glücksgefühl durchflutete sie. Mit einem Aufstöhnen vergrub Katie die Hand in seinen Haaren. Seine Gesten hatten nichts mehr von dem Bemühen, ihr die größtmögliche Befriedigung zu verschaffen. Sie hatten etwas Verzweifeltes, das ihr noch viel mehr unter die Haut ging. Das

Ziehen in ihrem Magen breitete sich über den ganzen Bauch aus, ihr Brustkorb wurde eng.

Fieberhaft glitten seine Hände und Lippen über ihren Körper. Regelrecht ausgehungert, was nach dieser Nacht bestimmt nicht sein konnte.

Ihr Verlangen stand seinem in nichts nach. Als könnte sie die Nacht festhalten, wenn sie jeden Millimeter seines Körpers förmlich in sich aufsaugte. Er legte sie aufs Bett, tauchte in sie ein, wild und hemmungslos. Ihr Orgasmus war fast schmerzhaft. Er folgte ihr mit einem unterdrückten Stöhnen, das Gesicht in ihre Halsbeuge gepresst.

Eine ganze Weile blieb er reglos auf ihr liegen, sein Gewicht eine süße Last.

Sie schluckte und fuhr zart über seinen Rücken. Ein letzter Kuss, dann erhob er sich schweigend.

Katie stand auf, zog sich ebenso schweigend an und schnappte ihren Beutel.

Auf einmal hatte sie den Eindruck, dass er sie unbedingt loswerden wollte. Es traf sie mehr, als sie erwartet hatte.

»Danke für … die schöne Nacht«, murmelte sie.

Als er keine Anstalten machte, sie in den Arm zu nehmen, sondern sie nur mit versteinerter Miene ansah, drehte sie sich zur Tür.

»Katie …?«

Sie wandte sich zu ihm.

Stumm riss er sie an sich. Erst nach einer Weile sprach er: »Es war … unglaublich. Total schön.« Er murmelte es so leise, dass sie es kaum verstand. Dann schob er sie von sich, nahm ihr Gesicht in seine Hände und musterte sie für einen Augenblick so intensiv, als müsste er später ein Gemälde von ihr zeichnen. Sein Lächeln war wehmütig. »Danke.«

Ein allerletzter zarter Kuss auf die Lippen.

Sie wusste nicht, wie sie zur Tür hinaus, geschweige denn,

wie sie in den Fahrstuhl oder mit dem Taxi nach Hause gekommen war.

Im Flurspiegel starrte ihr eine Fremde entgegen. Die Augen groß und glänzend. Die Lippen leicht geschwollen. Selbst ihre Brüste schienen über Nacht gewachsen zu sein. Jeder Nerv in ihrem Körper war hochsensibel und reagierte sofort auf Reize.

Sie zog sich aus und legte sich aufs Bett, schlang die Arme um sich und rollte sich zusammen. Sie vermeinte noch, seinen Duft auf ihrer Haut zu spüren. Heute würde sie sicherlich nicht mehr duschen. Vielleicht nie wieder.

I don't wanna miss a thing, schallte es aus ihrem Radio, und sie presste die Hände auf die Schläfen, als könnte sie so die Erinnerungen in ihrem Kopf versiegeln.

Auf ihrem Handy summte es, doch sie ignorierte es. Vermutlich war es Janet, die neugierig war. Im Moment war sie noch nicht in der Lage, darüber zu sprechen. Sie musste erst selbst verarbeiten, was passiert war.

10

Leon

»Ihr wart länger im Hotel, bis nach zwölf, sehe ich. Hat sie zugezahlt?«, fragte Alan, ohne den Blick von seinem Computer zu nehmen.

»Was?«, fragte Leon verblüfft.

»Du hast einfach so verlängert?«

Leon hatte Mühe, sich auf seinen besten Freund und jetzigen Boss zu konzentrieren. Seine Gedanken kreisten immer noch um die vorangegangene Nacht. *Katie!* Es kam ihm vor wie ein wilder Traum.

»Arbeiten wir nach Stempeluhr?«, erwiderte er gereizter als geplant.

Alan hob die Augenbrauen. »Zumindest halten wir uns einigermaßen an die Zeiten. Sonst erwarten es die Kundinnen ständig, dass man sich kostenlos länger für sie Zeit nimmt, das ist auch den Kollegen gegenüber nicht fair.«

»Ich dachte, ein kleiner Bonus für eine Neukundin.«

»Wird sie dich wieder buchen?«

»Ich … habe sie nicht danach gefragt«, gab Leon beschämt zu. Es hatte ihm auf der Zunge gelegen. Und dann hatte er es nicht rausgebracht. Und zwar nicht, weil er sie nicht wiedersehen wollte – im Gegenteil. Doch nicht für Geld.

Alan seufzte. »Zukünftig solltest du bitte versuchen, immer gleich einen Folgetermin zu bekommen. Kundenbindung, du verstehst?«

»Ich merke es mir«, versicherte Leon steif.

Für einen Moment sah Alan aus, als wollte er noch etwas

darauf sagen, doch dann schwenkte er um. »Wie war es denn?«

»Gut.« Leon sah ihn dabei nicht an.

»Gut?« Der Spott triefte nur so aus diesem einen Wort.

»Wirklich gut. Ich denke, sie kam voll auf ihre Kosten«, zwang sich Leon zu sagen. Mit Ruth oder auch bei Penny hatte es ihm nichts ausgemacht, Bericht zu erstatten, doch plötzlich kam es ihm vor, als beginge er Verrat an Katie, wenn er ins Detail ging.

Alans Blick wurde durchdringend. »Mir gefällt dein Gesichtsausdruck nicht.«

Leon schob das Kinn nach vorn. »Inwiefern?«

»Du stehst auf sie.« Alan betonte es nicht als Frage.

Leon zuckte möglichst lässig mit den Schultern. »Ja, sie ist heiß.«

»Denkst du noch an meinen Rat?«

»Natürlich!«, gab er ungehalten zurück. »Du weißt, für mich zählt nur Lily. Und zu ihr werde ich jetzt auch gleich fahren.«

»Das darfst du. Ich habe dich allerdings wegen etwas anderem gebeten herzukommen. Mir ist morgen Abend einer meiner Jungs ausgefallen. Es ist nur ein kurzer Auftrag. Eine Geschäftsfrau auf der Durchreise, die hier einen Termin hat. Maximal zwei Stunden. Könntest du das übernehmen? Ich selbst bin bereits bei einem anderen Termin, und meine anderen Jungs sind alle eingespannt. Ich habe der Kundin deine Unterlagen geschickt, und sie ist einverstanden.«

»Morgen schon?«, rief Leon entsetzt.

»Ja, erst um acht, die Besuchszeit bei Lily geht doch nicht so lang.«

»Ich …« Fieberhaft suchte Leon nach einer Ausrede. Der Gedanke, nach Katie Sex mit einer anderen zu haben, verursachte ihm regelrecht körperliche Übelkeit.

»Gibt es ein Problem?«, fragte Alan scharf.

Für einen Moment fragte sich Leon, ob sein Freund ihn zu gut kannte und ihm deshalb den Auftrag erteilte, damit er sich nicht verliebte.

Katies enttäuschter Blick, als er gesagt hatte, dass er noch einen Termin hatte, kam ihm völlig überraschend in den Sinn. »Wir waren ziemlich aktiv«, sagte er etwas lahm.

»Denkst du, es geht morgen noch nicht wieder?« Es klang nicht verächtlich, sondern eher nach höflichem Interesse, dem Bestreben, nach einer Lösung zu suchen.

Es war eine rein berufliche Frage, auf die Leon nun eine Antwort finden musste. Schließlich riss er sich zusammen. Er hatte einen Vertrag unterschrieben und tat es wegen des Geldes. Und er würde sich professionell verhalten. »Ich übernehme es.«

Alan nickte zufrieden. »Prima, danke!«

»Kann ich jetzt los? Ich will noch Zeit mit meiner Tochter verbringen.« Er klang selbst in seinen eigenen Ohren wie ein bockiger Junge, der Schelte bekommen hatte und nun fragte, ob er in sein Zimmer dürfe, doch Alan ging nicht auf den Tonfall ein.

»Natürlich. Sag meinem Patenkind einen lieben Gruß. Ich gehe nächste Woche auch wieder vorbei, heute schaffe ich es nicht.«

»Das mache ich.«

»Ach, Leon?« rief Alan, als er fast zur Tür draußen war.

»Versuch bitte dieses Mal, wenn möglich, dass sie gleich einen Anschlusstermin bucht.«

»In Ordnung.« Leon nickte steif.

11

Katie

Je mehr Tage vergingen, desto surrealer kam ihr das Erlebte vor. Doch in den Nächten träumte sie von *ihm*, wachte dann mit einer Enge in der Brust und Feuchtigkeit zwischen den Beinen auf.

Von der Agentur kam eine E-Mail mit einem Fragebogen. Sie klickte ihn weg.

Nicht dass Leon nicht ihre positive Bewertung verdient hätte, aber sie wollte nicht alles aufleben lassen und ihr Urteil abgeben. In ihr wohnte ein eigentümlicher Schmerz.

Bislang war es ihr jedes Mal erfolgreich gelungen, ihre neugierigen Freundinnen abzuwimmeln, doch schließlich drohten sie, sie in der Krankenhauskantine zu überfallen. Das hatte ihr noch gefehlt, dort über ihre Nacht mit einem Callboy zu sprechen. So stimmte sie schließlich zu, Janet zu besuchen, als deren Kinder einige Tage bei ihren Großeltern verbrachten.

Das riesige Anwesen der Sullivans war von einer meterhohen Mauer umgeben. Es hätte sich auch gut in Beverly Hills gemacht, so elegant, wie es war.

Vor dem ausladenden Tor wurde Katie von einer Kamera beäugt, dann öffneten sich die beiden Flügel und offenbarten den Blick auf den großzügig angelegten Garten. Dahinter leuchtete das riesige weiße Haupthaus in der Sonne.

Es war schön, dass Janet sich durch den Reichtum nicht verändert hatte, schoss es Katie durch den Kopf. Sie war die herzensgute Freundin geblieben, die sie schon früher gewesen war. Mit den langen lackschwarzen Haaren und grünen Augen hübsch, aber das schien ihr gar nicht bewusst zu sein. Früher hatte sie etwas zum Vollschlanken geneigt, aber nun nutzte sie das Vermögen für einen Personaltrainer, diverse Diät-Kuren und hatte sich auch das ein oder andere Pölsterchen absaugen lassen, ohne viel an sich herumschnippeln zu lassen. Sie hängte es nicht gern an die große Glocke.

Katie folgte dem Butler in den Garten. Ihre Freundinnen saßen in Bikinis am Pool und hatten die Köpfe zusammengesteckt. Erins rotblonder Schopf hob sich von Janets schwarzem ab. Auch ihre helle, leicht sommersprossige Haut bildete einen Kontrast zu Janets gebräunter. Ihre Figur war fast als mager zu bezeichnen, sie hatte – trotz stets unersättlichen Appetits auf Süßes – eher mit zu wenigen Kilos zu kämpfen, worüber sich Janet und Katie in ihrer Jugend oft spaßhaft beschwert hatten.

Ihre Gastgeberin sprang auf. »Endlich! Ich dachte ja schon, du wirst uns auf ewig aus dem Weg gehen und neugierig sterben lassen!«, rief sie, bevor sie den Butler anwies, ihnen drei Pink Ladys zu bringen.

Katie musste unwillkürlich lachen. »Ich war so eingespannt.« Sie sah ihren Freundinnen an, dass sie wussten, dass es nicht der einzige Grund war.

Janet wartete noch, bis Katie sich ebenfalls bis auf den Bikini ausgezogen und der Butler die Drinks serviert hatte, dann hieb sie resolut auf ihre Liege. »So, und jetzt raus mit der Sprache. Wie war es? Hast du gekniffen?«

»Was? Nein!«

»Ich dachte schon, weil du dich so zurückziehst …«

Die Blicke aus zwei Augenpaaren schienen ihre Stirn zu durchdringen.

Katie räusperte sich verlegen.

»Er war gut. Und zwar sehr«, stellte Janet fest.

Katie schlug die Hände vors Gesicht. »Viel zu gut.« Sie stöhnte.

»Wie heißt er denn?«, wollte Erin wissen.

»Leon.«

Janet zwinkerte ihr zu. »*Den* Namen hast du dir bei deinem schlechten Namensgedächtnis gemerkt?«

Katie nickte.

»Jetzt sei kein Frosch! Ich will alle schmutzigen Details«, quengelte Erin.

Katie hob den Kopf. »Er war absolut heiß. Aufmerksam. Rücksichtsvoll. Interessant.« Sie stöhnte. »Und ein Gott im Bett.«

»Ha!« Janet klatschte in die Hände wie Rupert. »Ich wusste es! Werdet ihr euch wiedersehen?«

Katie hob die Achseln. »Er hat mich nicht gefragt.«

»Mädchen!« Janet schüttelte den Kopf. »*Du* buchst *ihn*. Er fragt nicht.«

»Aber …«, sagte sie trotzig.

Janet unterbrach sie: »Vielleicht kann er sich schlecht verkaufen. Das liegt nicht jedem. Also ist es deine Aufgabe, es dir wiederzuholen, wenn es dir gutgetan hat.«

Katie biss sich auf die Unterlippe.

Wieder konnte Janet anscheinend auf den Grund ihres Herzens sehen. »Du hast Angst, dass er dir zu viel bedeutet?«

»Vielleicht«, räumte Katie ein.

»Das ist der Reiz des Neuen. So etwas hast du noch nie erlebt. Ich habe es auch schon mal gedacht.« Sie senkte die Stimme. »Vor Jamie. Aber man darf die sexuelle Befriedigung, die viele Gefühle in einem weckt, nicht damit verwechseln, dass man auch etwas für den Menschen dahinter empfindet, den man ja im Grunde nicht kennt.«

Katie seufzte. »Vielleicht hast du recht.«

»Warum versuchst du es nicht mal mit einem anderen?

Du wirst sehen, auch das wird großartig werden«, schlug Janet vor, wie immer eine Lösung parat.

»Ich überlege es mir.« Katie versuchte, die Lustlosigkeit zu verbergen.

»Komm, rück raus mit den Details. Wie verlief der Abend?«, drängte Erin.

»Wir waren bei einem tollen Italiener. Total authentisch, man denkt direkt, man wäre in Italien. Sehr gutes Essen. Den müssen wir uns merken. Und dann, nach einem Strandspaziergang, in einer romantischen Surfer-Bar direkt am Strand. Und danach sind wir zurück ins Hotel.«

»Und dann?« Erin schüttelte sie am Arm. »Lass dir doch nicht alles aus der Nase ziehen.«

»Hatten wir Sex. Viele Male. Und ich hatte unzählige Orgasmen«, schloss Katie. Auf einmal widerstrebte es ihr, in die Einzelheiten zu gehen. Es war so schon schwer genug, nicht an die dunklen Augen zu denken, in denen sich solch eine Palette von Gefühlen gespiegelt hatte. Die Vertrautheit, die nichts mit dem Sex zu tun gehabt hatte, konnte sie nicht in Worte fassen. Sie schluckte. »Er war unglaublich zärtlich.«

»Oh.« Erin seufzte verzückt.

Katie wechselte das Thema: »Aber erzähl du doch mal! Wie kamen denn deine Einkäufe bei Rob an?«

Erin erzählte so drollig, dass sich Katie sofort unbeschwerter fühlte. Danach tollten sie im Pool herum, als wären sie noch die Kinder von früher, und am Ende des Abends fühlte sich Katie befreiter.

Sollte sie Janets Rat befolgen und es tatsächlich mal mit einem anderen probieren?

Sie stellte sich unter die Dusche. Die warmen Strahlen prasselten angenehm auf ihren Körper. Katie stellte die Massagedüse ein. Sie massierte sich den Nacken, den Kopf und führte den Strahl zu den Brüsten. Es prickelte angenehm.

Die Erinnerungen an den Whirlpool wurden wach. Eine Weile massierte sie ihre Brustwarzen, dann fuhr sie mit der Massagedüse zwischen ihre Beine. Sie keuchte auf, als der Strahl ihre empfindlichste Stelle traf. Sie stellte sich vor, sie wäre im Whirlpool, Leon kniete hinter ihr, hielt sie in seinen starken Armen fest und führte sie.

Ihr Atem kam stoßweise, als sie den Duschkopf langsam kreisen ließ. Sie lehnte sich rücklings gegen die Duscharmatur, bildete sich ein, es wäre Leons Härte. Die Erregung wuchs. Alles in ihr zog sich zusammen, bis ihre Lust explodierte. Und sie dabei seinen Namen ausstieß. *Leon!*

Sie stellte die Dusche wieder auf den breiten Strahl und ließ sich das warme Wasser über den Körper rieseln. Obwohl sie doch eigentlich hätte befriedigt sein müssen, wuchs die Sehnsucht in ihr. Nur zögernd trennte sie sich von der wohligen Wärme.

Wie von selbst lenkten ihre Schritte sie zu ihrem Rechner.

Sie suchte die Mail der Agentur heraus.

Dann beantwortete sie die Fragen mit Punkten auf einer Skala von eins bis zehn, wobei zehn die höchste Punktzahl war.

Verlief der Abend zu ihrer Zufriedenheit?

Zehn.

Wie fanden Sie das Programm des Abends?

Kamen Sie auf ihre Kosten?

Blieben noch Wünsche offen, oder hat er sie alle erfüllt?

Sie beantwortete diese und alle weiteren Fragen mit einer Zehn.

Würden Sie wieder bei unserer Agentur buchen?, bekam ebenfalls eine Zehn.

Sie verdrängte das ungute Gefühl, dass sie beim Gedanken an *bezahlten* Sex mit Leon überkam. Doch wie sollte sie ihn sonst wiedersehen? Bevor sie weiter darüber nachgrübeln konnte, kreuzte sie schnell an, dass sie einen neuen Termin ausmachen wollte. Am nächsten Wochenende. Treffen direkt im Hotel. Eine ganze Nacht. Mit Leon.

Darf Sie auch alternativ ein anderer unserer heißen Jungs verwöhnen, falls ihr Wunschpartner zum geplanten Termin nicht zur Verfügung steht?

Mit Vehemenz kreuzte sie *Nein* an.

Nur widerwillig gab sie noch einen Alternativtermin ein.

Bevor sie es sich anders überlegen konnte, schickte sie die Mail ab. Und ihr Herz raste.

12

Leon

Er hielt das Bündel Scheine eine Weile in seiner Hand, bevor er sich ans Zählen machte. In den letzten knapp drei Wochen war schon ein stattliches Sümmchen zusammengekommen. Wenn es so weiterging, würde er nächste Woche ein Gespräch mit dem neuen Krankenhaus führen.

Vielleicht konnte er eine Ratenzahlung für Lilys OP vereinbaren, damit diese so schnell wie möglich in die Wege geleitet werden konnte, sobald seine Tochter fit genug für die Operation war. Auf der Warteliste stand sie schon, die Plätze waren begehrt. Doch vielleicht konnte eine Anzahlung das Ganze beschleunigen?

Die Ratenzahlungen konnte er dann mit seinen *Diensten* abstottern. Auch für die nächste Woche gab es bereits einige Buchungen. Ruth war dabei. Die Ruth, die gern kuschelte und normalerweise niemals zweimal hintereinander denselben Typen buchte. Vielleicht sollte er stolz darauf sein. Alan hatte gemeint, das könne er.

Normalerweise fragte Leon inzwischen nicht mehr im Vorfeld, wer mit ihm schlafen wollte. Direkt davor ließ er sich Namen, Bild und Wünsche durchgeben, und agierte spontan. Sollte es auf beiden Seiten nicht passen, ging man sowieso unverrichteter Dinge auseinander, aber das war ihm zum Glück bislang nicht passiert.

Früher hatte er sich immer gefragt, wie Alan nur seinen Körper verkaufen konnte, obwohl er doch eigentlich in der

Schule ein echt cleveres Kerlchen gewesen war. Leon hatte immer gedacht, dass er es mal weit bringen konnte.

Doch inzwischen musste er einsehen, dass Alan es weit gebracht *hatte*. Er verdiente nicht nur massenhaft Geld, sondern es gab durchaus schlechtere Jobs. Und inzwischen verstand er ebenfalls, warum sich Alan nicht auf die Vermittlung beschränkte, sondern selbst mit den Frauen aktiv war.

Leon hätte gedacht, es würde einem die Selbstachtung nehmen. Doch der Erfolg war irgendwie auch Anerkennung. Es gab einen gewissen Kick. Zumindest wurde er in seinem Hauptjob selten so viel gelobt, erfuhr selten so viel Befriedigung, so viel Respekt, und konnte so viel Glück schenken.

In seinem Hauptjob kam es häufig vor, dass die Drogensüchtigen, die er betreute, rückfällig wurden. Er musste vielfach Misserfolge einstecken. Das war ihm in seinem Nebenjob bislang noch nie passiert.

Zwei Fälle hatte es gegeben, bei denen er hatte nachhelfen müssen. Weil er kaputt gewesen war und die beiden Frauen ihn nicht ganz so angesprochen hatten. Doch sehr oft erlebte er wesentlich angenehmere Abende als in den letzten Jahren mit diversen One-Night-Stands.

Obwohl er stets versuchte, das zu vermeiden, schweiften seine Gedanken, wie so häufig, zu der Nacht mit Katie. Eine Nacht voller Zauber. Er presste die Handballen gegen seine Schläfen.

Da piepste sein Messenger. Alan. Mit einem Link zu seinem Online-Kalender. Also hatte sein Freund wieder einen neuen Termin für ihn vereinbart.

Samstagnacht?

Dabei war er doch schon am Freitag für die gesamte Nacht gebucht. Eigentlich sollte er nicht zwei komplette Nächte am Stück eingesetzt werden. Sonst würde er wieder bei Lily am Krankenbett einschlafen. Oder bei seinen Eltern am Tisch. Auf Dauer packte er das auch bei der Arbeit nicht.

Muss das zwingend ich sein?, textete er zurück. *Meine Eltern sind einige Wochen im Lande und wollten zu Besuch kommen.*

Die Antwort poppte auf. *Die Kundin war schon bei dir und möchte keine Alternative. Nächstmöglicher Termin danach wäre erst in drei Wochen.*

Wer ist es?

Noch bevor die fünf Buchstaben auf dem Display erschienen, beschleunigte sich sein Herzschlag. Er war sich selbst nicht sicher, ob er es sich herbeigesehnt oder befürchtet hatte.

»Katie«, wisperte er.

In seinem Bauch breitete sich Wärme aus.

Ich frage meine Eltern, wie fix es bei ihnen ist, und gebe dir gleich Bescheid.

Doch in seinem Inneren wusste er bereits, dass seine Entscheidung schon gefallen war. Mit einer Ausrede, die selbst in seinen Ohren zweifelhaft klang, verschob er den Besuch seiner Eltern auf das darauffolgende Wochenende.

Er verdrängte mühsam das ungute Gefühl, das in ihm hochkroch, und textete Alan:

Buch sie ein, und reserviere ihr auch das Alternativ-Wochenende bei mir. Ich frag sie dieses Mal. Kundenbindung.

Er setzte den Zwinker-Smiley dahinter und schickte die Nachricht ab.

Zum Glück kommentierte sein Freund das nicht weiter, sondern sandte lediglich ein *Okay*.

Die Reservierung stornieren konnte er immer noch, doch auf einmal war Panik in ihm aufgewallt, als er gelesen hatte, dass sie erst wieder in drei Wochen konnte. Nicht auszudenken, wenn ihm gerade dann ein anderer Termin dazwischengekommen wäre!

Leon ließ sich auf seinem Ledersofa zurücksinken und presste den Kopf gegen die Lehne. Er war sich so sicher gewesen, nicht gegen Geld mit Katie schlafen zu wollen. Doch er war anscheinend schwächer, als er gedacht hatte. Der Gedanke, sie ansonsten nicht mehr wiederzusehen, war ihm auf einmal unerträglich erschienen.

Sie hatte irgendetwas an sich, das ihn ganz tief berührte – unabhängig davon, dass der Sex mit ihr bombastisch gewesen war. Katie danach im Arm zu halten, wie sie sich an ihn gekuschelt hatte, war genauso schön gewesen. Er mochte die Art, wie sie lachte. Wie süß sie die Nase krauste, wenn sie erregt war oder nachdachte. Ihre Ansichten hatten so hervorragend mit seinen übereingestimmt. Mit ihr konnte er sich vermutlich stundenlang unterhalten, ohne dass ihnen der Gesprächsstoff ausging. Sie sprach ihn auf allen Ebenen an – körperlich und intellektuell.

Was sollte er jedoch tun? Selbst wenn er es bei Alan durchsetzen konnte, dass er bei ihr nichts kassierte: Eine Beziehung war – zum aktuellen Stand – unmöglich. Er wollte keine Bindung eingehen, in der er seine Freundin dann ständig betrügen musste. Und den Job aufgeben konnte er wegen Lily keinesfalls. Die Last auf seinen Schultern drückte ihn förmlich immer tiefer ins Sofa. Er musste etwas tun, sonst wurde er verrückt.

Resolut stand er auf und ging ins Schlafzimmer. Obwohl er sich über mangelnde Bewegung in letzter Zeit nicht hätte beklagen können, war es ihm auf einmal nach körperlicher Betätigung zumute. Leon schlüpfte in seine Trainingsklamotten und schnürte die Sportschuhe zu. Er nahm einige tiefe Atemzüge an der offenen Tür, bevor er sie verriegelte und über die Veranda auf die Straße joggte.

Seine Schritte hallten auf dem Asphalt. Er lief – hinunter zum Meer und kilometerweit am Strand entlang. Doch seinen Gedanken davonlaufen konnte er nicht.

13

Katie

Das Herz schlug Katie bis zum Hals, als der Lift im sechsten Stock hielt und der Liftboy ihr zuvorkommend den Weg wies. Sie wusste selbst nicht, warum sie sich nicht hatte anmelden lassen und gesagt hatte, dass sie erwartet würde.

Janet und Rupert hatten gemeint, dass ihr ein kräftiges Rot bei ihrer Sommerbräune und den dunklen Haaren hervorragend stehen würde, und so trug sie nun ein oben asymmetrisch geschnittenes feuerrotes Etwas, ebenfalls Stretch, das an der linken Schulter praktischerweise mit einem Knopf zu öffnen war, und war sich nicht sicher, ob sie nicht zu aufgestylt war.

Vor Aufregung war ihr Mund wie ausgetrocknet. Schnell steckte sie ein Mentos in den Mund und zerbiss es hektisch, falls er sie küssen wollte.

Aber was, wenn er das überhaupt nicht wollte? Was, wenn es ihm lieber gewesen wäre, sie hätte dieses Mal einen anderen gebucht? Auf einmal erschien ihr diese Möglichkeit äußerst realistisch, und sie war nahe daran, umzudrehen.

Vielleicht hatte sie einfach alles durch eine rosarote Brille gesehen und ihr würde gleich eine gekünstelte Geschäftsmäßigkeit begegnen. Was hatte sie überhaupt geritten, dass sie hergekommen war? Die Zweifel versuchten vehement, die Sehnsucht zu verdrängen. Wieder fragte sie sich, wie es denn nur möglich sein konnte, dass so viele widersprüchliche Gefühle gleichzeitig in einem tobten?

Ihre Arme waren bleischwer, sie schaffte es kaum, sie zu

heben, um anzuklopfen. Ganz vorsichtig pochte sie mit ihren Fingerknöcheln gegen das Holz.

Nichts rührte sich.

Vermutlich war es nicht kräftig genug gewesen. Sie hob wieder die Hand und holte aus, um dieses Mal stärker zu klopfen. In dem Moment öffnete sich die Tür.

Katie fror in der Bewegung ein. Sie starrte Leon wortlos an. Die Schmetterlinge in ihrem Bauch stoben in einem Schwarm auf. Dieses Mal trug er ein weißes Hemd, wieder an den Ärmeln hochgekrempelt, das seine Bräune hervorhob, und eine verwaschene Bluejeans, die eng um die Hüften saß. Und er sah unglaublich sexy aus.

Am Anziehendsten war jedoch sein verschmitztes Grinsen, als er auf ihre Faust deutete. »Willst du mir auf die Nase hauen?«

Sie nahm den Arm herunter und erwiderte sein Grinsen unwillkürlich. »Das hätte ich, wenn du nicht sofort geöffnet hättest.«

Da war es wieder, dieses dunkle Lachen, das sie vermisst hatte. »Du warst so leise, ich war mir gerade gar nicht sicher, ob es wirklich geklopft hatte.« Er nahm sie am Handgelenk und zog sie in den Flur. »Aber komm erst mal rein. Schön, dass du da bist.« Die heiser hervorgestoßenen Worte hörten sich an, als meinte er, was er sagte.

Erleichterung durchflutete sie.

Er stieß die Tür mit dem Fuß zu. Schon lag sie in seinen Armen und sog seinen männlichen Duft in sich auf. Sie spürte seinen warmen festen Körper an ihrem und erwiderte den Kuss mit derselben Leidenschaft.

Schwer atmend schob er sie nach einer ganzen Weile von sich und musterte sie mit einem verschleierten Blick. »Aber lass dich erst mal ansehen. Du siehst wieder wunderschön aus, meine kleine *Lady in Red.*«

Seine Finger strichen über ihr Gesicht, den Hals und die

oberen Ränder ihres Kleides. Er folgte der Spur mit den Lippen und der Zunge, küsste ihre Grübchen und die kleine Kuhle an ihrem rechten Schlüsselbein, bevor er den Knopf auf der linken Seite öffnete, um auch diese Seite mit Küssen zu bedenken.

Katie war froh, dass sie gegen das Türblatt lehnte, ihre Knie wurden weich. Wieder war es, als würde er spüren, was sie dachte. Er legte den Arm um ihre Schulter und schob sie in den Salon, wo er sie sanft auf das Sofa bettete.

Langsam zog er ihr Kleid herunter. Er pfiff durch die Zähne, als er ihren BH entblößte. Rote und schwarze Spitze. Sie hatte die Wäsche zuerst als zu übertrieben sexy empfunden, doch bei Leons erregtem Brummen war sie auf einmal froh, dass sie sich hatte von dem Kauf überzeugen lassen.

Er fing an, sie, begleitet von bewundernden Bemerkungen und zahllosen Küssen, zu entkleiden. Irgendwoher zauberte er eine Feder, mit der er über ihren Körper strich, bis jeder Millimeter ihrer Haut prickelte. Katie räkelte sich wohlig. Wo Leon sie berührte, hinterließ er eine brennende Spur. Doch auf einmal war es ihr nicht mehr genug.

»Warte!«, keuchte sie.

Sichtlich überrascht hielt er inne. »Gefällt es dir nicht?«

»Doch, und wie!« Sie rückte an die Lehne und klopfte mit der flachen Hand aufs Sofa. »Aber ich will dich neben mir spüren.«

In Windeseile schlüpfte er aus dem Hemd und der Jeans, dann lag er neben ihr und presste sich an sie. Seine nackte Haut war warm und fest. Seine Erektion drückte sich hart und prall gegen ihre Hüfte.

»Gut so?«, murmelte er an ihrem Ohr und liebkoste es mit der Zunge.

»Mmmh.« Katie stöhnte genießerisch.

Sie rückte noch ein wenig zur Seite, damit sie sich gegenseitig streicheln konnten. Es war zwar unglaublich erregend, über alle Maßen verwöhnt zu werden, aber zu spüren, wie auch er auf ihre Liebkosungen reagierte, wie sich sein Unterleib unruhig bewegte, erregte sie mindestens genauso. Wärme breitete sich in ihrem Schoß aus, ein Sehnen nach seiner Härte, das sie selbst überraschte.

Ungeduldig drückte sie sich gegen ihn.

Seine Finger glitten in ihre feuchte Spalte. Obwohl sie eigentlich nichts mehr herbeisehnte, als dass er endlich in sie eindrang, keuchte sie unwillkürlich auf, als er sie mit schnellen Bewegungen einem Höhepunkt entgegentrieb. Ihre Fingerspitzen krallten sich in seine Oberarme. Sein keuchender Atem, seine Härte, die sich gegen sie drückte, und seine Zunge, die nun fordernd ihren Mund eroberte, jagten heiße Wellen der Ekstase durch ihren Körper.

Während sie mit einem Aufschrei explodierte, hatte er in Windeseile das Kondom übergestreift und drängte sich in sie. Er stöhnte laut auf, als er ihr letztes Beben spürte. Für ihn gab es nun kein Halten mehr. Er liebte sie wild und hemmungslos, forderte ihre völlige Hingabe, die sie ihm liebend gern gewährte. Ihre Körper schienen nur noch die Bestimmung zu haben, einander grenzenlose Lust zu schenken.

Immer wenn sie dachte, eine Steigerung wäre nicht mehr möglich, lehrte er sie eines Besseren. Ein Feuerwerk nach dem anderen explodierte in ihrem Körper.

Sie spürte, dass er wieder langsamer werden wollte, als sie dem nächsten Höhepunkt entgegensteuerte. Ihre Hände umschlossen seinen Po. Sie trieb ihn an. Immer schneller. Alles in ihr verkrampfte sich. Sie spürte das Anspannen seiner Muskeln.

Sie hörte sich selbst immer wieder »Ja« stöhnen. Bis er einstimmte. Und sie mitriss.

Keuchend sank er auf ihr zusammen.

Sie hatte Mühe, in die Realität zurückzukommen.

»Ist eigentlich schon mal jemand auf einem Orgasmus hängengeblieben?«, murmelte sie.

»Was?« Mit einem dunklen Glucksen stützte Leon sich auf die Unterarme.

»Na ja, manche bleiben doch auf einem Trip hängen oder in einer Kinetose, also einer Bewegungskrankheit, bei der die Betroffenen zum Beispiel dauerhaft seekrank bleiben. Ich habe mich gerade gefragt, ob jemand schon mal einen Dauerorgasmus hatte, der nicht mehr enden wollte. Ich habe mich eben so gefühlt.« Sie seufzte wohlig auf.

Leon lachte leise und strich ihr zärtlich einige Haarsträhnen aus der Stirn, bevor er sie darauf küsste. »Wir können es ja gleich noch mal testen.«

»Mmmh, das klingt gut.« In dem Moment knurrte ihr Magen. »Ich glaube, wir sollten aber davor kurz was essen.«

»Du willst essen gehen?« Er klang erstaunt.

»Hast du keinen Hunger?«

»Doch, aber du hattest gar nichts gesagt, dass du essen willst …« Er schob sich von ihr herunter und setzte sich an den Rand des Sofas.

»Ich dachte nur, wir essen nicht sofort als Erstes …«

Er lachte. »Gute Idee. Ich hätte mich ohne diese tolle Vorspeise soeben bei deinem Anblick in der heißen Wäsche vermutlich auch nicht aufs Essen konzentrieren können. Ich habe zwar schon eine Kleinigkeit gegessen, aber noch etwas Richtiges schadet sicherlich nichts.« Er zwinkerte ihr zu.

Sie hatten Glück, und beim Italiener war noch ein Tisch frei, sogar derselbe wie beim letzten Mal.

Und wieder war es, als kannten sie sich schon ewig, und die Gesprächsthemen gingen ihnen nicht aus.

Katie schaffte es tatsächlich, für eine ganze Weile auszublenden, dass es nicht einfach nur ein ganz normales Date war, und sonnte sich in seiner liebevollen Aufmerksamkeit.

Leon ergriff immer wieder ihre Hand, hauchte gelegentlich einen Kuss auf die Handinnenfläche oder schob ihr Stücke von seinem Essen zum Probieren in den Mund, als wären sie ein echtes Paar.

Eine lang unterdrückte Sehnsucht wuchs in Katie, die sie vehement versuchte, zu unterdrücken.

Du stillst lediglich deine körperlichen Bedürfnisse, beziehungsweise lässt sie stillen, sagte sie sich immer wieder. *Und er erledigt einfach seinen Job!*

Doch seine gefühlvollen Blicke machten es ihr schwer, nicht in Träumereien zu versinken.

Die Rechnung kam, und automatisch griff Katie danach.

Doch Leon packte sie am Handgelenk. »Dieses Mal bin ich dran«, sagte er bestimmt.

Die Härte in seinen Augen, die für einen Moment aufblitzte, als sie den Mund zum Widerspruch öffnete, ließ jeglichen Protest in ihr verstummen.

Nach dem Essen eilten sie direkt zurück ins Hotel. Kaum war die Tür ins Schloss gefallen, riss er sie wieder mit einem Aufstöhnen an sich. Sie stolperten beinahe übereinander, als er sie, ohne seine Lippen von ihren zu lösen, ins Schlafzimmer schob. Achtlos flogen die Kleider in die Ecke, und Leon drückte sie aufs Bett.

Wieder fing er an, sie mit seinen Händen und Lippen zu verwöhnen.

Als Katie ihn auf sich ziehen wollte, hielt er ihre Hände fest. Er nahm ihre Brustwarze in den Mund und saugte daran. Die Erregung tobte durch ihren Körper.

»Noch nicht«, raunte er. »Es törnt mich so unglaublich an, dich in den Wahnsinn zu treiben.«

»Ich bin schon wahnsinnig«, stöhnte sie und zerrte ungeduldig an ihm.

»Ich will, dass du mich nachher anbettelst, in dich einzudringen«, stieß er heiser hervor.

Seine kreisende Zunge ließ jeden Widerstand in ihr zusammenbrechen.

Wieder trieb er sie von einer Lustwelle zur nächsten. Ihr Körper schien einzig dazu bestimmt, von ihm in himmlische Sphären getrieben zu werden. Ihr Schoß pochte, doch er kannte kein Halten.

Leuchtraketen zischten hinter ihren Lidern. Obwohl sie sich fest vorgenommen hatte, nicht zu betteln, hörte sie ihr Flehen: »Nimm mich!«

Er lachte leise. »Wie heißt das?«

»Bitte! Ich will dich! In mir!«, hörte sie sich stammeln.

Da drang er in sie ein. Füllte sie mit seiner Härte aus. Mit jeder Faser ihres Inneren spürte sie ihn. Er schien perfekt dafür geschaffen, ihr nun auch die letzte Erfüllung zu schenken. Als wären seine Sensoren nur darauf ausgerichtet, genau zu wissen, was ihr noch mehr Ekstase bereitete.

Bis auch er die Beherrschung verlor und sie mit einigen harten Stößen ins Finale katapultierte.

Es dauerte eine ganze Weile, bis Katie wieder das Gefühl hatte, normal zu atmen. Eine wohlige Entspannung ergriff von ihr Besitz.

Leon küsste sie sanft auf Stirn, Nasenspitze, Wangen und den Mund, bevor er sie auf die Seite drehte und sich mit seinem Körper an ihre Rückseite schmiegte. Einen Arm unter ihrem Nacken, den anderen um ihre Teile geschlungen. Geborgenheit erfüllte sie bis in die letzte Pore.

Nach einer Pause massierte er ihren ganzen Körper mit einem wohlduftenden Massageöl, langsam und liebevoll, bis sie glaubte, jeder Muskel wäre aus Wachs. Es war nicht dass, sondern wie er es tat, was das Ziehen in ihrem Brustkorb verstärkte. Noch nie hatte sie sich so wertgeschätzt gefühlt.

Danach liebten sie sich voller Zärtlichkeit.

Hinterher fiel sie wieder in einen tiefen Schlaf. Sie hatte jegliches Gefühl von Zeit und Raum verloren.

Irgendwann in der Nacht stand sie auf und ging ins Bad, und beim Zurückkommen schmiegte sie sich in seine geöffneten Arme.

Er war im Halbschlaf. Wie auch sein bestes Stück. Obwohl sie eigentlich vorgehabt hatte, direkt weiterzuschlafen, konnte sie nicht widerstehen, ihn zu berühren.

Und sofort war alles an Leon wieder hellwach.

Er hatte ihr so viel Freude geschenkt – nun überkam sie auf einmal das Bedürfnis, ihn zu verwöhnen. Sie küsste seine glatte Brust, ließ ihre Zunge über die Brustwarzen gleiten und glitt weiter den Bauch hinunter, kreiste um seinen Bauchnabel. Ein wohliges Brummen war von Leon zu vernehmen.

Seine Härte zu umfassen, erregte sie. Sie schob die Hand auf und ab, genoss sein Stöhnen. Langsam senkte sie den Kopf hinunter und umschloss ihn mit den Lippen.

»Was tust du?« Er stöhnte.

»Ich lasse gerade meine Zunge um deine Eichel kreisen«, erklärte sie mit ihrer Ärztinnenstimme. »Aber frag nicht so viel«, sagte sie neckend.

Wie sie dieses dunkle Lachen liebte!

Nun verstand sie, was er vorher gemeint hatte, als er gesagt hatte, es törnte ihn an, sie zu erregen. Es überraschte sie, wie es sie scharfmachte, ihn in Ekstase zu versetzen. Und wie sehr sie ihre Hemmungen im Laufe der Nacht verloren hatte.

Sie schob die Hand zwischen seine Beine und liebkoste ihn, während sie sanft an ihm saugte.

»Sag mir, was dir gefällt!« Sie erkannte ihre eigene Stimme fast nicht wieder, so heiser war sie.

»Das … ist sehr gut«, keuchte er. »Aber du solltest …«

»Nein! Ich will es lernen, dich in den Wahnsinn zu treiben«, sagte sie bestimmt.

»Das tust du«, krächzte er.

»Nicht genug, solange du noch sprechen kannst«, beschied sie und bewegte den Kopf auf und ab, während ihre Finger ihre Lippen unterstützten. Sie ließ ihre Hand von ihm führen, um ein Gefühl dafür zu bekommen, wie es ihm am besten gefiel.

Sie suchte auch andere empfindsame Zonen an ihm. Gänsehaut jagte über seinen Körper, als sie mit den Fingern zart über seine seitlichen Bauchmuskeln fuhr.

Immer schneller bewegte sie ihren Kopf, während sie ihn zwischen den Beinen streichelte.

Sein ganzer Körper wurde hart.

In ihrem Innersten begann es zu pochen.

»Bitte, Katie, ich kann nicht mehr, ich will noch in dich ...«, japste er, da hatte sie ein Einsehen mit ihm.

Sie ergriff ein Kondom und streifte es ihm routiniert über.

»Wow, das war ... gekonnt!« Überrascht, ja fast neugierig, sah er sie an, und es war ihm anzumerken, dass er sich Gedanken machte.

»Übung macht den Meister«, alberte sie.

War da soeben Eifersucht in seinem Blick aufgeblitzt?

Sie wusste selbst nicht, warum sie die Erklärung lieferte. »Ultraschall. Die Geräte bekommen auch ein Präservativ.«

Sein erleichtertes Lachen verbreitete ein warmes Gefühl in ihrem Bauch, das sich noch verstärkte, als sie sich auf ihn setzte, ihn in sich gleiten ließ und ihm dabei in die halb geschlossenen, vor Leidenschaft fast schwarzen Augen sah.

Langsam ließ sie ihren Unterkörper kreisen. Dabei entlockte sie ihm ein Stöhnen. Sie stützte sich auf seine Schultern und bewegte sich auf und ab. Genießerisch den Kopf in den Nacken geworfen, richtete sie ihre gesamte Aufmerksamkeit auf die erregenden Gefühle, die ihren Körper fluteten, während sie dieses Mal die Kontrolle übernahm. Sie wurde von seinem leidenschaftlichen Keuchen begleitet.

»Warte!« Er griff in die Nachttischschublade und holte einen Mini-Vibrator heraus. Er gab einen Schuss Gleitgel hinauf. Ein tiefes Brummen ertönte, als er ihn einschaltete und gegen ihren empfindlichsten Punkt drückte.

Katie schnappte nach Luft, als heiße Wellen der Lust in ihr aufbrandeten.

»Hol es dir!«, sagte er heiser, und sie ließ es sich nicht zweimal sagen.

Ihre eigene Erregung und die Gewissheit, dass Leon genauso empfand, übertrumpften ihre Scheu und ließen sämtliche Mauern des Widerstands in ihr einstürzen, die sie sonst oft zurückgehalten hatten, ihre Bedürfnisse so hemmungslos zu stillen.

Jedes Mal, wenn er noch tiefer in sie drang, brandete ihre Erregung auf. Sie wölbte den Oberkörper nach hinten, um ihn ganz in sich aufzunehmen – bis die Ekstase schließlich zu einem Tsunami heranwuchs, der alles überrollte, auch Leon mitriss, und sie in die höchsten Ebenen der Lust katapultierte.

Sie drückte sich ganz fest an ihn, um auch seinen von einem tiefen Stöhnen begleiteten Orgasmus auszukosten, bevor sie sich nach vorn fallen ließ und ihn küsste.

Wie er ihren Namen aussprach und sie mit verschleiertem Blick ansah, ließ ihr Herz höherschlagen. Sie drückte ihr Gesicht in seine Halskuhle, während er sanft ihren Rücken streichelte.

Sie unterhielten sich leise. Lachten gemeinsam. Tauschten Jugenderinnerungen und Reiseerlebnisse aus. Auch bei Büchern und Filmen hatten sie den gleichen Geschmack. Nur das Thema Beruf grenzten sie einvernehmlich aus. Und wenn sie schwiegen, dann war es ein Schweigen voller inniger Verbundenheit.

Am nächsten Morgen blieben sie bis kurz vor zehn im Bett. Sie müssten heute pünktlich aus dem Zimmer, hatte Leon gesagt, und so hatte Katie beschlossen, lieber aufs Frühstück zu verzichten und jede Minute seiner unmittelbaren Nähe auszukosten.

Zum Abschluss liebte er sie sanft und zärtlich, als wollte er den Morgen langsam einläuten. Dann zogen sie sich in Windeseile an.

»Nun brauche ich ganz dringend Energie. Gehst du noch mit mir frühstücken?«, fragte er. »Vorn am Meer ist ein Diner. Hat zwar den Charme eines Schnellrestaurants mit Plastikbezügen auf den Bänken, aber die Pfannkuchen sind klasse.«

Wellen des Glücks breiteten sich in ihr aus. »Gern.«

An der Tür nahm Leon sie in den Arm und küsste sie ausgiebig. Er zögerte abermals, dann schien er sich einen Ruck zu geben. »Alan, mein Boss, sagte mir, du hättest einen Termin für in zwei Wochen eingetragen.« Es war ihm anzusehen, dass ihm das Thema unangenehm war.

Katie nickte langsam und nahm allen Mut zusammen. »Möchtest du denn ...?«

Mit einem Aufstöhnen presste er sie an sich. »Das weißt du doch, dass ich das möchte. Ich wünschte nur ...« Er verstummte und drückte sie so fest an sich, dass ihr fast der Atem wegblieb.

In ihrem Magen breitete sich ein Ziehen aus. Was immer er hatte sagen wollen – ihre Fantasie vervollständigte den Satz nach ihrem Wunschdenken.

Und die Gewissheit wuchs, dass sie dabei war, sich hemmungslos in ihn zu verlieben. Falls es nicht bereits geschehen war.

14

Katie

Erin küsste sie links und rechts auf die Wange. »Am Samstag dann um sieben bei uns.« Sie verabschiedete sich.

»Was?«

»Robs Geburtstag! Du hast ihn doch nicht vergessen?«, fragte Erin entsetzt.

Doch, sie hatte nicht mehr daran gedacht! Für einen Moment rang Katie mit sich. Sie hatte nicht so viele freie Nächte am Wochenende, und Leon stand unter der Woche – laut der Agentur – nur stundenweise zur Verfügung. Der Gedanke, ihm abzusagen, hinterließ einen tiefen Stich in ihrem Herzen. Selbst wenn sie versuchte, ihn auf später zu verschieben – sie wollte im Grunde keine Sekunde auf ihn verzichten. »Nein, natürlich habe ich es nicht vergessen«, beeilte sie sich zu versichern.

»Aber? Da ist doch was?« Ihre Freundin musterte sie streng. »Mir kannst du nichts vormachen, ich kenne dich zu lange.«

»Ich hatte was mit Leon ausgemacht«, murmelte Katie verschämt.

»Dann bring ihn doch einfach mit«, schlug Erin resolut vor.

»Was? Du spinnst doch!« Katie musste unwillkürlich auflachen.

»Wieso nicht? Was glaubst du, was Shirley für Augen macht, wenn du in Begleitung ankommst.« Sie zwinkerte verschmitzt. »Und ich lerne ihn endlich einmal kennen, ich sterbe ja schon vor Neugierde.«

»Aber das geht doch nicht«, antwortete Katie entsetzt.

»Was stellst du dich so an? Offen gestanden habe ich mir die Homepage der Agentur angesehen. Sie werben mit Escort-Service. Die Jungs müssen bestimmt gelegentlich Frauen zu irgendwelchen Events begleiten.« Sie wandte sich an Janet, die schmunzelnd wartete, bis sie mit Verabschieden dran war. »Ist es nicht so?«

»Ich habe bislang noch keinen Escort benötigt, für irgendetwas muss Scott ja gut sein.« Sie zog eine Grimasse, die für einen Moment offenbarte, dass ihr Mann ihr nicht ganz so gleichgültig war. »Aber ich weiß, dass Jamie schon bei einigen Gelegenheiten als Begleitung dabei war.«

Die widersprüchlichsten Gefühle kämpften in Katie. Leon bei Robs Geburtstagsparty an ihrer Seite zu haben, war ein verlockender Gedanke. Zu gern hätte sie ihn in ihrer normalen Umgebung erlebt. Andererseits scheute sie sich, ihn so vorzuführen. Was, wenn die anderen ihr auf die Schliche kamen?

»Warum fragst du ihn nicht einfach?«, schlug Janet, die stets praktisch Denkende, vor. »Und dann entscheidest du, was du machst.«

»In Ordnung«, stimmte Katie seufzend zu.

Erin umarmte sie noch einmal. »Ich erwarte also euch beide am Samstag.« Mit einem Augenzwinkern stieg sie in ihren Chrysler Kombi, den sie sich vorsorglich für Familiennachwuchs besorgt hatte, und brauste davon.

»Ruf am besten gleich bei der Agentur an«, schlug Janet vor. Dann grinste sie breit. »Stell dir nur vor, wie Shirley vor Neid platzen wird. Ich habe ja Leons Bild gesehen, er ist ein echtes Sahneschnittchen.«

»Nun ja, als Sahneschnittchen hätte ich ihn eher nicht bezeichnet. Eher Chili con Carne, extra hot«, gab Katie trocken zurück, stimmte dann aber doch in Janets Lachen ein, bevor sie sich auf ihr Fahrrad schwang.

Sie musste zurück ins Krankenhaus, ihre Mittagspause war gleich vorüber.

Vor Dienstbeginn hatte sie gerade noch fünf Minuten. Bevor sie wieder der Mut verließ, rief sie bei der Agentur an. Sie wurde direkt mit Alan Jenkins verbunden, dem Chef der Firma.

Seine Stimme war angenehm tief und klang kultiviert.

»Guten Tag, hier spricht ...« Sie konnte sich gerade noch verkneifen, sich wie üblich mit »Doktor Katrina Bennett« zu melden, schließlich hatte sie sich mit ihrem Spitznamen »Katie« dort registriert. »Hier spricht Katie Be. Es geht um einen Termin, den ich am Samstag verabredet hatte.«

»Ah, Katie, wie schön, Sie zu hören.« Er klang tatsächlich erfreut. »Sie waren mit Leon verabredet. Gibt es ein Problem?«

Der Typ hatte ein phänomenales Gedächtnis, dass er jeden Termin seiner Jungs auswendig kannte, dachte sie neidvoll. Sie hatte schon Probleme, sich Namen zu merken. Vielleicht war aber auch nur sein Rechner blitzschnell.

»Ein Problem nicht direkt. Ich wollte ihn bitten, mich an dem Abend zu einem Event zu begleiten.« Warum klang sie wie ein kleines Schulmädchen, das eine Begleitung zum Abschlussball suchte? Das war doch nichts Schlimmes!

»Das sollte kein Problem sein.«

Sie zwang sich, den Tonfall, den sie für geschäftliche Gespräche reserviert hatte, anzunehmen. »Könnte ich dies mit ihm vorab telefonisch besprechen?«

»Natürlich. Sagen Sie mir bitte Ihre Nummer, dann ruft er Sie zurück.«

Insgeheim hatte sie gehofft, seine Nummer zu erhalten. Auch wenn sie selbst nicht wusste, was sie damit sollte, schließlich konnte sie ihn ja schlecht einfach so anrufen. Es war in den Vertragsbedingungen ausdrücklich erwünscht worden, sämtliche Termine über die Agentur abzuwickeln. Und Leon war an den Abenden bestimmt zu beschäftigt, als dass er Lust auf ein Plauderstündchen und Zeit dafür hatte. Aber vielleicht wurde seine Nummer ja angezeigt, wenn er sie anrief.

Sie diktierte Alan ihre Handy- und Festnetznummer. »Wenn möglich, bitte heute Abend ab zwanzig Uhr, dann bin ich wieder zu Hause.«

»In Ordnung, er meldet sich bei Ihnen.«

Sie konnte selbst nicht sagen, was sie geritten hatte, als sie sich fragen hörte: »Hat er zufällig heute, so ab zwanzig Uhr dreißig, noch einen Termin frei?«

Sie hörte das Klappern einer Tastatur. »Ich muss es mit ihm absprechen, aber das sollte möglich sein. Bis dreiundzwanzig Uhr ist er verfügbar.«

Das Herz schlug ihr bis zum Hals. »Prima ...« Sie räusperte sich, als sie merkte, dass ihre Stimme ganz belegt klang. »Tragen Sie mich bitte ein, dann kann ich alles Weitere mit ihm persönlich besprechen.«

»Der übliche Treffpunkt?«

Dass er nur bis dreiundzwanzig Uhr verfügbar war, gärte in ihr. Sie hätte zu gern gewusst, ob er danach vergeben oder was der Grund für dieses Limit war. Der Gedanke, dass sie sich mit einer anderen Dame die Klinke in die Hand geben könnte, versetzte ihr einen Stich.

»Macht er auch Hausbesuche?«, fragte sie spontan. *Wie das klingt!*

»Natürlich, wenn Sie das wünschen. Dann kommt die Anfahrt hinzu.«

»Das ist in Ordnung.« Katie diktierte ihm ihre Anschrift.

»Zwanzig Uhr dreißig bei Ihnen. Ich kläre das sofort mit Leon. Die Bestätigung folgt gleich«, versprach Alan. »Ich wünsche Ihnen einen schönen Abend.« Er war Profi genug, es nicht anzüglich klingen zu lassen.

»Danke schön.« Den würde sie mit Sicherheit haben!

Falls sie es denn wieder schaffte, diese Gedanken loszuwerden, die sich zunehmend um Leon mit anderen Frauen drehten.

Schwer atmend lehnte sie sich auf ihrem Schreibtischstuhl zurück. Wegen ihres Jobs kannte sie sich mit Abhängigkeiten aus. So langsam fragte sie sich, ob sie eigentlich süchtig nach Leons Zärtlichkeiten war. Seit ihre sexuellen Bedürfnisse aus dem Dornröschenschlaf geweckt worden waren, war sie völlig durch den Wind.

Oder lag es an ihm? Er hatte so etwas an sich, das ihr unter die Haut ging. Seine liebevolle Umgangsweise, so achtsam. Seine Art zu lachen. Ihr zuzuhören, selbst wenn sie über Nichtigkeiten plauderten – als gäbe es nichts Wichtigeres auf der Welt. Und wie er sie ansah, als würde sie ihm etwas bedeuten, verursachte schon beim Gedanken daran Herzklopfen in ihr.

Die Vernunft drängte sie, sämtliche Termine abzusagen, doch ihr dummes kleines Herz, voll von irrealen Sehnsüchten, machte ihr einen Strich durch die Rechnung.

Energisch verdrängte sie die Gedanken an ihn und zwang sich zur Arbeit. Sie telefonierte mit der Knochenmarksspenderbank und machte erneut Druck, auch wenn ihr die Leute dort leidtaten. Es gab viel zu wenige Spenderinnen und Spender, um alle Patienten retten zu können, die neues Knochenmark benötigten.

Wie so oft wünschte sie sich, die Menschen wären eher bereit, anderen zu helfen, anstatt sich nur mit den eigenen Dingen zu beschäftigen. Sie selbst spendete Zeit ihres erwachsenen Lebens Blut und war als Knochenmarkspenderin registriert, schon zweimal hatte sie Stammzellen spenden können. Auch als Organspenderin hatte sie sich registrieren lassen.

Die Argumente, warum Leute nach dem Tod nicht helfen wollten, obwohl sie die Organe nicht mehr benötigten, konnte sie nur schwerlich verstehen, was aber vermutlich auch daran lag, dass ihre Mutter nicht gestorben wäre, als Katie zwölf Jahre alt war, wenn sie beizeiten eine Spenderniere erhalten hätte.

Sie zwang auch diese belastenden Gedanken beiseite und besuchte einige frisch operierte kleine Patientinnen und Patienten. Vor allem den schweren Fällen widmete sie etwas Zeit.

Der vierjährige Kevin litt bereits seit zwei Jahren an Leukämie, nun im Endstadium. Sämtliche Behandlungsmethoden hatten bei ihm dauerhaft wenig Erfolg gezeigt. Nach optimistischen Hochs war jedes Mal ein Einbruch erfolgt.

Es schnitt Katie ins Herz, den verzweifelten Eltern in die ausgezehrten Gesichter zu sehen. Sie waren am Ende ihrer Kräfte, das war deutlich zu spüren.

»Glauben Sie wirklich, Doktor Bennett, dass eine erneute Chemotherapie Erfolg bringen kann?«, fragte der Vater.

Katie verkniff sich ein Seufzen. Nein, das glaubte sie inzwischen auch nicht mehr. Aber sie mussten alles versuchen, was in ihren Möglichkeiten lag, auch wenn sie selbst wusste, dass es nur einen Aufschub bedeutete. »Er hat auf unsere alternativen Methoden leider nicht angesprochen. Das ist die einzige Chance, dass er no…«

»Ich hatte gefragt, ob ihm das weiterhilft?«, schrie sie der Vater wutentbrannt an.

Katie konnte es ihm nicht verdenken. Sie wusste genau, dass die Wut sich nicht gegen sie richtete. Es war dieselbe Wut, die in ihr schwelte. Über die Ungerechtigkeiten im Leben. Über die Hoffnungslosigkeit.

»Also, ich würde es auf jeden Fall noch probieren«, wandte die Mutter ein. Sie hatte Angst vor dem Loslassen.

»Das ist doch nur noch eine weitere Qual für ihn, siehst du

das nicht?« Nun richtete sich der Zorn des Vaters gegen seine Frau.

Doch die Mutter weinte nur stumm. Und trocken. Sämtliche Tränen waren bei ihr schon längst versiegt.

Nach einem längeren Gespräch mit den Eltern einigten sie sich auf schmerzstillende Medikamente für den kleinen Kevin. Wieder einmal hatte dieser fürchterliche Krebs gesiegt.

Als sich die Tür hinter den inzwischen beide weinenden Eltern geschlossen hatte, ließ Katie das Gesicht in die Hände sinken. Sie fühlte sich ausgelaugt, als hätte ihr jemand sämtliches Blut aus dem Körper gesogen. Solche Gespräche und der ständige Kampf gegen den Tod waren das Belastende an ihrem Beruf.

Wieder musste sie sich regelrecht dazu zwingen, das zerstörerische Gedankenkarussell zu stoppen. Sie rief sich in Erinnerung, dass es schließlich mehr positive Fälle gab. Kinder, denen sie hatte das junge Leben retten können.

Erst heute Morgen hatte sie eine Nachuntersuchung einer kleinen Patientin gehabt, bei der Katies Heilungsmethoden Erfolg gehabt hatten. Sie war jetzt zwölf. Seit drei Jahren war sie nun beschwerdefrei.

Das Leben hielt nun mal beide Seiten für einen bereit – gute und schlechte. Mal überwog die eine, mal die andere. Doch sie hoffte immer noch, sie seien zumindest ausgeglichen, oder das Gute würde sich durchsetzen.

15

Leon

»Bitte, Leon, gib mir noch eine Chance«, bettelte Cheryl und klammerte sich mit beiden Händen an seine Rechte. Sie hatte tiefe Ringe unter den Augen, aus denen die Pupillen wie Stecknadelköpfe hervorstachen, ihr Atem roch unangenehm süßlich.

»Du weißt genau, dass es beim zweiten Mal aus ist«, erwiderte er, um Härte bemüht.

Sie schob ihr dreijähriges Mädchen nach vorn, das sich haltsuchend an ihr Bein geklammert hatte. Trotz der Rotznase und der verheulten Augen hatte das Kind mit den blonden Locken etwas Engelhaftes.

»Bitte! Tu es Melissa zuliebe! Was soll denn aus ihr werden, wenn wir wieder auf der Straße stehen?«

Leon zog ein Taschentuch aus der Hosentasche und putzte der Kleinen die Nase. »Melissa geben wir in die Obhut der Jugendfürsorge, das weißt du. Wenn ich es bei dir durchgehen lasse, dann halten es auch die anderen für einen Freifahrschein, sich vollzupumpen. Du ziehst sie herunter.«

Sie schniefte. »Aber die anderen wissen doch nichts davon.«

Leon nahm ihren Arm, drehte ihn herum und schob den Ärmel ein Stück hinauf. Er deutete wortlos auf die noch frische Einstichstelle in dem vernarbten Gewebe ihrer Armbeuge. »Du hast ja nicht mal versucht, es zu verbergen. Du willst doch gar nicht wirklich aufhören.«

Cheryl warf sich weinend an seine Brust. »Was soll ich denn tun? Es ist einfach stärker als ich.«

Seufzend strich er über die magere Gestalt. Jeden einzelnen Wirbel konnte er auf ihrem Rücken spüren, wie Tasten eines Klaviers. Aus ihren Haaren stieg ein muffiger Duft auf, sie hatte sicherlich schon eine Weile nicht mehr geduscht.

»Woher hattest du das Geld?«

»Ein Freund hat mir den Schuss spendiert«, murmelte sie gegen den Stoff seines T-Shirts.

Er packte sie unterm Kinn und hob es an. »Du warst anschaffen«, unterstellte er ihr. Er hatte es nicht als Frage formuliert.

Dass sie seinem Blick auswich, sagte ihm, dass er recht hatte. »Und wo hast du Melissa gelassen?«

Sie schlug die Hand vor den Mund und schluchzte wieder.

Er stöhnte auf. »Du hattest sie dabei?«

»Sie ist doch noch so klein. Sie weiß doch gar nicht, was da passiert.«

Leon presste die Finger gegen die Schläfen. »Herrgott noch mal, Cheryl. Das geht so nicht weiter!«

»Bitte, Leon …«, flehte sie.

Er sah sie streng an. »Du willst wirklich aufhören?«

»Ja, ehrlich!« Sie wischte sich mit der Hand über die Nase. »Ich will diesen Dämon besiegen.«

»Bei uns kann dir vorerst nicht geholfen werden. Du gehst in eine Entzugsklinik. Ich werde direkt einen Termin vereinbaren.«

Cheryl riss panisch die Augen auf. »Und was wird aus Melissa?«

»Melissa kommt zu einer Pflegefamilie in der Zeit. Ich werde mich persönlich darum kümmern, dass es ihr gut geht. Und wenn du clean bist – und ich meine richtig clean –, dann kommst du wieder zurück. Und sie zu dir.«

»Leon, das …«

»Das sind die Bedingungen«, unterbrach er sie hart. Nur so konnte er ihr helfen. Er wusste selbst nicht, warum er hinzufügte: »Und kein Anschaffen mehr! Hör auf, deinen Körper an diese schmutzigen Widerlinge zu verkaufen.«

Heuchler!, schrie ihn die innere Stimme an.

Erschrocken vergaß er, was er noch hatte sagen wollen.

Das ist etwas völlig anderes! Außerdem tue ich es nicht für mich, sondern für Lily, schrie er stumm zurück.

Er hatte Mühe, sich darauf zu konzentrieren, Cheryls Aufnahme in die Klinik in die Wege zu leiten, wo der erste Entzug stattfinden sollte, und sich um Melissas Unterbringung zu kümmern. Immer wieder drängten sich diese hässlichen Gedanken in seinen Kopf.

Die Terminanfrage von Alan kam nun wirklich zu einem ungünstigen Zeitpunkt. *Was, heute?* Das war ganz und gar unmöglich. Er hatte einen wirklich beschissenen Tag gehabt. Einer seiner Ex-Schützlinge, der auch aus den Wohngemeinschaften hatte ausziehen müssen, weil er immer wieder rückfällig geworden war und zwei andere mit hineingezogen hatte, hatte sich einen goldenen Schuss gesetzt.

Leon fühlte sich in solchen Fällen immer, als hätte er persönlich versagt, auch wenn er genau wusste, dass er sein Bestmöglichstes gegeben hatte.

Die Krankenhausleitung hatte ihm einen abschlägigen Bescheid in Punkto Ratenzahlung erteilt. Er war nun doch gezwungen, Alans Angebot anzunehmen, ihm finanziell auszuhelfen. Das hieß, er musste nun bei Alan seine Schulden abstottern. Mit seinem Körper. *Anschaffen gehen*, wie er es so schön betitelt hatte.

Oder er könnte sich von einer Brücke hinunterstürzen. Er hatte schon nachgesehen – in dem Vertrag der Lebensversicherung, die er nach Lilys Geburt abgeschlossen hatte, war Selbstmord enthalten. Mit der Summe könnten Lilys sämtliche Behandlungskosten gedeckt werden. Doch im selben Moment, in dem ihm dieser unsinnige Gedanke durch den Kopf schoss, wusste er, dass er das Lily niemals antun konnte – seiner Prinzessin, die er abgöttisch liebte.

Er schob den Stuhl zurück. Sosehr ihn der Besuch bei ihr jedes Mal mitnahm, er schenkte ihm auch auf der anderen Seite so viel Kraft. Sie war der Grund, dass er jeden Morgen aufstand. Sie war – trotz all der schweren Momente – sein Sonnenschein.

Seine Sehnsucht nach ihr wurde übermächtig. Er musste jetzt zu ihr! Es war zwar etwas zeitig für Feierabend, aber für heute hatte er genug. Sein Überstundenkonto war voll, er konnte es sich leisten, auch mal früher zu gehen. Falls sich ihr Allgemeinzustand nicht verschlechterte, würde sie bald in die neue Klinik verlegt, es gab aber noch einiges zu regeln.

Gerade hatte er sorgfältig seinen Schreibtisch abgeschlossen, als ihm Alans Nachricht wieder einfiel. *Der hat es ja eilig, dass ich meine Schulden abtrage*, brummte er in sich hinein und wusste im selben Moment, dass er ungerecht war. Missmutig öffnete er die Nachricht, um zu sehen, wer ihn denn so dringend haben wollte.

Katie!

Sein Herzschlag setzte für einen Moment aus, bevor er mit doppelter Geschwindigkeit losraste. Der erste Impuls war abzusagen.

Scheiß auf die Schulden! Nicht für Geld mit Katie.

Und im selben Augenblick freute er sich unbändig darauf, sie wiederzusehen, den Abend mit ihr zu verbringen, anstatt allein Trübsal zu blasen. Und auch noch bei ihr zu Hause! Er war so neugierig darauf, wie sie wohnte.

Was würde sie auch denken, wenn er absagen würde? Ihr enttäuschtes Gesicht sah er förmlich vor Augen. Und er wusste genau, es würde sie verletzen. Sie kannte ja schließlich die Hintergründe nicht. In seinem Brustkorb brannte es.

Leon rollte den Schreibtischstuhl so heftig zurück, dass er gegen das dahinterstehende Sideboard knallte.

Ein Schritt nach dem anderen. Erst Lily, dann ihre neue Klinik. Und dann Katie. Er bestätigte den Termin.

16

Katie

Wieso war sie auf die schwachsinnige Idee gekommen, Leon in ihr Haus einzuladen?

Katie fluchte in sich hinein, als sie fünf vor acht zu Hause eintraf. Seit ihre langjährige Putzfrau vor einigen Wochen in den Ruhestand gegangen war – wohlverdient mit zweiundsiebzig –, hatte sie noch keine Zeit gefunden, einen Ersatz für sie zu suchen. Stattdessen hatte sie selbst kürzlich durchgesaugt – auf dem Ahorn-Parkett sammelten sich gern die Flusen –, aber das Staubwischen war seitdem flachgefallen.

Zum Glück war die Küche kaum in Gebrauch, sie aß meist im Krankenhaus und begnügte sich zu Hause mit Salaten und Fertigkost, sodass es dort einigermaßen ordentlich war – zumindest, wenn man nicht genau hinsah. Sie räumte hektisch zwei gebrauchte Teller, Besteck, ein Glas und ihre Kaffeetasse in die Spülmaschine.

Was Leon wohl von ihrem Haus halten würde? Sie hatte es recht bald nach ihrer Anstellung im Krankenhaus gekauft und mit eher schlichten Möbeln aus einem schwedischen Möbelhaus eingerichtet, weil das Geld damals knapp gewesen war. Dennoch gefiel ihr die Einrichtung nach wie vor, auch wenn sie sich ein paar mehr Grünpflanzen gewünscht hätte, aber die würden bei ihren unregelmäßigen Arbeitszeiten jämmerlich vertrocknen. Ob Leon eher mondänere Bleiben gewohnt war?

Vielleicht sollte sie ihn einfach in der schwarz-roten Unterwäsche in Empfang nehmen, dann vergaß er womöglich, sich umzusehen, schoss es ihr durch den Kopf, und sie musste selbst darüber lachen.

Oh, verflucht! Apropos Unterwäsche! Sie hatte sie noch gar nicht gewaschen. Ihre sämtliche Arztkleidung wurde im Krankenhaus gereinigt, sodass sie recht wenig Wäsche in der Freizeit verbrauchte. Und somit nicht so häufig wusch.

Hektisch wühlte sie die neuen Spitzen-Dessous aus der Tüte, die sie in die hintere Ecke ihres Schranks gestopft hatte. Eigentlich hatte sie sie ebenfalls waschen wollen vor dem ersten Tragen, da die Färbemittel oft krebserregende Stoffe enthielten, aber bevor sie Leon nun in einem weißen Baumwollschlüpfer und dem unsexy Sport-BH begrüßen würde, mussten halt die neuen Dessous ungewaschen herhalten. Mit etwas Glück würde sie sie nicht so lange tragen.

Apropos waschen! Sie musste noch duschen! Wie ein aufgescheuchtes Huhn rannte sie ins Bad. Während sie die Haare einschäumte und den leckeren Pfirsichduft inhalierte, fiel ihr auf, dass sie – abgesehen von dem Salat mit den Mädels heute Mittag – noch nichts gegessen hatte. Ihr Magen knurrte. Pizza bestellen kam nicht infrage – nicht dass der Bote ausgerechnet zu einer unpassenden Zeit läutete.

Eilig wusch sie das Shampoo ab, schlang sich das Badetuch um den tropfnassen Körper und stürzte wieder in die Küche. Sie hatte eine große Schale Lasagne im Gefrierschrank, falls unerwartet Besuch kam. Die würde locker für zwei reichen und wäre in der Kombination aus Mikrowelle und Grill genau in fünfundzwanzig Minuten fertig.

Sie streute noch etwas extra Mozzarella und Pecorino darauf, programmierte den Timer und war froh, dass er sich von selbst abschalten würde. Genau, wenn Leon kam. Entweder, er wollte dann direkt essen, ansonsten würde die Lasagne auch noch eine Weile im abgeschalteten Ofen warm bleiben. Sie legte flink einige gefüllte Oliven und Cocktailtomaten in Schälchen und stellte sie auf den Tisch. Vielleicht könnte sie noch die Gurke dazu servieren? Sie riss ein Brett aus der Schublade und begann, sie in Scheiben zu schneiden.

Da läutete das Telefon. Sie hastete hin. Panik überrollte sie. Was, wenn Leon absagte? Doch es war nur ihr Vater, der sich normalerweise, schon seiner neuen Frau zuliebe, die sehr besitzergreifend war, kurz hielt. Aber ausgerechnet heute war er zum Plaudern aufgelegt, weil er ein Problem mit seiner Hüfte hatte, das er mit ihr besprechen wollte. So selten fragte er sie um Rat, vor allem nicht um ärztlichen – warum ausgerechnet jetzt?

»Ich kriege gleich Besuch, Daddy«, sagte sie schließlich. »Können wir morgen reden?«

»Oh, wer ist es? Ein Mann?«, fragte er sofort begeistert. »Du weißt, ich hätte gern ein Enkelkind.«

»Ja, es ist ein Mann. Und nein, kein Enkelkind in Sicht«, erwiderte sie barscher als beabsichtigt.

»Nun ja, man wird ja noch hoffen dürfen«, sagte er verschnupft.

Kaum hatte sie aufgelegt, rannte sie wieder in die Küche. Schlang sich das Handtuch erneut um den Körper. Schnitt die Gurken fertig. Packte sie ebenfalls in ein Schälchen. Stieß dabei das Messer hinunter, das sie sich beinahe in den Fuß gejagt hätte. Zum Glück landete es gefühlt nur drei Millimeter daneben und blieb federnd im Parkett stecken. Das hätte eine Sauerei gegeben!

Ihr Blick fiel auf den Fußboden. Überall nasse Spuren von ihren Füßen. Sie nahm einen Putzlappen in die Hand und bückte sich.

»Scheiße«, murmelte sie vor sich hin.

»Hallo?«, hörte sie da direkt hinter ihr.

Katie fuhr so schnell herum, dass sich ihr Handtuch löste und nach unten rutschte – und sah einem grinsenden Leon ins Gesicht.

»Na, dass nenne ich mal eine nette Begrüßung.« Er lachte,

während Katie mit heißen Wangen hektisch versuchte, ihr Handtuch wieder umzubinden.

»Brauchst du Hilfe?« Immer noch dieses schelmische Grinsen, das ihre Knie weich werden ließ.

»Wo kommst du her?«

»Von draußen.« Er deutete mit dem Daumen über die Schulter. »Die Tür stand einen Spalt offen. Ich habe geklopft, aber nichts gehört, da bin ich reingekommen und habe gerufen. Ich dachte, die offene Tür wäre vielleicht beabsichtigt und galt mir.« Sein Grinsen wurde noch breiter. »Und dann hörte ich die Flüche und ahnte, dass das mir so appetitlich präsentierte nackte Hinterteil nicht zwingend Teil deines Plans war.«

»Du bist zu früh«, beschwerte sich Katie, immer noch verlegen.

»Das stimmt, entschuldige! Das gehört sich auch nicht. Aber ich wusste nicht, wie lange ich im Feierabendverkehr brauche, und wollte nicht zu spät kommen. Und da war dann diese offene Tür und dieser verlockende Duft … und der nicht minder göttliche Anblick.« Wieder zuckte es um seine Mundwinkel.

Und obwohl es Katie immer noch peinlich war, musste sie auf einmal ebenfalls lachen. Das war bestimmt ein Bild gewesen!

»Darf ich dir schon hallo sagen, oder soll ich in zehn Minuten wiederkommen?« Er blinzelte sie treuherzig an.

»Du darfst«, beschied sie gnädig.

Und als sich seine Hände beim Küssen direkt unter ihr Handtuch schoben, befand sie, dass es vielleicht gar keine so schlechte Sache gewesen war, ihn so zu empfangen und dass sie sich die Gedanken um die Unterwäsche hätte durchaus sparen können.

Die Lasagne dampfte noch, als sie eine halbe Stunde später in ihrer Küche an der Theke saßen. Die Gedanken um die Kleidung hätte sie sich wirklich schenken können, sie hatte sich praktischerweise einen Kimono übergeworfen, und Leon trug nun ein Badetuch um die Hüften.

Der Raum war ihr früher nie klein erschienen, doch seine Präsenz füllte ihn völlig aus. Längst vergessene Gefühle wurden wach. Es war schön, jemanden an ihrem Tisch zu haben. Vielleicht würde sie auch mal wieder anfangen zu kochen, wenn sie nicht mehr ständig allein beim Essen saß.

Schnell verdrängte sie den Gedanken und schob eine Gurkenscheibe in den Mund.

»Schön hast du es hier.« Er deutete auf die winzige Terrasse, die ins Abendlicht getaucht war.

»Der Garten dahinter gehört schon zum Nachbargrundstück, aber ich habe zumindest den Ausblick aufs Grüne. Im ersten Stock gibt es einen Balkon in Richtung Osten für die Morgensonne.« Sie sah ihn an. »Hättest du lieber draußen essen wollen?«

»Normalerweise bin ich gern im Freien«, er lächelte, »aber momentan ist es ganz gut so, wie es ist.« Sein Finger fuhr an den Rändern ihres Kimonos entlang und hinterließ eine brennende Spur. Das Verlangen, das eigentlich schon gestillt war, wuchs wieder. Doch nun drängte es sie, mehr über ihn zu erfahren.

Er ist auch gern an der frischen Luft!

»Hast du dort auch eine Möglichkeit zum Rausgehen, wo du wohnst?«

In Gedanken stellte sie sich eine mondäne Junggesellenwohnung vor. Im Zentrum. Mit viel Chrom und Leder und das Schlafzimmer in schwarz und mit rotem Samt – eine Liebeshöhle. Mit Whirlpool im Bad. Vielleicht eine Penthouse-Wohnung. Maximal Balkon. Mit Blick über die hell beleuchtete Stadt.

»Ich habe auch ein kleines Haus – etwas außerhalb – mit eigenem Garten, der momentan ziemlich verwildert ist. Viele Agaven, auch Kakteen und Wüstengras. Durch den Regen im

Frühjahr steht dort der Rasen zurzeit sogar richtig hoch, mit allerlei Blüten. Eine richtige Wildblumenwiese. Also sehr bienenfreundlich.«

Wärme breitete sich in ihrem Bauch aus. Bilder kamen ihr in den Kopf. Mit Leon. Im hohen Gras vereint.

Er schob sich einen großen Bissen in den Mund. Als er geschluckt hatte, sagte er: »Die Lasagne schmeckt übrigens sehr lecker.«

»Die ist leider nicht selbst gemacht. Ich bestelle sie immer vorgegart bei meinem Italiener, dann brauche ich sie nur fertig zu backen. Meist fehlt mir die Zeit zum Kochen und ...« Sie verstummte.

Leon nickte verstehend. Sein Blick war voller Wärme. »Alan sagte mir, dass du am Samstag ein Event hast?«

Sie unterdrückte ein Seufzen. »Ich bin bei einem Geburtstag eingeladen. Hatte ich total vergessen. Nachdem du und ich den Termin schon hatten ...«

»Willst du lieber verschieben?«

»Nein, ich ...« Verlegen spielte sie mit ihrer Gabel.

Er nahm ihre Hand und drückte einen Kuss auf die Innenfläche. »Natürlich begleite ich dich sehr gern, wenn du magst.«

Dankbar lächelte sie ihn an. »Wir sollten allerdings schon um halb sieben hier los, es fängt um sieben an. Ich gehe normalerweise zu Fuß. Wir können aber auch ein Taxi bestellen. Oder willst du lieber direkt dorthin kommen?« Sie redete in der Aufregung zu schnell und zu viel.

»Nein, das kann ich einrichten. Ich könnte so ab halb sechs. Vielleicht brauchst du Hilfe beim ... *Anziehen?*« Das verschmitzte Grinsen verursachte Wärme in ihrem Bauch.

Wieso fühlte sie sich auf einmal schüchtern? »Das wäre ... toll.«

»Apropos Anziehen: Was für ein Event ist es? Eher schick oder casual?«

»Ganz normal, T-Shirt und Jeans. Oder Shorts. Sehr locker. Der Mann meiner Freundin feiert Geburtstag. Wir sind bei ihnen zu Hause, es wird im Garten gegrillt.«

Bestimmt fragte sich Leon, warum er sie zu solch einer privaten Veranstaltung begleiten sollte. Sie war ihm dankbar, dass er es nicht aussprach.

Doch auf einmal wurde ihr heiß. Was, wenn das Gespräch auf das Spiel, ihre Verpflichtung kam? Sie biss sich auf die Unterlippe. Was hatte sie sich nur dabei gedacht? Besser sie setzte ihn vorher in Kenntnis.

»Ich …« Sie schloss die Augen. »Wir haben Wahrheit oder Pflicht gespielt. Ich …« Sie schluckte. Fühlte Leons fragenden Blick auf sich ruhen.

»Du musst das nächste Mal einen Mann mitbringen?« Er nahm zart ihre Hand in seine, spielte mit den Fingern.

»So ähnlich«, murmelte sie. »Ich … war länger allein. Und mir …«, sie krauste die Nase, »wurde quasi auferlegt, meine …« Wie sollte sie es nennen? »… Enthaltsamkeit zu beenden bis zur nächsten Feier.« Sie merkte selbst, dass ihr Grinsen schief geriet.

Er schob den Teller beiseite und stand auf. Er rückte ihren Barhocker zur Seite, stellte sich zwischen ihre Beine und nahm sie zärtlich in seine Arme. »Dann habe ich es also diesem Spiel zu verdanken, dass wir uns getroffen haben?«, raunte er ihr ins Ohr.

Er wartete ihre Antwort nicht ab, sondern küsste sie – so voller Gefühl, dass er diese verfluchten Schmetterlinge in ihrem Bauch zum Wahnsinn trieb.

Wortlos folgte sie ihm ins Schlafzimmer. Und sie liebten sich. Nicht nur ihre Körper. Er drang bis tief in ihr Innerstes vor. Leon mit der Wildblumenwiese.

17

Katie

Leon sah einfach umwerfend aus, als er mit hinter dem Rücken verschränkten Händen vor ihr stand. Er trug eine enge verwaschene Jeans, die er direkt unterhalb der Knie abgeschnitten hatte. Dazu hatte er lederne Flipflops an und ein dunkelblaues T-Shirt mit einem Kanu-Emblem, das an seinem Brustkorb anlag. Über seiner Schulter hing eine lederne Tasche. Die dunklen Haare waren kunstvoll zerzaust, der Drei-Tage-Bart war wie immer sorgfältig gestutzt.

Katie strich über die weichen Bartstoppeln, bevor sie sein Gesicht in ihre Hände nahm und ihn küsste.

Er zog einen Strauß Wildblumen hinter seinem Rücken hervor. Lila Lupinen, gelbe Wildsonnenblumen und roter Klatschmohn, umgeben von Gräsern und einigen orangenen Blüten, deren Namen sie nicht kannte.

»Für Erin?«

»Nein, die sind für dich.«

»Oh! Aus deinem Garten?« Sie blinzelte gerührt.

Er nickte.

»Danke!« Wärme durchflutete sie, und sie eilte in die Küche, um sie in eine Vase zu stellen. Ein Strahlen zog sich über ihr Gesicht.

»Für deine Freundin habe ich Pralinen mitgebracht, ich hoffe, das isst sie?«

»Erin liebt Süßes.« Sie hatte Mühe, ihre Ergriffenheit zu verbergen.

»Sehr gut. Ich dachte, sie bekommt bei solchen Events bestimmt genug Blumen. Und für das Geburtstagskind … Wie heißt er überhaupt?«

»Robert, aber alle sagen nur Rob.«

»Für Rob habe ich einen schottischen Whisky, passt das?«

»Perfekt.« *Er* war einfach perfekt! *Zu perfekt, um wahr zu sein*, sagte ihr diese kleine gemeine Stimme im Ohr, die sie sofort verdrängte.

»Das wäre aber wirklich nicht nötig gewesen.«

»Wenn ich Gast bei einem Geburtstag bin, dann bringe ich auch etwas mit, das ist das mindeste«, sagte er mit ungewöhnlicher Schärfe.

Sie wollte Leon dafür danken, da lag sie schon in seinen Armen, und jegliche Missstimmung verschwand im Handumdrehen.

Natürlich schafften sie es nicht, pünktlich aus dem Bett zu kommen. Die Zeit verflog im Nu.

Auf ein Taxi hätten sie warten müssen, das hätte nicht viel Zeit gespart. Also doch laufen.

Hand in Hand rannten sie durch den Park. Die Flipflops klatschten im Takt gegen ihre nackten Sohlen.

Die Hundesitter, die ihre zahlreichen Schützlinge ausführten oder die Paare, die auf Decken die Köpfe zusammensteckten und die letzten Sonnenstrahlen genossen, nahm Katie nur am Rande wahr. Auch die Gruppen von Studenten, die zusammen auf dem Rasen lernten, oder die alten Leute auf den Bänken interessierten sie nicht. Sie hatte nur Augen für Leon.

Es war zehn nach sieben, als sie mit erhitzten Gesichtern vor Erins und Robs Haus eintrafen.

Katie sah auf ihre silberne Armbanduhr. »Voll im akademischen Viertel«, stellte sie lachend fest, bevor sie läutete.

Sie war froh, dass sie auch eine kurze Jeans-Hotpants und ein leichtes ärmelloses weißes Top angezogen hatte, was beides Leons bewundernde Blicke auf sich gezogen hatte. Heute war es – selbst für einen kalifornischen Junitag – ungewöhnlich warm.

Sie krauste die Nase. »Es riecht schon so verlockend nach gegrilltem Fleisch.«

»Und du hast mal wieder Hunger?« Leon grinste.

»Oh ja!« Sie hob anzüglich die Augenbrauen, was ihr sein dunkles Lachen einbrachte.

Da riss Erin die Tür auf. Ihre Freundin warf Leon einen anerkennenden Blick zu und flüsterte ihr bei der Umarmung ins Ohr. »Verflucht, ist der heiß!«

Auch Leon wurde von Erin mit einer Umarmung bedacht, und sie freute sich wie verrückt über ihre Lieblingspralinen.

Auch bei Rob kamen Leon und der Scotch hervorragend an.

Das Geburtstagskind zog ihn direkt nach draußen zum Grill, wo Leon ein Bier in die Hand gedrückt bekam, bevor er Colin und seinem Lebenspartner Herb sowie John und Scott, Janets Mann, vorgestellt wurde, der heute auch anwesend war, was Katie freute.

Sie hatte den einstigen Football-Star ihrer Schule, der mit seinen schwarzen leicht gelockten Haaren und der drahtigen Figur nicht nur gut aussah, sondern auch äußerst sympathisch war, immer gern gemocht.

Zumindest bevor er seine Frau betrogen hatte. Zu gern hätte sie ihn dafür zur Rede gestellt und die Hintergründe erfahren – er war zwar immer ein Frauenliebling gewesen, trotzdem hätte sie ihn so nicht eingeschätzt –, doch sie wusste genau, dass es ihrer Freundin mehr als unrecht wäre, wenn sie sich einmischte.

Sie folgte Erin – ebenfalls mit einer Flasche Bud bewaffnet – in die Küche, um die Salate fertig zu machen. Sie ließ die Flasche gegen Erins Sektglas klingen.

Janet legte das Salatbesteck nieder, mit dem sie den Kartoffelsalat umgerührt hatte, nahm sie in den Arm und linste durchs Fenster nach draußen. »Du liebe Güte! Megaheiß, der Typ. Ich ärgere mich fast ein wenig, dass ich ihn nicht vorher entdeckt habe. Das hätte ich mir glatt überlegt, ihn statt Jamie für mich zu behalten.« Sie seufzte.

Katie zwang sich zu einem Lachen. Wieso musste ihre Freundin sie gerade jetzt daran erinnern, *wer* beziehungsweise *was* Leon eigentlich war?

Janet war zu einfühlsam, als dass sie nicht gemerkt hätte, dass etwas nicht stimmte. »Oh, verflucht! Das war total unsensibel, nicht wahr? Ich bin schrecklich!« Sie musterte Katie kritisch. »Für dich ist es nicht mehr nur Spaß. Dich hat's voll erwischt, oder?«

Katie wollte es leugnen, doch ihre Freundinnen kannten sie zu gut. So zuckte sie nur mit den Achseln und zwang sich zu lächeln. Sie versuchte, den Schmerz, der sich in ihrem Brustkorb ausdehnte, zu verdrängen.

Janet zögerte. »Und er? Hat er sich irgendwie geäußert?«

Katie ließ die Schultern fallen. »Ich habe keine Ahnung.« Sie sah Janet an. »Wie du mal gesagt hast: Sie geben dir das Gefühl, die Größte zu sein, etwas zu bedeuten. Ich habe aber zunehmend das Gefühl, es wäre tatsächlich etwas zwischen uns.«

»Ach, Sweetheart.« Janet rieb ihr über den Arm und sah sie traurig an.

Katie schob auch Erin sanft weg, die sie umarmen wollte. Das fehlte ihr noch, dass sie hier und jetzt in Tränen ausbrach.

Ausnahmsweise freute sie sich über Shirleys Erscheinen, die für Ablenkung sorgte. Nein, sie erschien nicht nur, sie präsentierte sich. Sie kam grundsätzlich zu spät, um ihren ganz persönlichen Auftritt zu haben. Sie rauschte förmlich herein, eingehüllt in eine Wolke klebrig-süßen Parfüms, gekleidet in ein weißes Minikleid, das kurz unter ihrem Po endete. Ihre Brüste drohten, den engen Ausschnitt zu sprengen. Shirley ignorierte die Küche und stöckelte direkt in den Garten zu den Jungs am Grill. *Natürlich!*

»Los, komm, Revier abstecken«, zischte Janet Katie zu und zog sie am Arm nach draußen, bevor sie selbst reagieren konnte.

»Oh, wen haben wir denn da? Ein neues Gesicht, und was für eins!«, flötete Shirley, klettete sich auch schon an Leons Hals und drückte ihm einen Kuss auf die Wange, der weit jenseits der freundlichen Begrüßung eines Unbekannten lag.

Katie ballte die Hand hinter ihrem Rücken zur Faust. Doch bevor sie in irgendeiner Weise agieren konnte, hatte Colin Shirley von ihm weggezogen.

»Das ist Leon. Er gehört zu Katie«, sagte er bestimmt. »Wie wäre es, wenn du zuerst mal das Geburtstagskind begrüßt?« Und er schob sie in Richtung Rob.

Katie warf Colin ein dankbares Lächeln zu. Und ihr Herz machte einen Hüpfer, als sie Leons warmen Blick auf sich spürte.

Er beachtete Shirley in keinster Weise, sondern wandte seine Augen nicht von Katies ab, obwohl Shirley sich soeben zu Scott hinunterbückte, der neben der Bierkiste kniete, und dabei einen freizügigen Einblick unter ihr Kleid bot.

Wie ein Magnet zog Leon Katie an. Sie ging zu ihm, schmiegte sich in seine Arme. Er küsste sie auf die Stirn. Und die Nase. Dann berührten seine weichen Lippen ihre.

Sie musste sich regelrecht zwingen, sich von ihm zu lösen und die anderen Männer zu begrüßen.

Shirleys schrille Stimme drang durch die laue Abendluft. »So, so, Katie hat jemanden mitgebracht.«

Katie hob die Augenbrauen. »Ja, wie du siehst.« *Hast du ein Problem damit?*, lag ihr auf der Zunge, doch sie verbiss es sich.

Sie sah Janet an, die hundertprozentig dasselbe dachte, und musste lachen.

»Das ist ja ganz was Neues.«

»Ich hoffe, das geht in Ordnung«, sagte Leon mit solch einer Ernsthaftigkeit, dass sogar der beziehungsweise *die* Dümmste merken musste, dass er es sarkastisch meinte, schließlich war Shirley nicht die Gastgeberin.

»Aber natürlich«, flötete sie. »Wir freuen uns immer, neue Leute zu sehen.«

Frischfleisch, wolltest du wohl sagen. In Katie brodelte es, und sie war selbst über ihren Besitzanspruch erstaunt.

»Das ist schön«, sagte Leon wieder in ernstem Tonfall, doch in seinen Augen funkelte es amüsiert.

Er trat einen Schritt auf Katie zu und legte den Arm um ihre Schultern.

Wie ein echtes Paar, ging es ihr durch den Kopf.

»Und, wo habt ihr euch denn kennengelernt?«, erkundigte sich Shirley spitz.

Katie versteifte sich. Verflucht, sie hätten sich eine Story bereitlegen sollen.

Leon drückte beruhigend ihren Oberarm. Er lächelte und warf ihr einen verliebten Blick zu. »Ich habe Katie zum ersten Mal getroffen, da stieg sie aus einem Taxi. Ich stand direkt davor. Und da war sie. Sah mich von unten herauf an. Mit diesen großen dunklen Augen, deren Blick man sich nicht entziehen kann. Krauste ihr Näschen, wie sie es manchmal so süß macht.« Ein schneller Kuss auf ihre Nasenspitze folgte. »Ich musste sie einfach nur ansehen. Bewundern. In ihrem unglaublich sexy Kleid. Das Taxi fuhr davon. Sie lächelte mich mit diesen wundervollen Grübchen an, und mir war klar, dass ich diese Frau näher kennenlernen muss.«

Erin seufzte verzückt.

Auch Herb gab einen begeisterten Laut von sich.

Nur Shirley hob die Augenbrauen. »Katie trug ein Kleid? So kennt man sie gar nicht.«

»Blöde Kuh«, zischte Janet hinter ihr so leise, dass es nur

Katie hören konnte – und vielleicht auch Leon, denn er gluckste leise.

»Oh, ich habe Katie schon öfter in einem Kleid gesehen. Sie kann die erotischsten Kleider tragen, ohne dass es vulgär wirkt«, erwiderte Leon in einem freundlichen Tonfall, der die Spitze geschickt kaschierte.

»Danke«, sagte Katie.

Shirley war auf dem Ohr taub, sie nickte nur zweifelnd.

»Und was geschah dann?«, wollte Colin wissen.

»Dann sagte ich, dass um die Ecke ein kleiner Italiener ist. Und sie sagte, dass sie einen Bärenhunger hat.«

»Das ist unsere Katie.« Rob lachte und wedelte ihr mit einem Stück lecker duftendem Fleisch an der Grillzange vor der Nase herum, wofür sie ihn freundschaftlich knuffte.

Ohne seinen liebevollen Blick von ihrem Gesicht zu lassen, erzählte Leon weiter: »Danach sind wir am Strand spazieren gegangen. Haben in einer Strandbar getanzt. Und in dieser Nacht blieb keiner von uns allein«, endete er, bevor er sie zart auf den Scheitel küsste.

Katie füllte sich wohlig eingehüllt von seinen Worten, der dunklen Stimme und dem zarten Streicheln auf der nackten Haut ihrer Schulter.

»Eine schöne Geschichte.« Erin seufzte ganz versunken, als würde sie die Hintergründe nicht kennen, vermutlich hatte sie sie – ebenso wie Katie – für den Moment verdrängt.

»Das ist sie. Aber es wäre auch schön, wenn wir jetzt dann endlich *unseren* Bärenhunger stillen könnten, bevor das Fleisch völlig verbrutzelt«, knurrte John ungeduldig und löste damit einen Heiterkeitsausbruch aus.

Doch sein mürrischer Blick gab nicht nur Katie zu denken.

»Sag mal, kann das sein, dass der gute John ein Auge auf dich geworfen hat?«, sinnierte Janet, als sie zusammen in die Küche gingen, um die Salate zu holen. »Ich habe das immer für seine übliche Anmachtour gehalten, aber gerade hatte ich den Eindruck, dass es ihm gar nicht passt, dass du nun vergeben bist.«

»John? Der Frauenheld soll was von mir wollen?«, fragte Katie verblüfft. »Ich weiß nicht …«

»Ich glaube, du weißt viel nicht!« Janet sah sich vorsichtig um, doch sie waren allein. »Dein Leon hat mir gerade auch ganz und gar nicht den Eindruck gemacht, dass er dich als *Routinefall* sieht, wenn ich es so nennen darf. Du weißt schon, was ich meine. So verliebt, wie er dich ansieht …«

Katie holte tief Luft. Sie versicherte sich, dass wirklich niemand in der Nähe war. »Sag mal, dein Typ – ich habe den Namen vergessen. Verlängert der auch manchmal, so ohne Bezahlung, du weißt schon …«

Janet schüttelte den Kopf. »Nein, Jamie und ich haben schon unsere festen Zeiten. Gut, ich muss oft wegen der Kinder zurück, aber auch als diese weg waren und ich Zeit hatte, haben wir immer pünktlich aufgehört. Oder ich habe eben draufgezahlt, wenn ich nicht genug kriegen konnte. Warum fragst du? Ist das bei euch anders?«

»Bisher hat er immer verlängert. Beim ersten Mal im Hotel, beim nächsten Mal hat er mich auswärts zum Frühstücken eingeladen.«

»Er hat dich eingeladen?« Janet hob verblüfft die Augenbrauen.

»Ja. Auch schon zum Essen beim Italiener.«

»Das ist ganz und gar nicht üblich.« Janet warf ihr einen bedeutungsvollen Blick zu.

Katie knetete nervös den Saum ihres T-Shirts. »Ich dachte es mir schon. Aber es kommt noch besser. Am Mittwoch hatten wir uns für knapp drei Stunden verabredet. Eigentlich bis maximal elf, aber er hatte keinen neuen Termin, sondern musste nur am nächsten Tag früh raus. Er blieb fast die ganze Nacht, ging irgendwann in den Morgenstunden. Wir haben zwar die meiste Zeit geschlafen, weil wir beide kaputt waren, aber auch viel gekuschelt. Und geredet. Wir reden oft stundenlang – über Belanglosigkeiten, Beziehungsthemen und Privates meiden wir. Aber es gibt so unglaublich viele Gemeinsamkeiten zwischen uns – wir haben die gleiche Sicht auf die Welt.« Sie lächelte. »Ich habe den Eindruck, er ist total gern mit mir zusammen. Heute kam er auch schon eineinhalb Stunden eher, damit wir davor noch … du-weißt-schon-was können.«

Janet drückte sie an sich. »Oh, Katie! Das hat *natürlich* etwas zu bedeuten. Ich würde es dir so wünschen, dass er deine Gefühle erwidert!«

»Danke!«, wisperte sie.

Der Abend war bislang ein voller Erfolg – nicht nur weil Janet und Scott sich blendend zu verstehen schienen. Wenn Katie ihre Freundin ansah, merkte sie, wie viel ihr Mann ihr noch bedeutete, auch wenn sie meist so tat, als wäre sie zufrieden mit der momentanen Situation.

Es freute sie unbändig, dass auch Scotts Zuneigung zu seiner Frau nicht ganz erloschen zu sein schien, wie sie zuerst nach Janets Schilderung befürchtet hatte. Es gab einige vertrauliche Gesten. Vielleicht fanden die beiden wieder zueinander? Sie würde es ihrer Freundin von Herzen gönnen.

Besonders freute es sie auch, dass Leon problemlos den Anschluss an die eingeschworene Gemeinschaft fand. Katie hatte zwar schon öfter erlebt, dass er Humor hatte und auch gern lachte, aber er ging richtig aus sich heraus und kam auch mit den gegenseitigen Neckereien unter den Freunden einwandfrei klar. Er konnte einstecken und auch austeilen. Es war einfach wunderschön, private Zeit mit ihm zu verbringen.

Nach dem Essen, das sie in den letzten Sonnenstrahlen des Abends auf der Terrasse einnahmen, während sich der Himmel von blau über rot zu schwarz färbte, entzündete Rob ein

Lagerfeuer in der eisernen Feuerschale, und sie begaben sich zu den bequemen Rattan-Gartenmöbeln.

Leon zog Katie direkt auf die Zweierbank.

Vor allem zu Erins Mann Rob und auch Colin schien er sofort einen guten Draht zu haben. Die drei unterhielten sich angeregt über Flugzeugmodellbau – ein Thema, von dem sie bislang nicht wusste, dass er sich dafür interessierte, und sie fand es spannend, wie hervorragend er sich damit auskannte.

»Machst du beruflich etwas mit Flugzeugbau?«, erkundigte sich Rob.

»Nein, Flugzeuge bauen ist … ein Hobby«, erwiderte Leon nach einem kurzen Zögern.

»Was machst du beruflich?«, wollte Colin wissen.

Katie erstarrte. Da war sie, die Frage, die sie schon eine Weile befürchtet hatte.

Doch nun wirkte Leon völlig entspannt. »Ich bin Sozialpädagoge. Ich leite einige Wohnstätten für ehemalige Drogenabhängige. Sie sollen in einer normalen Wohn- und Arbeitssituation resozialisiert werden«, erklärte er.

Katie blieb der Mund offen stehen. Auf Janets Stoß mit dem Schälchen schob sie schnell eine Olive hinein, die in dem Moment wie Gummi schmeckte.

Stimmte es, was er sagte? Er hatte es so überzeugend hervorgebracht. Hatte er sich im Vorhinein eine Vita zusammengebastelt, oder führte er ein Doppelleben? Sie wusste, dass er Akademiker war, aber das konnte ja in viele Richtungen gehen. Hatte er Sozialpädagogik studiert? Warum hatte sie ihn nie danach gefragt?

Weil du nicht über seine Zweittätigkeit sprechen möchtest und so jedes vertrauliche Gespräch meidest, sagte ihr diese Stimme in ihren Inneren.

Doch sie hatte keine Zeit, auf sie zu hören, denn Rob schaltete sich ein: »Bekommen eure Schützlinge dann Ersatzdrogen?«

»Ja, die meisten schaffen es nicht ohne. Ihnen werden unter ärztlicher Aufsicht Methadon, auch zum Teil andere Medikamente wie Antidepressiva oder Schlaf- und Beruhigungsmittel und Mittel zur Schmerzbekämpfung verabreicht. Und wir bieten ihnen den Wohnraum und helfen bei der Arbeitsplatzbeschaffung. Sorgen auch dafür, dass sie pünktlich zur Arbeit gehen, wenn sie etwas gefunden haben, denn ein geregeltes Leben fällt vielen anfangs schwer.«

»Und gibt es da bestimmte Voraussetzungen?«

»Sie müssen überzeugend ihren Willen bekunden, clean bleiben zu wollen. Und sie dürfen nicht kriminell geworden sein, abgesehen von Drogenbesitz. Für Straftäter gibt es andere Einrichtungen.«

»Habt ihr viele Rückfälle?«, erkundigte sich Erin, sichtlich beeindruckt.

»Ja, es kommt leider gelegentlich vor.« Seine Züge, die sich für einen Augenblick verdunkelten, hellten sich schnell wieder auf. »Aber trotzdem ist die Erfolgsquote angenehm hoch. Und jeder Einzelne, der es zurück in ein halbwegs normales Leben schafft, ist die Mühe wert.«

»Ja, das glaube ich.« Colin nickte. »Seid ihr ein Privatunternehmen?«

Leon nippte an seinem Bier. »Wir werden teilweise vom Staat getragen, aber ebenso durch Spenden unterstützt. Wir organisieren auch öfter Events, bei denen unsere Bewohner, die noch keine Arbeit gefunden haben, entweder Handarbeiten oder Selbstgebackenes verkaufen, um sich so ein Taschengeld dazuzuverdienen.«

Katie unterdrückte ein Aufstöhnen. Das wurde ja immer besser! Wenn es stimmte, was er sagte, dann engagierte er sich für seine Mitmenschen. Und sie hatte eine Schwäche für solche Leute.

Leon, wer bist du wirklich?

Er musste ihren fragenden Blick gespürt haben, denn er

ergriff ihre Hand, drückte sie, und strich mit dem Daumen über ihren Handrücken.

»Mit deinem Engagement passt du ja gut zu unserer Ärztin, die sich mit Leib und Seele für ihre kleinen Patienten einsetzt«, sagte Colin und lächelte ihr zu. »Sie ist ein ganz großartiger Mensch.«

Der Druck von Leons Hand wurde stärker. »Dass sie ein großartiger Mensch ist, ist mir auch schon aufgefallen.« Er warf ihr ein zärtliches Lächeln zu.

»Übertreibt es mal nicht.« Sie winkte verlegen ab. Dennoch konnte sie nicht verhindern, dass ihr Herzschlag vor Freude aussetzte.

Katie strahlte, als Colin die Gitarre auspackte und leise einige Balladen klimperte. Sie nippte an ihrem Bier, den Kopf an Leons Schulter gelehnt, ihre Hand in seiner, und lauschte den Musikklängen und Gesprächsfetzen.

Sie beobachtete Janet und Scott, die die Köpfe eng zusammensteckten, Herb, der Colins Rücken streichelte, während sein Freund spielte, und Erin und Rob, die heute beide glücklich strahlten. Selbst Shirley und John waren recht ruhig und beschäftigten sich miteinander – etwas anderes blieb ihnen wohl nicht übrig.

Eine wohlige Zufriedenheit überkam sie.

Bis Shirley mal wieder in Aktion trat und alles zerstörte. Colin spielte *Cats in the cradle.*

»Rob wird sicherlich mal ein guter Vater und sich besser um sein Kind kümmern als der in dem Song«, schrillte Shirleys Stimme am Ende des Liedes, und sie kicherte, als wäre das lustig.

Katie und Janet fuhren unisono auf. Musste diese blöde Kuh jetzt gerade den schönen Abend versauen und an die Wunde der beiden rühren?

Doch wider Erwarten gab es keine trauernden Gesichter, sondern Erin strahlte heller als eine Hundertwatt-Birne, und

Rob, schon leicht angeheitert, grinste wie ein Honigkuchenpferd.

»Nein! Wie toll! Großartig! Herzlichen Glückwunsch!«, schallte es durcheinander.

Katie sprang auf. »Ich werde verrückt! Warum habt ihr noch nichts gesagt?«

Erin hüpfte auf und ab. »Wir wollten nichts verraten, bis die ersten drei Monate vorbei sind, aber ich bin den ganzen Abend schon beinahe geplatzt – nun ist es eben früher raus. Ich wollte es euch *soooo* gern sagen! Gestern war ich beim Arzt. Er hat den Test bestätigt.« Jubelnd umarmte sie Janet und Katie. »Das habe ich euch beiden zu verdanken. Das war sicherlich nach dieser Aktion …« Sie kicherte, und die beiden stimmten ein.

Korken knallten. Und nun wusste Katie auch, warum Erin den ganzen Abend Sekt getrunken hatte, statt wie sonst Bier zum Grillen. Ihrer war alkoholfrei gewesen, und mit einem alkoholfreien Bier hätte sie sich durchs Etikett verraten.

Katie umarmte ihre Freundin ganz fest. »Ich freu mich so wahnsinnig für dich!« Sie musste sich ein Tränchen der Rührung verdrücken.

»Ich auch.« Bei Erin flossen die Tränen. »Das sind die Hormone.« Sie wischte sich über die Wangen.

»Wann ist es denn bei euch so weit?«, fragte Shirley so durchdringend, dass alle den Kopf drehten, und stupste Katie in die Seite. Dabei sah sie Leon herausfordernd an.

Er versteifte sich. Seine Ablehnung war direkt körperlich zu spüren.

Katies Freude fiel wie ein Kartenhaus in sich zusammen.

Doch bevor sie ihre Sprache wiederfand, fuhr Janet fauchend auf und stemmte die Hände in die Seiten. »Du Trampel! Die beiden sind ganz frisch zusammen. Da fragt man so was einfach nicht. Das nennt man Anstand!«

Shirley hob abwehrend die Hände. Sie hatte vor und während des Essens einen Whiskey Sour nach dem anderen getrunken und wirkte schon ziemlich angeheitert. Ihre Aussprache war etwas schleppend. »Schon gut! Man wird doch mal einen Scherz machen dürfen.«

Scott kam ihnen zu Hilfe: »Scherze haben gemeinhin die Eigenschaft, auch witzig zu sein.« Er sah verärgert aus.

»Ja, ja, hackt ruhig auf mir rum. Und alle halten wie immer zu ihr, sie ist doch *everybody's darling.*« Shirley deutete anklagend auf Katie. »Aber ihr müsst zugeben, dass es schon eine Überraschung war, als sie so urplötzlich, nach dieser Wette, einen Typen aus dem Hut gezaubert hat.«

Alle Blicke schnellten zu Leon.

»Ich weiß von dem *Wahrheit oder Pflicht*-Spiel, Katie hat es mir erzählt«, erwiderte er ruhig, und für einen Moment konnte man die Enttäuschung auf Shirleys Zügen lesen. Vermutlich hatte sie gehofft, bei Leon eine Bombe platzten lassen zu können.

Janet reckte hinter ihrem Rücken versteckt den Daumen nach oben.

»Na, dann ist ja gut. Dann hoffe ich ja, sie hat ihre Verpflichtung auch erfüllt.«

»Wie meinst du das?«, rief Katie empört.

»Wenn er so gut Bescheid weiß, vielleicht hast du ihn ja für diesen Abend gemietet?«

Katie fühlte sich, als würde sich ein Loch unter ihren Füßen auftun. Sie war dankbar, dass Leons Arm um ihre Schulter ihr Halt gab.

»Du Furie«, stieß Janet fuchsteufelswild hervor.

»Bist du irre?«, fragte Erin entsetzt.

Herb schnappte empört nach Luft.

»Jetzt reicht's aber!«, herrschte Scott Shirley an. »Nimm das sofort wieder zurück!«

»Was hast *du* denn für ein Problem?« Rob schüttelte den Kopf.

Und Colin stieß ein empörtes »Shirley!« aus.

Doch Leon hob die Hand. Seine Stimme war äußerst beherrscht, man konnte die Eiskristalle darin förmlich klirren hören, als er sich an Shirley wandte. »Willst du Katie unterstellen, sie würde lügen, und wir hätten nicht miteinander geschlafen?«

»Weiß man's?«, sagte sie schnippisch. »Ist doch klar, dass du zu ihr hältst.«

»Welche Beweise willst du?« Er wurde etwas lauter. »Würde ich sonst dieses kleine schmetterlingsförmige Muttermal an der Innenseite ihres Oberschenkels kennen?«

»Ich habe ein schmetterlingsförmiges Muttermal?«, fragte Katie verblüfft.

Ein Lächeln huschte über sein Gesicht, und er zwinkerte ihr zu. »Meine Perspektive ist dort unten vermutlich eine andere als deine.« Sein Blick wurde wieder kühl, als er Shirley ansah. »Woher sollte ich wissen, dass Katie ihre süße kleine Nase kraust, wenn sie einen Orgasmus hat, wenn ich es nicht schon vielfach miterlebt hätte? Unterstell *mir*, was du magst.« Abermals wurde er lauter. »Aber unterstelle Katie niemals wieder, sie würde lügen!« Seine Brust hob und senkte sich. Und er zog Katie in seine Arme.

Sie war glücklich, dass er so für sie eintrat, wenngleich es einen bitteren Beigeschmack hatte.

»Ich glaube, Shirley hat jetzt genug getrunken«, warf Colin ein und packte sie am Arm. »Ich denke, wir nehmen sie jetzt mit nach Hause. Komm, Herb!«

Sein Freund folgte ihm willig, Shirley im Schlepptau.

Es machte die ganze Sache nicht besser, dass ihre Freunde ihr versicherten, wie unmöglich Shirley wäre. Katie fühlte sich, als hätte sie tatsächlich alle belogen, indem sie vorgegeben hatte, Leon wäre ihr Freund. Auch wenn Erin und Janet Bescheid wussten.

Sie zwang sich zur Fröhlichkeit, um noch einige Male mit

Erin und Rob anzustoßen. Dennoch war sie froh, als sich die Runde wenig später komplett auflöste.

»Sollen wir euch mitnehmen?« Scott deutete auf seinen silbernen Aston Martin. »Wird ein bisschen eng hinten, aber …«

»Ich kann ja mit Katie auf die Rückbank«, schlug Janet gleich vor.

Katie wehrte ab: »Nein, ich gehe gern noch ein paar Schritte nach dem reichlichen Essen. Wie sieht's mit dir aus?« Fragend sah sie Leon an.

»Sehr gern!« Einen Augenblick lang hatte sie wieder das Gefühl, dass er wusste, was in ihr vorging.

Schweigend liefen sie nebeneinander her. Leon ergriff ihre Hand und verschränkte die Finger mit ihren.

»Was Shirley gesagt hat, hat dich verletzt, nicht wahr?«, fragte er schließlich, als das Schweigen langsam ungemütlich wurde.

»Sie hat doch im Grunde recht, dass ich eine Lügnerin bin«, stieß Katie hervor.

»Du hast niemanden belogen«, sagte er ruhig.

»Erin und Janet wissen Bescheid, Janet hat unser Treffen damals für mich arrangiert. Aber …«

»Dann ist Janet diejenige, die sich mit Jamie trifft?«, schlussfolgerte Leon.

Katie biss sich auf die Unterlippe.

»Keine Sorge, bei mir ist ihr Geheimnis gut aufgehoben«, beruhigte Leon sie. »Ich dachte mir schon, dass es zwischen ihr und ihrem Mann nicht zum Besten steht. Vermutlich hat er eine Affäre?«

Erstaunt sah Katie ihn an. So gut wie heute hatten sich Scott und Janet schon lang nicht mehr verstanden, sie hätte nicht gedacht, dass ein Außenstehender merken würde, dass die beiden Probleme hatten. Herb und Colin, die sonst ebenfalls empathisch waren und auf ihre Mitmenschen eingingen, hatten sich zumindest nicht besorgt geäußert.

Aber dass Leon einfühlsam war, war ihr schon öfter aufgefallen.

»Du hast auch nicht die anderen betrogen«, sagte er da auch schon, als hätte er auch dabei genau gewusst, was sie soeben gedacht hatte. »Du hast nichts gesagt, was nicht stimmt. Du hast deine Verpflichtung erfüllt. Und wir treffen uns ja …«

Nur, dass das mit dem Mieten auch stimmte. Doch sie hätte sich lieber auf die Zunge gebissen, als das laut auszusprechen. Der Ärger brodelte wieder in ihr hoch: »Warum musste Shirley unbedingt darauf herumhacken?«

»Sie ist eifersüchtig auf dich.«

Katie lachte freudlos auf. »Warum das denn?«

»Du bist beliebt, jeder mag dich. Und dieser John fährt total auf dich ab. Und den hätte sie gern für sich.«

Katie sah ihn verblüfft an. »Wie kommst du denn darauf, Sherlock Holmes?«

»Ich habe Augen im Kopf«, antwortete er schulterzuckend.

»Ich auch. Zwei sogar. Aber das –«

Leon lächelte. »Vermutlich bist du zu nah dran. Kennst die Leute zu lange. Als Außenstehender musste ich mir frisch einen Eindruck machen.«

Sie konnte ihre Neugierde nicht zügeln: »Und wie fandest du meine Freunde?«

»Sie sind alle unglaublich nett, ich habe mich total wohlgefühlt. Bis auf John, aber der sieht mich vermutlich als Konkurrenten. Shirley, die du aber sicherlich eher nicht zu deinen Freunden zählst, ist … anstrengend, aber wohl nur ein armer Wurm, der so gern in die enge Freundschaft einbezogen werden würde, die euch drei Mädels verbindet. Sie fühlt sich ständig als Außenseiterin, aber anstatt einfach nett und sympathisch zu sein, versucht sie stattdessen, die Aufmerksamkeit der Jungs auf sich zu lenken und sieht nicht, dass sie damit einfach nur billig wirkt.«

Katie starrte ihn mit offenem Mund an. »Bist du zufällig auch noch nebenher Psychoanalytiker?«

Leon lachte auf. »Gott bewahre! Nein!« Er wurde wieder ernst. »Menschen und die Beweggründe für ihr Handeln interessieren mich einfach«, erwiderte er fast etwas verschämt, als wäre das etwas, was ihm peinlich sein müsste.

Zuneigung zu ihm erfüllte sie. »Und wie analysierst du mich?«, schlüpfte es ihr heraus, bevor sie sich bremsen konnte.

Leon hielt an, fasste sie bei den Schultern und sah ihr ins schwach von der Straßenlaterne erleuchtete Gesicht. »Du bist so vielfältig wie unsere Heimat Kalifornien. Ein Mensch voller faszinierender Widersprüche. Ich denke, mit dir wird es einem niemals langweilig. Du bist einerseits total schüchtern und voller Selbstzweifel, und andererseits sehr selbstbewusst und weißt genau, was du willst. Setzt dich für deine Ziele ein. Du lebst für deine Arbeit und vergräbst dich in ihr und liebst dennoch das Reisen und deine Freizeit genauso sehr. Du bist vermutlich die intelligenteste Frau, die ich kenne, und merkst andererseits nicht, wenn Menschen, besser gesagt Männer, dir verfallen sind.«

Katies Herzschlag legte noch einen Zahn zu. Sprach er von sich oder von John? Sein Blick wurde eindringlicher, Wärme durchflutete ihren Körper.

»Du gibst lieber, als dass du nimmst. Du bist einerseits scheu, und andererseits glühst du vor einer Leidenschaft, die einen völlig mitreißt, ja regelrecht ausknockt. Du bist …« Seine Stimme wurde heiser, »… einfach der Wahnsinn, Katie!« Und dann küsste er sie. So voller Leidenschaft, dass ihr Herz drohte zu platzen. Er riss sie mit in einen Strudel aus Gefühlen. Sie musste ihm einfach sagen, was sie für ihn empfand.

Schwer atmend lehnte sie sich in seiner Umarmung zurück. Ihre Kehle wurde eng. »Leon, ich …«

Blitzschnell legte er ihr die Hand auf den Mund und zog sie zur nächsten Parkbank. Ihre Knie wurden weich, und sie ließ sich auf das verwitterte Holz sinken.

Mit einem Mal war die Leidenschaft aus seinem Blick verschwunden, und sie las nur Schmerz darin.

»Bitte nicht, Katie, ich …« Er schluckte hörbar. »Ich wünschte, ich könnte, wie ich wollte, aber das geht nicht. Ich kann nicht aufhören!«

Katie hatte Mühe, ins Hier und Jetzt zurückzukehren. Sie blinzelte verwirrt. »Was meinst du? Kommst du da nicht raus? Zwingt dich dieser Alan …?«

Leon lachte freudlos auf. »Nein, so ist das nicht. Das läuft alles fair und freiwillig. Alan ist ein alter Freund.« Er schloss die Augen. »Ich mag dich, Katie, und zwar sehr. Das hast du sicherlich schon bemerkt.«

Da waren sie, diese Worte, die sie sich so sehr erhofft hatte, dennoch konnte keine Freude in ihr aufkommen. »Aber?«

»Von dir Geld dafür zu nehmen, dass …« Er schüttelte den Kopf, sah plötzlich unendlich müde aus. Dann schluckte er, straffte die Schultern. »Aber ich … kann an dem aktuellen Zustand nichts ändern. Ich kann im Moment keine Beziehung eingehen«, sagte er mit fester Stimme. Bedauern, vielleicht auch Mitleid, lösten den Schmerz in seinem Blick ab.

Es fühlte sich an, als hätte ihr jemand einen Eimer Eiswasser über den Kopf gegossen. War es nun das Ende für ihre Treffen? Sollte sie nie wieder seine Zärtlichkeiten spüren?

Panik überrollte sie, doch sie zwang sich, ganz ruhig seine Hand zu nehmen. »Danke für deine Offenheit. Aber, Leon, ich hatte nicht umsonst keine Beziehung in den letzten beiden Jahren. Mir fehlt einfach die Zeit. Ich stehe beruflich vor einem großen Durchbruch in der Forschung. Und bin nebenher voll im normalen Klinikbetrieb eingespannt. Da kann ich keine dauerhafte Ablenkung gebrauchen. Ich hatte nicht einmal Energie, mir einen One-Night-Stand zu suchen. Ja, ich hätte ohne diese Wette, beziehungsweise Verpflichtung, den Schritt vermutlich nicht gemacht, mich mit dir zu treffen. Doch, wie auch meine Freundin Janet, finde ich diese Lösung optimal. Wir haben unseren Spaß. Und es passt prima in meine Freizeitplanung«, sagte sie möglichst leichthin und strahlte ihn an. Sie war selbst überrascht, wie fest ihre Stimme klang.

Für einen Moment hatte sie den Eindruck, dass er sie durchschaute. Dass er von dem Tornado wusste, der in ihrem Inneren tobte. Dass er das Ziehen in ihrer Brust wahrnahm.

Dann zeichnete sich Erleichterung auf seinen Zügen ab, was sie absurderweise abermals schmerzte.

Seine folgenden Worte besänftigten den Schmerz etwas: »Ich bin froh, dass wir uns weiterhin sehen.«

Dennoch hatte sich etwas geändert. Das Schweigen war bemüht. Der Zauber zwischen ihnen war verpufft.

Leon folgte ihr stumm ins Schlafzimmer. Seine Augen blickten so voller Wärme, doch auf einmal wünschte sie, das wäre nicht der Fall.

Sie reckte das Kinn in die Höhe und sah ihn herausfordernd an. Als er sie auf den Mund küssen wollte, schob sie seinen Kopf ein Stück tiefer. Nun sollte er etwas tun für sein Geld.

Enttäuschung, vielleicht auch Schmerz, blitzte in seinen Augen auf, bevor er sie schloss und sie auf den Hals küsste.

Er begann, sie auszukleiden. Sanft, liebevoll – und routiniert. Er küsste die Stellen, die er dabei sonst auch geküsst hatte. Hob sie aufs Bett. Liebkoste ihre Brüste, bis die Brustwarzen sich aufrichteten. Strich mit der Zunge um ihren Bauchnabel. Spreizte ihre Beine.

Die Mauer in ihr bröckelte, als er zart über das Muttermal an der Innenseite ihres Oberschenkels strich und sagte: »Hier sitzt er, der kleine Schmetterling. Bereit, seine Flügel auszubreiten.« Sein Lächeln war unglaublich zärtlich.

Es erweckte auch die Schmetterlinge in ihrem Bauch zum Leben. Katie blinzelte und wies die Verräter in ihre Schranken.

Auch ihr Körper war ein Denunziant, der unwillkürlich auf Leons Zärtlichkeiten reagierte. Seine Zunge. Die streichelnden Finger. Erregung machte sich in ihr breit.

Sie spürte, wie Leon erwartungsvoll den Kopf hob.

»Oh ja«, stöhnte sie pflichtschuldig.

Sie zuckte zusammen, als er sich abrupt zurückzog und aufsetzte.

»Tu das nicht, Katie! Bitte!«, flehte er. Sein Gesicht war schmerzvoll verzogen.

Sie ignorierte das Stechen in ihrer Brust, wandte den Blick ab und setzte sich ebenfalls auf. »Was meinst du?«

Leon zog sie in seine Arme, so fest, dass ihr fast die Luft wegblieb, und presste sein Gesicht in ihre Halskuhle. »Es tut mir so leid«, murmelte er. »Du bist wirklich der letzte Mensch auf Erden, den ich verletzen will. Glaub mir, wenn ich könnte, wie ich wollte …«

Ob es an der Qual in seiner Stimme lag oder an dem drängenden Bedürfnis in ihr, wieder diese Nähe zu spüren, konnte sie nicht sagen. Ein Damm in ihrem Inneren brach. Sie vergrub die Hände in seinen Haaren, zog seine Lippen zu ihren und küsste ihn mit einer Verzweiflung, die sie selbst erschreckte.

Sie baute sich eine Scheinwelt, in der es nur die reine Liebe gab und pure Lust. Sie kapselte sich von allem anderen außer Leon ab, mit einer Wand so dünn wie eine Seifenblase.

Er blieb bis zum nächsten Mittag. Dann musste er weg. Für ein paar Stunden. Ein privater Termin, wie er betonte.

Und am Abend kam er wieder. Ohne Arrangement durch die Agentur. Er hüllte sie in seine Liebe und Zärtlichkeit ein –

und versetzte sie in wilde Ekstase. Sie schlief, eingemummt in die Geborgenheit seiner Arme.

Er blieb, bis er am nächsten Morgen zur Arbeit musste. Zu seiner *richtigen* Arbeit, betonte er. Am Montag und Dienstag hatte er abends keine Zeit. Termine. Er sah sie bei diesen Worten nicht an. Und er hielt sich vage, ob sie sich am Mittwoch sehen würden. Sie fragte nicht, beklagte sich nicht.

Doch die schillernde Seifenblase war zerplatzt.

18

Leon

»Im Ratschläge annehmen warst du noch nie gut«, sagte Alan trocken und hob die Augenbrauen. »Du hast dich verliebt!«

»Schlag deinen Anteil für die Sonntagnacht auf mein Schuldenkonto hinzu. Aber berechne Katie bitte nichts«, bat Leon, ohne darauf einzugehen.

»Davon spreche ich nicht. Es ist fair, dass du es mir gesagt hast. Wir hatten ja keine Hotelkosten, da du bei ihr zu Hause warst. Also vergiss das Geld!« Alan seufzte. »Worum es mir geht: Du bist mein bester Freund. Ich mache mir Sorgen um dich! Wie stellst du dir das denn vor? Willst du eine Beziehung mit ihr führen, während du mit anderen Frauen schläfst? Wie lange wird das gut gehen?«

Die Worte bohrten sich wie ein Messer in Leons Innerstes, trafen genau den Nerv. Das ließ ihn harscher reagieren als beabsichtigt. »Ich weiß es nicht, Herrgott noch mal!«

Alan schien es ihm nicht übelzunehmen. Dazu kannten sie sich zu lange und zu gut. Er sprach ganz ruhig weiter: »Du würdest mir echt fehlen, denn ich hatte selten einen *Mitarbeiter*, der von den Frauen so hochgelobt wurde. Auf allen Ebenen. Normalerweise sind sie entweder gut im Zuhören oder gut im Bett. Du kannst anscheinend beides. Trotzdem muss ich dich, als dein bester Freund, fragen: Willst du aufhören?«

Alles in Leon schrie danach, das Angebot anzunehmen. Dann schüttelte er langsam den Kopf. »Du und ich, wir wissen beide, dass ich dazu bei meinen momentanen finanziellen Belastungen nicht in der Lage bin, ich kann die Schulden dann nicht abstottern. So hoch ist mein normaler Verdienst leider nicht. Lily hängt mit ihrem ganzen Herzen an dem Haus. Sie nennt es immer unser Zauberschloss. Ich kann es nicht verkaufen. Sie wäre am Boden zerstört, wenn sie mitbekäme, dass es ihretwegen ist, zumal es schon mit sämtlichen Hypotheken belastet ist, viel bliebe sowieso nicht übrig. Dana trägt zwar auch einen Teil bei, aber bei ihrem Verdienst als Flugbegleiterin bleibt, selbst mit ihrem Nebenjob als Kellnerin, nicht viel übrig. Ich habe kein Erbe zu erwarten und möchte ganz bestimmt nicht, dass sich meine Eltern im Alter einschränken. Sie würden mir helfen, wenn sie von meinen Problemen wüssten. Auf ihre Reisen verzichten. Aber die Auszeit haben sie sich wahrlich verdient, nachdem sie ihr Leben lang geackert haben.« Er zögerte. »Nein. Ich könnte mir nicht mehr im Spiegel in die Augen sehen, wenn ich dir das Geld schuldig bleiben würde. Ich weiß, auch du sparst auf ein Häuschen. Für deine Zukunft. Das könnte ich mir nie verzeihen, wenn ich dich hängen lassen würde, wo ich dir so dankbar bin, dass du mir geholfen hast. Ich würde mir wie ein Betrüger vorkommen.«

Alan seufzte wieder. »Ganz ehrlich, wenn ich es könnte, würde ich auf mein Geld verzichten, aber tatsächlich träume ich schon seit Längerem von diesem Haus im Grünen, abseits von allem Trubel.«

Nachdenklich sah Leon ihn an. »So ganz glücklich, wie du tust, bist du auch nicht immer, oder?«

»Ach, Buddy! Wer ist schon immer ganz und gar glücklich? Natürlich zehrt das Ganze hier auch oft an mir!«, räumte er ein. »Aber es ist für mich das Sprungbrett, irgendwann in nicht allzu ferner Zukunft etwas anderes zu tun. Vielleicht Landschaftsfotograf zu werden, mein Hobby.«

Da fiel es Leon wie Schuppen von den Augen. »Diese großartigen Aufnahmen in deiner Wohnung sind von dir?«

Alan nickte und fuhr fort: »Genau. Das würde ich gern irgendwann ausbauen. Auch ich werde nicht jünger. Ich kann diesen Job nicht mehr ewig machen – zumindest nicht selbst. Wer will schon einen abgehalfterten Cowboy in der Kiste?« Er versuchte zu scherzen, doch Leon konnte deutlich spüren, wie massiv sich sein Freund Gedanken um seine Zukunft machte. »Natürlich kann ich die Organisation auch weiterhin übernehmen. Aber will ich das wirklich auf ewig? Wer weiß, was die Zukunft bringt? Vielleicht breitet sich durch den zunehmenden Bedarf in dem Sektor irgendwann ein organisierter Billigmarkt aus, und die Konkurrenz will mich vernichten? Mich gegen irgendwelche Klans zu behaupten, mich plötzlich Schlägertypen gegenüberzusehen, die auf meiner Fußmatte stehen, dazu habe ich wirklich keine Lust.« Er seufzte.

»Puh, ich hoffe, das bleibt dir erspart.« An diese Möglichkeit hatte er bislang noch gar nicht gedacht. Leon zwang sich zu lächeln. »Nun ja, jetzt sitzen wir erst mal im selben Boot. Wir brauchen das Geld. Ich bleibe bei dir, bis ich schuldenfrei bin. Und alles andere wird sich zeigen. Vielleicht kann ich dir dann irgendwann einmal ein so guter Freund sein, wie du es mir bist.«

»Das bist und warst du schon immer.« Alan legte ihm die Hand auf die Schulter und drückte zu. »Jetzt kümmere du dich zuerst mal darum, dass Lily gut versorgt wird. Und du hast recht, alles andere wird sich zeigen.«

Leon nickte langsam. Damit hatte er auf jeden Fall eine Aufgabe vor sich, die ihn voll in Anspruch nahm und ihn vom Trübsal blasen abhielt.

19

Katie

»Welche Probanden für die neuen Fördermittel haben wir aktuell? Wen würden Sie für die Versuchsreihe vorschlagen, Doktor Bennett?« Der Chefarzt Professor Hollister sah sie fragend an. »Wenn ich Sie richtig verstanden habe, wollten Sie Ihren letzten Vorschlag noch mal revidieren?«

Katie nickte betrübt. »Ich hatte gehofft, die Behandlung würde bei dem kleinen Kevin Coleman besser anschlagen, aber ich fürchte, dort wäre die Versuchsreihe … vergeudet, und wir könnten sie nicht bis zum Ende durchführen.«

Der Chefarzt nickte verstehend. So hart es auch war und so vehement versucht werden musste, jedes dieser jungen Menschenleben zu retten, so mussten sie doch die vielversprechendsten kleinen Kandidatinnen und Kandidaten für das Förderprogramm auswählen. Sie brauchten Ergebnisse.

Für Kevin, dessen junges Leben nur noch an einem seidenen Faden hing, war jegliche Hilfe vergebens.

Katie schluckte und zwang sich zur Professionalität, als sie eine Datei auf ihrem Laptop öffnete und das Bild eines kleinen Mädchens mittels Beamer an die Wand warf. Auf dem Foto hatte sie noch lange blonde Locken besessen, während sie heute – wie die meisten ihrer Patientinnen und Patienten – kahl war.

»Emily Lockwood, acht Jahre alt.« Während sie ihre Krankengeschichte und die von drei weiteren potenziellen Probanden erzählte, hingen sechs Augenpaare an ihren Lippen.

Das Gremium würde letztendlich entscheiden, wer sozusagen als *Versuchskaninchen* in die Auswahl kommen würde. Es fiel ihr schon schwer genug, eine Vorauswahl zu treffen.

Die bisherigen Ergebnisse ihrer Behandlung waren äußerst positiv, doch es hatte so etwas Gotthaftes, über das Leben der Patientinnen und Patienten zu entscheiden. Sie war froh, dass ihr diese letzte Auswahl erspart blieb.

Für heute standen keine Operationen auf dem Programm. Dafür bekamen sie drei Neuzugänge aus der letzten Auswahl der Probanden. Und sie hatte Elterngespräche zu führen – ein Teil ihrer Arbeit, der belastend für sie war.

Sie setzte sich an ihren Schreibtisch und zog die Akten hervor.

Thomas Evans, sechs Jahre. Perpetua Plumrose, neun Jahre. Linda Jenkins war mit dreizehn Jahren eine ihrer ältesten Patientinnen. Sie alle hatten schon diverse ambulante und stationäre Behandlungen in anderen Krankenhäusern hinter sich, die allesamt nicht den gewünschten dauerhaften Erfolg gebracht hatten. Immerhin waren die Voruntersuchungen hier insoweit erfolgreich absolviert, dass gewisse Heilungschancen bestanden, sonst wären sie nicht aufgenommen worden.

Die Warteliste war ellenlang, und die Entscheidung, wer überhaupt bei ihnen aufgenommen wurde, war schwierig. Sie würden diese Woche hier noch einige Untersuchungen und Behandlungen über sich ergehen lassen müssen, bevor sie nächste Woche dann von ihr operiert und anschließend behandelt werden würden. Katie vertiefte sich in die Krankengeschichten, bis ihre Kollegin Patricia sie zum Mittagessen abholte.

Sie bestellte nur einen leichten Salat, da ihr die bevorstehenden Gespräche erfahrungsgemäß auf den Magen schlugen.

Der schwierigste Fall, Linda Jenkins, war der erste auf dem Programm. Manche Leute traf das Schicksal schon extrem hart. Der Mutter der Dreizehnjährigen hatte das Leben übel mitgespielt. Den Vater der Kleinen hatte sie vor drei Jahren durch Bauchspeicheldrüsenkrebs verloren. Und vor zwei Jahren hatte der Krebs die Tochter ereilt, mit einem sich rapide verschlechternden Krankheitsverlauf.

Die beiden hatten schon ein reges Auf und Ab von Erfolgen und Rückschlägen hinter sich. Immer wieder wurde die Hoffnung zerstört, ihre Tochter wäre vollends gesundet. Nun legte die arme Mutter ihr Schicksal vertrauensvoll in Katies Hände.

Auch wenn sie eine gewisse Resignation in ihren Blicken lesen konnte, spürte Katie, dass sie auf sie baute. Doch die Verantwortung wog dadurch nicht leichter.

Nach dem Gespräch fühlte sie sich so erschöpft, dass sie sich kurz ins Schwesternzimmer zurückzog, um einen Kaffee zu trinken. Gewohnheitsmäßig warf sie einen Blick auf ihr Handy. Es war Donnerstag, und Janet hatte angekündigt, am Freitagabend mit ihr ausgehen zu wollen.

Eine Nachricht von Leon blinkte auf. Endorphine jagten durch ihren Körper, die sofort jegliche Müdigkeit fortschwemmten.

Soll ich heute zu dir kommen? Gefolgt von einem Kuss-Smiley.

Katie ließ sich auf einen Stuhl sinken.

»Schlechte Nachrichten?«, erkundigte sich Schwester Hermine besorgt.

»Nein, nein, alles in Ordnung.« Katie versuchte sich an einem beruhigenden Lächeln.

Da war sie, die Entscheidung vor der sie sich gefürchtet hatte. Einerseits hatte sie seit Montag nichts stärker herbeigesehnt, als von Leon zu hören. Ihn wiederzusehen. Wieder zu spüren. Andererseits war ihr völlig klar, dass, wenn sie nun bejahte, dies quasi eine Zusage dazu war, eine Beziehung mit einem Mann einzugehen, der mit zahllosen anderen Frauen schlief.

Unvermittelt erschien sein Gesicht vor ihrem inneren Auge. Nur zu deutlich spürte sie auf einmal, wie er sich im Moment fühlte. Genauso ängstlich, nervös und verunsichert, wie es weitergehen sollte. Und hoffentlich ebenso von einem Sehnen erfüllt wie sie.

Sehr gern. 20 Uhr?, schrieb sie zurück.

Die Antwort folgte sofort, als hätte er darauf gewartet.

*Klingt super! Lass die Tür einen Spalt offen. *g**

Sie sah sein verschmitztes Grinsen vor sich und musste unwillkürlich lächeln.

»Ja, so schlecht waren die Nachrichten wirklich nicht«, kommentierte Schwester Hermine, dieses Mal mit deutlicher Neugier in der Stimme.

Katie nickte nur und eilte nach draußen. Sie hatte noch zwei Elterngespräche zu führen, und auf einmal drängte es sie danach, Feierabend zu machen.

20

Katie

Auf dem Heimweg fuhr Katie beim Fischhändler vorbei. Leon hatte ihr beim Italiener verraten, dass er Meeresfrüchte liebte. Sie holte frische Miesmuscheln und ließ sie gleich reinigen. Dann besorgte sie im Supermarkt Weißwein für den Sud und zum Trinken sowie die restlichen Zutaten, dazu ein knuspriges Baguette. Ihr war heute auf einmal nach Kochen zumute.

Sie stellte die Muscheln in den Kühlschrank, legte eine Flasche Weißwein ins Eisfach und bereite die Soße aus Zwiebeln, Knoblauch, Weißwein, Sauerrahm und dem geriebenen Parmesan vor und schmeckte sie ab. Sobald sie dann zum Essen bereit waren, müssten die Muscheln nur noch zehn Minuten im heißen Sud köcheln.

Dann eilte sie unter die Dusche und zog sich die rauchblauen Dessous an und den dazu passenden nahezu durchsichtigen Überzieher, mit dreiviertellangen Ärmeln, vorn offen, der bis auf die Oberschenkel reichte. Sie sah sich im Spiegel an, schloss die Lider zur Hälfte und warf sich einen Kussmund zu.

Die Gewissheit, dass sie Leon gefallen würde, durchflutete sie mit Wärme. Der Blick auf die Uhr sagte ihr, dass es kurz vor acht war.

Mit einem Grinsen ging sie zur Tür und öffnete sie einen Spaltbreit.

In dem Moment stürmte Leon auf sie zu, als wäre Satan persönlich hinter ihm her. Er drückte die Tür hinter sich zu und zog sie in seine Arme und küsste sie voller Leidenschaft. Doch etwas war seltsam.

»Was war das denn gerade?«, fragte sie, um Atem ringend, so stürmisch war sein Kuss gewesen.

Er schüttelte den Kopf, doch sein betretener Schulterblick sprach Bände.

Sie sah durch den Türspion. Eine Nachbarin, die ein Stück die Straße hinauf wohnte, joggte vorbei.

Die Erkenntnis traf sie wie ein Schlag in die Magengrube. »Du kennst sie?«

»Was, wen?« Leon wollte sie wieder an sich ziehen, doch sie schob ihn von sich.

»Sie!« Nun fiel ihr der Name nicht ein.

Scheinbar beiläufig sah er durch den Türspion. »Sally Ewing? Ich habe sie schon im Fernsehen gesehen«, murmelte er ausweichend, ohne Katie anzuschauen.

Das war möglich, Sally arbeitete als Moderatorin bei Wulf Television. Aber dann hätte er nicht so reagiert.

»Lüg mich nicht an!«, fauchte sie ihn an.

Leons Kiefer mahlten. Nun wurde er ungehalten. »Ich lüge nicht! Was erwartest du denn von mir? Willst du ihre Vorlieben hören? Herrgott noch mal, Katie, du weißt, was ich tue!«

»Aber … sie ist quasi meine Nachbarin«, stammelte sie anklagend und wusste im selben Moment, welchen Unsinn sie redete.

»Ich frage für gewöhnlich nicht nach Wohnort und Adresse, entschuldige«, erwiderte er steif. Auf einmal sah er unendlich müde aus.

Tausende Gedanken und Gefühle strömten auf sie ein. Zorn, Verletztheit, glühende Eifersucht, ja selbst so etwas wie Mitleid mit ihm empfand sie.

Auch Verwunderung war dabei. Dann griff also auch eine Frau wie Sally, die blendend aussah und der die Männer vermutlich scharenweise nachliefen, auf Dienste von Callboys zurück. Warum nur? Schätzte auch sie Leons Qualitäten?

Doch Leon würde ihr nicht antworten, wenn sie fragte, wie oft Sally mit ihm zusammen gewesen war oder ob es ihm auch gut mit ihr gefallen hatte, ob er Sally auch das Gefühl gab, einzigartig für ihn zu sein.

Sie konnte sich gerade noch davon abhalten, einfach in diesem Nichts von Hemdchen nach draußen zu stürmen und Sally zur Rede zu stellen. Die Bilder vor ihrem inneren Auge ließen sie nicht los.

Ein bohrender Schmerz machte sich in ihrem Inneren breit.

Du hast es doch gewusst, sagte diese hämische Stimme in ihr.

Aber doch nicht jemanden, den ich kenne, fauchte sie stumm zurück.

Du wirst bei ihm immer damit rechnen müssen, dass dir so etwas passiert, bohrte diese Stimme, und sie versuchte, sie zu ignorieren.

Absurderweise empfand sie sogar so etwas wie Stolz – weil Leon zu ihr kam, so viel für sie empfand. Falls es stimmte, was er behauptete. Doch etwas sagte ihr, dass er, trotz all seiner Schwächen, kein Lügner war.

Er sah sie ruhig an. Abwartend. Und wieder war sie sich sicher, dass er genau wusste, welche inneren Kämpfe sie ausfocht.

Das Bedürfnis, ihn hochkant hinauszuwerfen, wurde von der Sehnsucht übertrumpft.

Schließlich zwang sie sich zu einem Lächeln. »Komm rein, ich habe uns etwas gekocht.«

Sie nahm seine Hand. Daraufhin verschränkte er die Finger mit ihren und strich mit seinem Daumen über ihren Handrücken. Sie erwiderte den sanften Druck und zog ihn in die Küche.

»Es riecht hervorragend.« Er nahm ihr Gesicht in seine Hände und küsste sie. »Danke.« Es kam so voller Inbrunst, dass sie sich sicher war, dass er sich nicht nur fürs Kochen bedankte.

Hatte er genauso viel Angst davor, sie zu verlieren, wie sie?

Sein Kuss war voller Sehnsucht, das Vorantasten seiner Hände unter diesem Nichts von Hemdchen drängend. Ohne seine Lippen von ihren zu lösen, hob er sie auf den Barhocker.

Sie war bereit, als seine Hand in ihr Spitzenhöschen glitt. Und sein Aufstöhnen sagte ihr, dass er es fühlen konnte. Seine Ungeduld erregte sie mindestens ebenso wie das Streicheln. Sie half ihm aus der Enge seiner Jeans und spürte die pralle Härte.

Die Muscheln waren vergessen. Und nicht nur die.

Sie liebten sich mit einer Leidenschaft, die ihr tief unter die Haut ging. Dann aßen sie. Und liebten sich wieder. Mal stürmisch, mal leidenschaftlich, mal sinnlich, dann wieder voller Verzweiflung. Ihr Liebesspiel war ein Spiegel des Gefühlschaos, das in ihr wütete. Erschöpft schlief sie hinterher in seinen Armen ein – eingehüllt in eine Geborgenheit, die sie nicht minder berührte.

Am nächsten Morgen schaffte sie es kaum, ins Hier und Jetzt zurückzukehren, als der Wecker klingelte.

Müde griff sie danach, um ihn auszuschalten, und kuschelte sich an Leons vom Schlaf warmen Körper.

Sie konnte sich kaum losreißen und musste sich regelrecht zwingen, aufzustehen. Nächstes Mal sollte sie den Wecker noch früher stellen, um mehr Zeit zum Kuscheln zu haben, überlegte sie, während sie ins Bad eilte.

Da fiel ihr ein, was sie Leon noch hatte fragen wollen und am Vorabend im Rausch der Gefühle vergessen hatte.

»Ich muss zu einer Ärztetagung am Wochenende. Hast du … schon was vor oder … würdest du mich begleiten?«, fragte sie voll banger Erwartung. »Ich muss Samstag- und

Sonntagnachmittag je einen Vortrag halten und wäre ansonsten froh, wenn ich einen Grund hätte, nicht oder nur kurz an den langweilen Dinners teilnehmen zu müssen, wo sich jeder lediglich selbst beweihräuchert.«

Zu oft hatte sie erlebt, dass Kollegen sich bemüßigt fühlten, sie als Alleinstehende zu bespaßen oder sie als Freiwild betrachteten. Aber das sagte sie nicht.

Du willst doch nur nicht, dass er in der Zeit zu einer anderen geht, höhnte diese innere Stimme, doch sie ignorierte sie.

Über Leons Züge huschte Bedauern. »Tut mir leid, ich kann nicht. Meine Eltern kommen mich besuchen. Ich habe sie schon letztes Wochenende versetzt, ich kann nicht noch mal …«

Erleichterung, dass der Grund ein Besuch seiner Eltern war, mischte sich mit Enttäuschung.

»Sie kommen heute Abend schon«, setzte er hinzu.

Katie lachte befreit auf. »Oh, ich spreche vom nächsten Wochenende, sorry. Das kommende habe ich komplett Dienst.«

Sie sah, dass er zögerte. Natürlich, die Wochenenden waren die Zeit, zu der er am meisten gebucht wurde. Und wenn ihm dieses schon ausfiel …

»Ich werde das natürlich ganz offiziell über deine Agentur erledigen«, beeilte sie sich zu versichern. »Falls du noch nicht anderweitig verplant bist. Ich wollte nur vorab wissen, ob das für dich in Ordnung ginge? Die Tagung findet in einem Konferenzzentrum am Lake Tahoe statt, da kann man auch zwischendurch etwas unternehmen, und es ist dort nicht so heiß wie hier momentan.« Sie redete zu viel und zu schnell. Doch sie hatte gesehen, wie sich seine Züge verschlossen.

»Du weißt, dass es nicht darum geht. Ich möchte nicht, dass du mich bezahlst für …«

Sie legte ihre Finger auf seinen Mund. »Die Vorträge, die ich halten muss, sind mehr als hoch dotiert. Wir teilen«, sagte sie bestimmt. »Geteiltes Leid ist doppelte Freude.« Sie zog eine Grimasse. »Oder so ähnlich.«

Leon lachte auf. »Du hättest deinen Gesichtsausdruck soeben sehen sollen. An dir ist eine Komikerin verloren gegangen.«

Sie knuffte ihn liebevoll. »Wäre es für dich denn okay, mich zu solch einem Event zu begleiten?« Sie verstummte und fragte sich, was sie geritten hatte, ihn darum zu bitten.

»Du weißt, dass es darum nicht geht. Natürlich wäre das für mich in Ordnung.« Er gab sich sichtlich einen Ruck. »Ich … begleite dich. Gern.«

Für einen Moment hatte sie das Gefühl gehabt, dass er nicht so lange am Stück weg sein wollte. Doch dann verwarf sie den Gedanken und konzentrierte sich auf die Freude über ein ganzes Wochenende mit ihm. Und sie versuchte die Angst zu verdrängen, dass er dort wieder auf eine Frau treffen könnte, die er kannte.

21

Leon

»Und was soll ich Jessica sagen, warum du so plötzlich für das nächste Wochenende zurücktrittst?« Alan seufzte.

»Sag ihr doch einfach, bei mir hätte sich herausgestellt, dass ich eine Latex-Allergie habe«, gab Leon trocken zurück.

»Das ist nicht lustig.«

»Nein, ich finde es auch nicht lustig, mich für sie in diesen hautengen Latex-Anzug zu zwängen«, murrte Leon. Dann musste er seufzen. »Es tut mir leid. Aber Katie möchte genauso ein bezahltes Wochenende buchen – und zwar das gesamte.«

Alan brummte mürrisch. »Ich mache eine Ausnahme – für dich. Weil du mein bester Freund bist. Aber lass es bitte nicht zur Gewohnheit werden, dass ich für deine Katie anderen Frauen absagen muss. Bei uns wird keine Kundin bevorzugt. Wer zuerst kommt, mahlt zuerst.«

»Ich danke dir!« Er seufzte dankbar.

In der Telefonleitung war es kurz still. Leon hatte den Eindruck, Alan wollte noch etwas dazu sagen, doch dann ertönte nur wieder ein Seufzen.

»Okay, dann schaue ich mal, ob Toni bei Jessica einspringen kann. Oder Jamie.«

»Ich werde dir das nicht vergessen, danke!«

»Dank mir nicht! Beim nächsten Mal bist du bei Jessica dran. Im Latexanzug. Und keine Ausreden mehr.«

»Aye, aye, Sir!« Er wünschte sich im Stillen, es gäbe kein nächstes Mal mehr.

Doch zuerst einmal musste er den Besuch seiner Eltern über die Bühne bringen, ohne sich etwas anmerken zu lassen. Sie sahen sich zwar nicht mehr so oft, aber sie standen sich sehr nahe.

Seine Mutter schien bis auf den Grund seiner Seele zu blicken, als sie ihn nach der Begrüßung, die aus einer engen Umarmung bestand, von sich schob. »Wie geht es dir?«

»Lily hat seit ein paar Tagen neue Behandlungen. Wir können nur hoffen, dass es …«

Sie winkte ab. »Ich weiß. Wir kommen gerade von dem Besuch bei ihr. Es ist einfach grausam …« Sie wischte sich eine Träne aus dem Augenwinkel, und ihre Stimme wurde wieder forsch. »Ich habe dich gefragt, wie es *dir* geht?«

Leon biss die Zähne zusammen. Wie es ihm selbst ging? Er wurde beinahe verrückt vor Sorge um Lily und hätte alles gegeben, um sie wieder gesund zu machen. Und er schämte sich dafür, dass er froh war, wenn er bei der Arbeit oder selbst bei den Frauen etwas Ablenkung von den bohrenden Gedanken fand. Die Angst um sie hatte sich um sein Herz gelegt wie ein eiserner Reif, der sich enger und enger zog.

Außerdem schämte er sich für seinen Nebenjob und dafür, dass er bei den anderen Frauen ständig in Gedanken bei Katie war.

Der einzige Ort, wo er ab und zu wirklich abschalten konnte, war bei ihr. Bei ihr fühlte er – abgesehen von der sexuellen Anziehung, die ihn immer wieder überwältigte – eine Nähe, die ihm unter die Haut ging. Aber gerade das Vertraute in dieser Beziehung belastete ihn zunehmend aufgrund der derzeitigen Situation.

Seine Mutter schien mal wieder in ihm lesen zu können wie in einem offenen Buch. Bevor er eine Antwort formuliert hatte, die ihr zusagen könnte, küsste sie ihn wortlos auf die Wange und schob ihn ins Haus.

Sein Vater schaltete sich ein: »Deine Mutter hat sich schon

gedacht, dass du ein bisschen Aufmunterung gebrauchen kannst. Deshalb verlängern wir unseren Besuch hier auch. Wir bleiben bis nächsten Sonntag.«

Leon stieg Hitze in den Kopf. Die beiden Abende, die er nächste Woche gebucht war, konnte er irgendwie noch erklären. Mit einem Bier bei Alan oder dergleichen. Aber Freitag bis Sonntag? »Ich … bin am nächsten Wochenende nicht da. Dana hat zugesagt, das ganze Wochenende herzukommen, um bei Lily zu bleiben.« Er sah förmlich Katies Enttäuschung vor sich, wenn er ihr absagen würde.

»Ich verstehe nicht, wie Dana so weit weg wohnen kann, obwohl ihr Kind doch hier ist …« Das Brummen seines Vaters klang wie das eines aufgebrachten Grizzlys.

»San Francisco ist nicht aus der Welt. Mit dem Flugzeug ist sie schneller hier als mancher im Berufsverkehr durch Los Angeles braucht. Dana kommt, wann immer sie kann. Als Flugbegleiterin wäre sie auch so immer unterwegs.« Im selben Moment fragte sich Leon, warum er seine Noch-Ehefrau eigentlich verteidigte.

»Was hast du denn am Wochenende vor?«, fragte seine Mutter sichtlich neugierig.

Für einen Moment erwog er zu lügen, aber wusste, dass seine Mutter ihn durchschauen würde.

»Ich hatte einer Bekannten zugesagt, sie zu einem Kongress zu begleiten«, sagte er möglichst leichthin, um einen gelangweilten Gesichtsausdruck bemüht.

»Eine Bekannte?«, fragte seine Mutter sofort. »Wer ist es?«

»Ihr kennt sie nicht.«

Er hätte sich denken können, dass seine Mutter sich nicht so leicht abwimmeln ließ.

»Erzähl mir von ihr.«

»Sie heißt Katie und ist Ärztin.«

»Hast du sie bei Lily kennengelernt?«

»Nein … über Alan.« Was ja in gewisser Weise stimmte.

Zum Glück wusste seine Mutter nicht, was Alan beruflich machte. Es würde sie umbringen, wenn sie erfahren würde, was ihr Sohn so trieb. Selbst, oder vor allem, wenn sie wüsste, dass er es für Lily tat, würde es ihr weiches Herz brechen. Schnell verdrängte er den Gedanken.

Doch seine Mutter ließ nicht locker. »Was für eine Ärztin ist sie?«

»Ich weiß es nicht«, sagte er barscher als beabsichtigt.

Doch dass er so wenig von Katie wusste, belastete ihn. Er traute sich jedoch nicht nachzufragen, weil er Angst davor hatte, dann selbst zu viel preisgeben zu müssen.

Katie sollte außerdem die Zeit mit ihm genießen können, er wollte sie nicht mit seinen Sorgen belasten. Etwas sagte ihm, dass Katie der Typ war, der sich Lilys Schicksal zu Herzen nahm, und sie machte auf ihn den Eindruck, dass sie froh war, gelegentlich von ihrer Arbeit abschalten zu können, das wollte er ihr gönnen. Und nicht, dass sie womöglich auf den Gedanken kam, ihm Geld anzubieten, wenn er von Lily erzählte. Katie war äußerst hilfsbereit.

Seine Mutter sah verstimmt aus. »Ich wollte dich nicht drängen.«

»Ich werde es dir nach dem Wochenende sagen, ich begleite sie zu einem Ärztekongress.«

»Bringst du sie danach mit her? Wenn du nicht da bist, bleiben wir auf jeden Fall auch bis Montag da.« Ein hoffnungsvolles Leuchten zog sich über ihr Gesicht.

»Ja, mal sehen«, murmelte er.

Doch das Gefühl, das sich bei dem Gedanken, Katie seinen Eltern vorzustellen, in ihm regte, ließ ihn verwirrt zurück.

22

Katie

Beim Flug zum Lake Tahoe Airport hatte Katie das Gefühl, selbst zu schweben. Verliebt kuschelte sie sich an Leon, der ihr den Fensterplatz überlassen hatte, während ihre Gedanken zwischen ihm und dem Kongress hin- und herwanderten.

Sie liebte ihren Beruf, war zufrieden mit dem, was sie bislang erreicht hatte. Im Gegensatz zum Umgang mit Leon, in dem sie sich manchmal schüchtern fühlte, mangelte es ihr im beruflichen Bereich nicht am Selbstbewusstsein. Dennoch fühlte sie sich geehrt, eine der Vortragenden zu sein, und genoss es, dass auch Leon stolz auf sie zu sein schien.

Katie war dankbar, dass auch er sich als Fahrer für den Mietwagen eintragen ließ und sich sofort bereit erklärte, die Hinfahrt zum Kongresszentrum zu übernehmen. So konnte sie auf dem Beifahrersitz in Ruhe nochmals ihre Notizen durchgehen. Sie war kurzfristig gebeten worden, heute zur Einführung noch eine Zusammenfassung ihres Themengebietes vorzutragen, und die Vorbereitungszeit war nur knapp bemessen gewesen. Obwohl sie schon öfter Vorträge gehalten hatte, war sie vorher jedes Mal nervös.

Das Kongresszentrum lag abseits der Zivilisation an einem Steilufer unweit des Sees.

Katie bat Leon, die Klimaanlage abzustellen, und kurbelte das Fenster hinunter. Sie ließ sich die frische Luft, gut zehn Grad kälter als im südlichen Kalifornien, um die Nase wehen.

Die Uferstraße am Lake Tahoe führte auf halber Höhe des Berges am See entlang und offenbarte einen wundervollen

Blick auf den smaragdfarbenen glitzernden See. Es roch würzig nach Kiefern, und auf einmal freute sich Katie unbändig auf einen Spaziergang mit Leon am Ufer. Mit ihm zu baden. Vielleicht danach zum Aufwärmen ins Spa zu gehen – der Lake Tahoe war das ganze Jahr erfrischend kalt. Anschließend Sex zu haben. Trotz der Aufregung wuchs auf einmal Erregung in ihr. Was machte dieser Mann mit ihr, das sie so unersättlich werden ließ?

Sie ließ ihren Kopf gegen seine Schulter sinken und legte ihre Hand auf seinen Oberschenkel. Sie streichelte ihn, immer höher, und rieb dann über seine Mitte.

Leon stöhnte auf. »Was tust du? Wenn du nicht möchtest, dass ich gleich genussvoll die Augen schließe und dann gegen den nächsten Baum fahre, solltest du das tunlichst unterlassen.« Doch dieser Protest hielt ihn nicht davon ab, seinerseits seine Hand zwischen ihre Schenkel zu schieben.

»Es gefällt dir also?« Sie knabberte an seinem Ohrläppchen, ohne mit dem Streicheln innezuhalten.

»Katie«, stöhnte er, und dann rumpelte es auch schon.

Erschrocken fuhr sie auf. Doch Leon war nur in eine Parkbucht abgebogen. Er manövrierte den Wagen zum Ende und stellte den Motor ab. Die Stille summte in ihren Ohren.

Leon fasste sie am Nacken und küsste sie gierig, bevor er ihre Hand auf seine Hose presste, wo sie die Erregung deutlich spüren konnte. »Siehst du, was du angerichtet hast?« Das amüsierte Glitzern in seinen Augen strafte den anklagenden Tonfall Lügen.

Ein warmes Gefühl breitete sich in ihrem Bauch aus. Sie streichelte ihn abermals. »Woran liegt es nur, dass ich dich ständig berühren möchte?«

Hoffentlich war die momentane Heiserkeit in ihrer Stimme bis nachher verschwunden, ging ihr noch durch den Kopf, bevor ihre Gedanken durch seinen zärtlichen Blick völlig von dem Vortrag abgelenkt wurden.

»Das geht nicht nur dir so«, erwiderte er, nicht minder heiser, bevor er seine Hand langsam von ihrer Wange über ihre Brust zwischen ihre Beine gleiten ließ. Berührungen so zart wie der Hauch von Schmetterlingsflügeln.

Nun wusste Katie auch, was Janet damit gemeint hatte, eine Jeans wäre unpraktisch. Sie hätte seine Finger so gern auf ihrem Körper gespürt, und die Vorfreude pulsierte beinahe schmerzhaft.

Was Leon mit ihr anstellte, war nicht nur bloßes Streicheln. Er ließ sämtliche Gefühlsknospen explodieren, während er ihr das Gefühl gab, das begehrenswerteste Wesen auf der ganzen Welt zu sein. Er zog sie an sich, als wollte er sie nie wieder loslassen, und drückte sein Gesicht in ihre Halskuhle. Die Wärme strömte durch ihren Körper, ihr Herz pochte schnell.

Sie vergrub die Finger in seinen dichten Haaren, nahm durch das Schiebedach verschwommen die grünen Baumkronen über sich, die das Sonnenlicht filterten, und den würzigen Duft wahr. Seine Lippen an ihrem Hals jagten wohlige Schauer durch ihren Körper.

Er hob den Kopf. Der intensive Blick seiner braun-grünen Augen tauchte in ihren ein. Es war, als würden ihre Seelen sich vereinigen. Dieser Mann ging ihr nicht nur unter die Haut, sondern grub einen Tunnel bis tief in ihr Herz.

Sein Lächeln war so unglaublich zärtlich. Obwohl im Grunde nichts passiert war, strotzte dieser Moment vor Intensität. In ihrem Kopf hallte nur noch sein Name. *Leon, Leon, Leon.* Ein tiefes Glücksgefühl füllte jede Pore ihres Herzens, sogar des ganzen Körpers, aus. Und etwas sagte ihr, dass sie dies festhalten musste, denn solche Momente waren flüchtig. Viel zu flüchtig.

Den Rest der Fahrt legten sie in einvernehmlichem Schweigen zurück.

Katie nahm ihre Handtasche und stieg aus, um sie beide anzumelden, während Leon das Auto parken wollte.

Sie stockte und lächelte. »Wie heißt du eigentlich mit Nachnamen?«

Er erwiderte ihr Lächeln. »Marcus. Mit c.«

Wie wenig sie voneinander wussten!

Zum Glück brauchte sie beim Einchecken keine weiteren Daten von ihm.

Die Eleganz des Tagungszentrums und ihres Zimmers nahm Katie nur unterbewusst wahr. Viel mehr war ihr Augenmerk auf das riesige Bett gerichtet, das sie beide direkt zu rufen schien. Leon dachte wohl ähnlich, denn er umfasste sie von hinten und hauchte ihr kleine Küsse auf den Hals, die ihre leichte Erregung noch schürten.

»Das sieht verflucht einladend aus«, raunte er, seine streichelnden Hände jagten wohlige Schauer über ihren Körper.

Doch leider sagte ihr der Blick auf die Uhr, dass sie sich zum Eintragen in die Liste unten sehen lassen musste und jetzt keine Zeit mehr blieb. Die Vorfreude zog sich heute wirklich extrem in die Länge. Dennoch war diese neue Vertrautheit zwischen ihnen etwas, das sie tief berührte.

Sie ließ sich von Leon den Reißverschluss ihres eleganten Kleides schließen, was er mit zahllosen kleinen Küssen begleitete. Für einen Vortrag hatte sie noch nie Spitzenunterwäsche getragen, und sie fühlte sich verrucht dabei.

Auch Leons Anblick in seinem anthrazitfarbenen Anzug, dem weißen Hemd und der passenden rostbraunen Krawatte trieb ihren Puls nach oben. Selbst darin wirkte er souverän, als würde er tagein, tagaus nichts anderes tragen.

Katie war stolz auf sich und ihre beruflichen Erfolge. Dennoch tat ihr Leons Anerkennung, der sie sichtlich dafür bewunderte, dass sie hier, auf diesem großen Kongress vor zahlreichen Kollegen Vorträge halten durfte, gut. Beschwingt fuhr sie an seinem Arm im Aufzug nach unten und schritt durch das Foyer.

Sie ließ ihn nur widerwillig los, um eine ältere Kollegin mit kurzen silbergrauen Haaren zu begrüßen, deren Name ihr entfallen war. Ihr war nur ihre berufliche Laufbahn präsent.

Doch die Kollegin begrüßte sie freudig mit »Katrina«. Als sie sich nach vorn beugte, um Katie auf die Wange zu küssen, hob sich ihr Schal und entblößte das Namensschild – sie musste sich schon angemeldet haben.

»Patricia!«, sagte Katie erleichtert. »Wie schön, dich zu sehen!« Sie redeten einige Worte miteinander, bevor sie sich wieder zu Leon umdrehte.

Sie sah ihn vor dem Ankündigungsplakat stehen.

»Es ist ein Onkologen-Kongress?«, fragte er mich flacher Stimme. In dem grellen Licht des Foyers wirkte er plötzlich blass. »Du bist pädiatrische Onkologin?«

»Ja, sorry. Wenn dich die Vorträge langweilen, kannst du ruhig …«

Doch er hörte ihr gar nicht zu und deutete mit versteinerter Miene auf die heutige Tagesordnung, auf der ihr Vortrag aufgeführt wurde. »*Du* bist Doktor Katrina Bennett?«

Stimmt, auch er kannte nicht ihren kompletten Namen, an ihrer Haustür war nur die Nummer angebracht. »Genau, ich …«

In dem Moment eilte ein älterer Kollege auf sie zu, den sie flüchtig kannte. Er war Onkologe und praktizierte in einer Praxis, die unweit von ihrer Klinik lag. Wieder einmal verfluchte sie ihr schlechtes Namensgedächtnis, das ihr auch bei Patientinnen und Patienten oft geradezu zum Verhängnis wurde.

Doch zu ihrem völligen Erstaunen ignorierte er ihre ausgestreckte Hand und stürmte auf Leon zu.

»Mister Marcus! Wie geht es Ihnen? Sind Ihre Frau und Ihre Tochter auch hier? Wie geht es Lily denn?«

Katies ausgestreckte Hand fiel nach unten, als hätte ihr jemand den Arm abgehackt. Der Boden unter ihr begann sich zu drehen, ein tiefes schwarzes Loch tat sich zu ihren Füßen auf und drohte, sie zu verschlingen.

Leon ist verheiratet und hat eine Familie, hämmerte es im Stakkato in ihrem Kopf. Ihr wurde schlecht.

Für einen Moment hoffte sie, es würde sich um einen Irrtum handeln, doch Leon antwortete, wenn auch mit belegter Stimme: »Guten Tag, Doktor Wilders. Lily ist im *Tibetarius Hospital*. Es geht ihr nicht besonders gut. Bevor die OP möglich ist, muss erst ihr Allgemeinzustand verbessert werden. Dana ist momentan bei ihr.«

»Ah, für einen Moment dachte ich, Sie hätten doch einen Platz bei Doktor Bennett im *Hope Institute* erhalten, als ich sie zusammenstehen sah.«

Wilders ergriff ihre schlaff nach unten hängende Hand und schüttelte sie. »Wie geht es Ihnen, Doktor Bennett? Wir haben uns lange nicht mehr gehört.«

Obwohl der Puls in ihren Ohren hämmerte, zwang sie sich ganz ruhig zu sagen: »Guten Tag, Doktor Wilders. Ich freue mich, Sie zu sehen.«

»Ich habe Sie bereits auf der Liste der Vortragenden gesehen und bin schon gespannt. Ein hochbrisantes Thema!«

»Danke schön!« Der Fluchtinstinkt setzte ein. »Wir sehen uns später, ich muss mich schnell registrieren.«

Sie ließ Leon bei ihm stehen und lief zum Tisch des Empfangskomitees, um sich einzutragen. Mit einem kurzen Seitenblick versicherte sie sich, dass die beiden immer noch ins Gespräch vertieft waren, dann eilte sie zum Aufzug. Sie musste ein paar Minuten allein auf ihrem Zimmer sein, durchatmen und das Gehörte verarbeiten.

Er hat eine Frau und eine kranke Tochter, hallte es immer wieder in ihren Ohren. Dabei hatte sie sich geschworen, niemals etwas mit einem verheirateten Mann anzufangen. *Dieser Betrüger!*

Doch was hatte Doktor Wilders mit seiner Aussage zu ihrer Klinik gemeint? Hatte Leon ihre Bekanntschaft gesucht, weil er beruflich etwas von ihr wollte?

Das war ja Quatsch. Schließlich hatte *sie ihn* ausgesucht.

Wenn sie das gewusst hätte, *wen* sie da gewählt hatte! *Einen Familienvater.*

Der Schmerz nahm ihr den Atem.

Die Türen des Aufzugs gingen hinter ihr zu. Fast. Bis sich eine Hand dazwischenschob und Leon sich in den Aufzug drängte.

»Katie! Warte!«

»Warten? Auf dich? Wie kannst du nur? Eine Frau und eine kleine Tochter sind natürlich ein triftiger Grund, keine weitere Beziehung führen zu können«, fauchte sie ihn an.

Leon packte sie am Arm. »Nun hör mir doch mal zu! Dana und ich sind nur noch auf dem Papier verheiratet. Wir sind nicht mehr zusammen ...«

»Das sagen sie doch alle«, zischte sie, immer noch außer sich.

Nun wurde auch er ungehalten, seine Wangenmuskeln zuckten. »Du meinst, ich sei ein Lügner? Hörst du mir eigentlich zu? Wir sind getrennt! Schon seit längerer Zeit. Dann frag doch Doktor Wilder, er weiß das, er hat sich nur unglücklich ausgedrückt. Ich erziehe Lily allein. Kurz nachdem Dana wegzog, wurde unsere Tochter krank, und wir haben es einfach nicht für nötig gehalten, uns scheiden zu lassen, auch um die Kosten zu sparen. Es gab bislang keine Veranlassung.« Er suchte ihren Blick.

Es klang plausibel, was er sagte, doch sie musste es erst verarbeiten. Ein alleinerziehender Vater!

»Ist es dann aber nicht seltsam, dass du nie von den beiden geredet hast, wenn es nichts zu verbergen gibt?«

»Ich wollte dich nicht damit belasten.« Er wirkte verlegen.

»Wem willst du das weißmachen? Glaubst du, es hätte mich als Ärztin, und vor allem als Onkologin, nicht interessiert, von deiner Tochter zu hören?«

Nun schien er verärgert zu sein. »Ach? Hast du mir denn alles von dir erzählt? Warum hast *du* denn nie erwähnt, was genau du beruflich tust? Ich war dir doch auch nur gut genug zur körperlichen Befriedigung, von Vertrauen keine Spur.«

Wie zwei Kampfhähne starrten sie sich an, als der Aufzug hielt. Ein älteres Ehepaar stand davor, das Katie zum Glück nicht kannte. Sie zwang sich zu einem Lächeln und folgte Leon in ihr Zimmer. Was fiel ihm eigentlich ein?

Kaum hatte sie die Tür zu ihrem Zimmer hinter sich geschlossen, zischte sie ihn an: »Das Ganze diente also nur *meiner* körperlichen Befriedigung, für dich war es nur ein Job?« Ohne auf seinen Einwand zu achten, fuhr sie fort: »Ich habe dich zu mir nach Hause und zu meinen Freunden mitgenommen. Und schleppe dich hier zu meiner Arbeit mit, ist das nichts? Hast du mich etwa zu dir eingeladen? Du hältst es ja nicht mal für nötig, mir zu erzählen, dass du eine kranke Tochter hast! Wo bleibt hier das Vertrauen?« Sie hatte Mühe, nicht zu schreien.

Er wich ihrem anklagenden Blick aus.

»Wissen deine Frau und deine Tochter eigentlich, was du so nebenher treibst?«

Damit hatte sie ihn getroffen, kurz sah sie den Schmerz in seinen Augen, bevor er betreten den Kopf senkte.

Sie bohrte ihren Zeigefinger in seine Brust. »Du solltest dich schämen! Ich verstehe ja, wenn du Ablenkung suchst, aber deine Tochter hätte doch wahrlich Vorrang …«

Vermutlich hätte er nicht schmerzerfüllter blicken können, wenn sie ihm einen Dolch ins Herz gerammt hätte.

Wutentbrannt stieß sie ihn von sich und stürmte nach draußen.

23

Leon

Leon hatte Mühe, nicht über den Gang zu torkeln, als er Katie einige Zeit später zum Lift folgte. Ihre Worte hatten punktgenau einen Nerv in ihm getroffen.

Sie hatte völlig recht. Er hätte eine andere Möglichkeit finden müssen, das Geld aufzutreiben. Und sie hatte vermutlich ebenfalls recht damit, dass er nicht hätte schweigen dürfen. Nicht, nachdem sie so vertraut miteinander gewesen waren. Es hatte ihn öfter danach gedrängt, sich ihr anzuvertrauen und ihr von Lily zu erzählen. Hätte er es bloß getan! Vielleicht hätte sie ihn verstanden.

Auch das schlechte Gewissen gegenüber seiner Tochter wog schwer. Nicht nur wegen des Nebenjobs. Es war, als hätte er sie verraten, weil er sie Katie gegenüber verschwiegen hatte.

Als er nach unten kam, war Katie nicht mehr zu sehen. Erst zu ihrem Vortrag erschien sie wieder.

Er mischte sich unter die Zuhörer und lauschte ihr gebannt.

Sein Herzschlag beschleunigte sich. Sie war gut. Verdammt gut. Ihre Fachkenntnis beeindruckte ihn, in dem Thema war er schließlich firm.

Als sie geendet hatte, stand er mit den anderen auf und klatschte laut. Doch in seinem Herzen wohnte ein eigentümlicher Schmerz.

Kurz war ihr Blick während des Vortrags zu ihm gehuscht, ab dem Zeitpunkt hatte sie die Ecke, in der er saß, vollständig missachtet.

Auch hinterher war er Luft für sie. Sie hakte sich bei einem jungen Kollegen ein und lachte perlend über etwas, was dieser sagte, bevor sie sich zu ihm beugte und ihn mit ihren Wimpern kokett anklimperte.

Das war nicht die Katie, die er kannte. Doch Leon verstand die Zeichen, die sie aussandte.

Mit steifen Schritten drehte er sich um und ging zur Rezeption, um sich ein Taxi rufen zu lassen. Es wartete bereits vor der Tür, als er umgezogen mit seiner Tasche nach unten kam.

Zum Glück konnte er seinen Flug auf heute umbuchen.

Die Taxifahrt über die Waldstrecke ließ die Erinnerungen in ihm aufleben – daran, wie Katie sich vertrauensvoll an ihn geschmiegt hatte.

Wie in einem Wattenebel stieg er am Flughafen aus und stakste ins Flugzeug. Gedankenverloren blickte er aus dem Fenster. War es wirklich erst wenige Stunden her, dass er glückstrahlend, verliebt bis über beide Ohren, mit Katie hier gesessen und auf die Wolken hinuntergeschaut hatte, wie sie Schatten auf den stahlblauen Pazifik warfen?

Vom Flughafen nahm er das nächste Taxi zum *Tibetarius Hospital* zu Lily. Es kostete ihn große Mühe, eine fröhliche Miene aufzusetzen, als er, nach kurzem Klopfen, in ihr Zimmer trat.

»Hey, Prinzessin!« Er strahlte sie unter dem Mundschutz an und warf ihr mit der Hand zahlreiche Luftküsse zu.

Sie kicherte. »Daddy!« Sie deutete mit ihren Bewegungen eine Umarmung an. »Was machst du denn schon da? Du wollest doch erst morgen kommen!«

»Hast du mich denn nicht vermisst? Soll ich wieder gehen?«

»Untersteh dich! Es ist so schön, dass du da bist!«

»Wo ist deine Mom?«

»Gerade kurz unten, einen Kaffee trinken.«

»Ein Kaffee klingt toll.«

»Willst du auch einen? Dann schreib ihr doch kurz eine Nachricht.«

»Nein, passt schon. Ich bleibe jetzt bei dir, Prinzessin.« Zum Trinken müsste er den Mundschutz abnehmen und somit nach draußen gehen.

»Ich hab dich ganz doll lieb, Daddy.«

»Ich hab dich auch ganz doll lieb, Prinzessin.«

»Wie sehr?«

»Eine Trilliarde Mal um das gesamte Universum und wieder zurück.«

Sie gluckste. »Ha! Ich habe gewonnen. Ich hab dich nämlich hundert Trilliarden Mal ums Universum lieb!«

»Du kleines Schlingelchen!« Er rieb ihre Nasenspitze mit dem Latexhandschuh, was, wie immer, ein Kichern in ihr hervorrief.

Er fühlte sich, als hätte er seine Tochter, sein Ein und Alles, verraten, indem er sie vor Katie verschwiegen hatte. Den Schmerz, der in seinem Inneren tobte, hatte er wahrlich verdient.

Die Chance auf Katies Freundschaft und Liebe hatte er wohl mit seinem Schweigen verspielt, es war seine eigene Schuld. Welch ein Idiot war er gewesen!

Nur mit Mühe konnte er die übliche Fröhlichkeit bei Lily aufrechterhalten. Zum Glück ging in dem Moment die Tür auf.

Seine Noch-Ehefrau Dana eilte auf ihn zu und umfasste seinen Arm. »Wieso bist du schon da? Ist alles okay?« In ihren Augen stand die Sorge um ihre gemeinsame Tochter.

»Alles in Ordnung, ich war nur schneller fertig und wollte dann gleich zu Lily«, sagte er ausweichend. »Und mir geht's prima!«, setzte er schnell hinzu, bevor sie nachhaken konnte.

Dana sah ihn scharf an.

Leon presste die Lippen zusammen. Auch wenn ihre Ehe zerbrochen war, kannte Dana ihn zu gut, als dass er sie anlügen konnte. Sie standen sich nach wie vor nahe. Er hob die Schultern.

Dana wusste, dass er mit einer Frau weggewesen war. Sie tätschelte mitleidig seinen Arm. Doch Mitleid war momentan das, was er am wenigsten gebrauchen konnte – und am wenigsten verdiente.

Er holte den Modellflieger hervor, den sie angefangen hatten zu basteln. Lily liebte Flieger über alles, ihr Traum war es, selbst ein Flugzeug zu steuern. Zu dritt arbeiteten sie an dem Modell, eine traute kleine Familie. Doch so richtig konzentrieren konnte er sich nicht.

Am Abend fühlte er sich regelrecht ausgelaugt, als er nach Hause kam. Wenigstens war seine Mutter feinfühlig genug, ihn nicht auf Katie und seine verfrühte Rückkehr anzusprechen. Sie musste spüren, dass das Thema ihm viel zu sehr zu Herzen ging.

Dennoch verlängerten seine Eltern ihren Besuch bei ihm ohne viele Worte.

Hatte Leon anfangs noch gehofft, Katie würde ihm – nach der ersten Aufregung – verzeihen und sich bei ihm melden, so schwand die Hoffnung mit jedem Tag, der verging, ohne dass er etwas von ihr hörte. Er hatte es ruiniert.

24

Katie

Sie konnte selbst nicht sagen, wie sie den Rest des Wochenendes und die folgenden Tage überstand.

Erleichterung und Verbitterung hatten sich die Waage gehalten, als sie entdeckt hatte, dass Leon verschwunden war, als sie sich am späten Abend – leicht angetrunken – von ihrem Kollegen zu ihrem Zimmer hatte bringen lassen.

Sie hatte es zugelassen, dass der Kollege sie küsste, doch kein eifersüchtiger Leon war aus der Tür gestürmt und hatte ihr gezeigt, dass ihm etwas an ihr lag. Stattdessen hatte sie den Kollegen, der sich Hoffnungen gemacht hatte, mühsam abwehren müssen, um schließlich allein ihren Tränen freien Lauf lassen zu können.

Die einsame Heimfahrt hatte Erinnerungen an diese ganz besonderen Momente auf der Hinreise geweckt. Sie war froh, als sie sich zu Hause wieder in die Arbeit stürzen konnte – die Tätigkeit, die sie liebte und sie ausfüllte.

Im Stillen hatte sie noch gehofft, Leon würde sich irgendwann bei ihr melden. Sich richtig entschuldigen. Ihr beteuern, wie sehr er sie vermisste und dass sie ihm etwas bedeutete, er sie womöglich sogar liebte, oder solch einen sentimentalen Quatsch. Doch es herrschte einfach Funkstille.

Die Einzige, die sich meldete, war Janet. Katie wollte nicht aus ihrem Selbstmitleid und Zorn gerissen werden und ging ihr so lange aus dem Weg, bis ihre Freundin beinahe Alarm geschlagen hätte.

Katie willigte ein, dass Janet sie besuchte. Bei ihr zu Hause waren sie wenigstens ungestört.

Als sie – in einem ausgeleierten Sweatshirtkleid – die Tür öffnete, schlug Janet die Hände über dem Kopf zusammen.

»Um Himmels willen, wie siehst du denn aus?«

»Ich werde mich gleich in das kleine Schwarze werfen.«

Janet packte sie am Kinn. »Ich rede nicht von deiner Kleidung.« Mitleid trat in ihre Züge. »Du siehst fürchterlich aus. Was ist passiert?«

Katie schüttelte die Hand ab und marschierte in Richtung Küche. »Nichts weiter! Mein Callboy ist verheiratet und hat eine kranke Tochter. Also habe ich den Kontakt abgebrochen. Möchtest du auch Eis?«, fügte sie im selben Atemzug hinzu und öffnete die Gefriertruhe.

Janet sog scharf die Luft ein und drückte den Deckel wieder zu, bevor sich Katie eine Familienpackung herausholen konnte. »Jetzt mal langsam. Und mir brauchst du nichts vorzumachen. Lass den Schmerz einfach raus. Und dann erzähl!«

Gegen ihr Widerstreben wurde Katie in Janets Arme gezogen. Die Mauer begann zu bröckeln. Schnell befreite sie sich aus der Umarmung.

»Ich soll alles rauslassen? Das sagt die Richtige, die tut, als wäre ihr die Trennung von Scott egal!« Sie biss sich im selben Moment auf die Lippen.

Janet stieß die Luft in einem Schwall aus. »Du hast wohl recht. Ich bin die Falsche, um dir Ratschläge zu erteilen. Ich … bin nicht gut darin, Schmerz zu zeigen.«

Nun war es Katie, die Janet umarmte. Ihre Freundin hatte erst ihre Eltern und später ihre Großmutter, bei der sie gelebt hatte, verloren und dabei gelernt, einen Schutzmantel aufzubauen. Janet war die beste Freundin, die man sich wünschen konnte, immer für einen da, empathisch, herzensgut und liebevoll, doch tiefe Gefühle einzugestehen, wenn es um ihre eigene Person ging, fiel ihr schwer.

Das Gesicht gegen den Hals ihrer Freundin gedrückt, murmelte Katie: »Es tut mir leid! Das war total unfair! Es …«, nun konnte sie das Schluchzen doch nicht unterdrücken. »Es tut nur so verdammt weh!«

Janet wiegte sie eine Zeit lang in den Armen, dann schob sie sie resolut beiseite. »Her mit dem Eis! Du hast recht, wir brauchen jetzt Nervennahrung!« Sie drückte Katie auf den Barhocker, holte zwei Suppenteller aus dem Schrank und häufte jedem eine ordentliche Portion Mint-Icecream mit Schokosplittern auf den Teller, bevor sie sich ebenfalls setzte und den Löffel eintauchte. »Und nun erzähl mir, was passiert ist!«

Katie erzählte stammelnd von dem Vorfall am Lake Tahoe.

Nüchtern wie immer resümierte Janet: »Okay. Er hat dir nicht von seiner kranken Tochter erzählt. Das war dumm. Aber ist das alles, was dich stört? Stimmt es vielleicht gar nicht?«

»Doch, es stimmt.«

Schließlich hatte sie sich die Krankenakte von Lily Marcus kommen lassen und sie studiert. Unwillkürlich drängten sich die Bilder von Leons Tochter vor Katies Augen. Mit sieben. Noch mit dunklen kinnlangen Haaren. Das verschmitzte Lächeln ihres Vaters. Und ein weiteres aktuelles Bild, mit neun. Ohne Haare. Der Blick ruhig und abgeklärt. Die Krankengeschichte ähnelte der vieler ihrer kleinen Patientinnen.

Katie hatte sich Gedanken gemacht und erste Schritte in die Wege geleitet, um mehr herauszufinden. Schließlich konnte die Kleine nichts dafür, dass ihr Vater ein Idiot war.

»Aber warum bist du so sauer? Gibt es da noch mehr?«

Katie, die sich gerade den nächsten Löffel voller Eis hatte in den Mund stecken wollen, funkelte sie empört an. »Er ist verheiratet!«

»Du sagtest gerade, sie sind schon länger getrennt«, erinnerte Janet.

Nun schob Katie das Eis doch hinein und sagte mit vollem Mund: »Er hat mir nicht vertraut!«

»Vielleicht wollte er kein Mitleid bei dir erregen?«

Trotzig schob Katie die Unterlippe vor. »Und warum meldet er sich dann jetzt nicht einfach mal, wo ich es doch schon weiß?«

»Aus demselben Grund? Oder vielleicht schämt er sich? Oder er will dir keine Beziehung mit einem Mann zumuten, der eine kranke Tochter hat«, mutmaßte Janet mit nachdenklichem Blick.

Ihre Worte berührten eine Saite in Katie, die sie nicht zum Klingen bringen wollte. »Und wieso vögelt er dann wild durch die Gegend, anstatt sich um seine Tochter zu kümmern? Glaubt er, damit könne er alles zeitweise vergessen? Wie schäbig ist das denn?«, stieß sie, hitziger als beabsichtigt, hervor.

»Nun, ich gehe davon aus, dass er den Job macht, weil er das Geld braucht«, erwiderte Janet, pragmatisch wie immer.

Katie fühlte sich, als hätte Janet sie von Kopf bis Fuß in das Eis getaucht. Ihre Glieder erstarrten. Der Löffel entglitt ihrer Hand. Sie riss die Augen auf. »O mein Gott!«, stieß sie hervor. »Wieso habe ich mich die ganze Zeit so darauf versteift zu glauben, er hätte das zur Ablenkung getan? Betroffene Eltern reagieren manchmal komisch – es kommt gelegentlich vor, dass sie sich in Affären stürzen. Oder anderweitig abreagieren.«

»Tja, eigentlich solltest gerade du wissen, wie teuer solche Behandlungen sind«, erinnerte Janet sanft, jedoch eher mit Mitleid als mit einem Vorwurf in der Stimme.

Katie vergrub das Gesicht in den Händen. »Ich bin solch eine Idiotin! Natürlich hätte mir das klar sein müssen! Er brauchte das Geld! Ich war so dermaßen … dämlich! Ich bin doch sonst nicht so schwer von Begriff.«

»Nein, eigentlich kenne ich dich als sehr intelligente Frau. Aber du warst verletzt, das gibt mildernde Umstände«, verteidigte Janet sie, doch Katie hörte ihr gar nicht richtig zu.

»Das passt doch viel besser zu dem Leon, den ich kenne. Er tut es, um seine Tochter zu retten. Mit Kellnern oder einem anderen Nebenjob hätte er nicht so schnell so viel verdienen können. Und ich habe ihn so übel beschimpft. Ich habe ihm vorgehalten, er denkt nur an seinen Spaß und nicht an Lily.«

Janet unterbrach sie mit einem Augenzwinkern: »Den Namen hast du dir also auch gemerkt?«

Doch Katie ignorierte den Einwurf. »Ich weiß wirklich nicht, was mich geritten hat. Kein Wunder, dass er sich nicht bei mir meldet.«

»Nun ja, da möchte ich dir nicht widersprechen, dass du dämlich *warst.* Aber nun steht dem ja nichts mehr im Wege, dass du es wiedergutmachst und ihn kontaktierst. Ich denke, ihr habt einiges zu besprechen.«

»Das werde ich. Aber zuerst muss ich noch etwas erledigen.«

Erst als Janet sanft die Hand auf ihre legte, merkte Katie, dass sie die Nägel in die Handflächen gebohrt hatte.

Ja, sie musste ganz dringend das vorantreiben, was sie die letzten Tage so zögerlich angegangen war. Auf einmal hielt sie nichts mehr auf ihrem Stuhl.

»Danke, Liebes, für deine Hilfe! Fürs Aufrütteln!« Sie drückte Janet einen Kuss auf die Wange. »Ich glaube, ich werfe dich nun hinaus. Ich habe viel zu erledigen.«

»Alles klar, kein Problem.« Janet verabschiedete sich lachend. »Viel Erfolg!«

Den würde sie hoffentlich haben.

25

Leon

Müde ließ sich Leon aufs Sofa fallen. Nur widerwillig nahm er die Briefe in die Hand, die er mit hereingebracht hatte. Er machte zwei Stapel. Rechnungen und Werbung. Der linke Berg war wesentlich höher.

Ein schlichter weißer Umschlag erregte seine Aufmerksamkeit. Sein Herz machte einen Satz, als er den Absender des Briefes las: *Hope Hospital and Research Center.* War das ein Schreiben von Katie? Schnell schob er den Brieföffner in den Umschlag und nahm das Papier mit einer fahrigen Handbewegung heraus.

Es war eine unpersönlich gehaltene Mitteilung der Klinikleitung. Für Mr und Mrs Marcus, betreffend ihre Tochter Lily, die in der Warteliste nach vorn gerückt war. Die Klinikleitung teilte ihnen mit, dass sie Lily gern untersuchen würden, um über eine mögliche Aufnahme in das Institut, gegebenenfalls auch in ein Förderprojekt – was immer das bedeutete –, zu entscheiden. Es folgten Details über den Verlauf der geplanten Untersuchungen.

Leons Herzschlag beschleunigte sich. Was sollte das alles?

Falls Katie etwas in die Wege geleitet hatte, warum kontaktierte sie ihn dann nicht selbst? Und vor allem – warum tat sie das, wenn sie doch nichts mehr mit ihm zu tun haben wollte? Vielleicht wusste Katie auch nichts davon, und die Einladung war ohne ihr Wissen erfolgt?

Sein Grübeln brachte nichts. Er konnte jetzt den Hörer in die Hand nehmen und Katie anrufen. Oder ihr schreiben.

Oder aber er ließ sich überraschen, was das Ganze zu bedeuten hatte.

Wie auch immer: Sosehr er Katie mit jeder Faser seines Herzens vermisste, sosehr ihm diese Grübchen und die gekrauste Nase, wie auch ihr Lachen und ihre Nähe fehlten, seine Gefühle mussten momentan hintanstehen, solange es um Lilys Wohlergehen ging.

Nachdenklich nahm er den Hörer in die Hand. Schon nach dem zweiten Läuten wurde er mit einem aufgeregt klingenden »Leon?« begrüßt.

»Hi, Dana! Hast du Zeit? Wir müssen reden.«

»Klar, sprich, Honey!« Sie klang besorgt.

Er erzählte ihr von dem Brief.

»Selbstverständlich stimme ich dir zu. Wir hören uns das an.«

»Die Untersuchungen sollen am Mittwoch und Donnerstag stattfinden. Bis Samstag stehen dann die Ergebnisse fest, dann soll eine Besprechung erfolgen.«

»Ich versuche gleich, ob ich mir freinehmen kann«, sagte Dana sofort. »Allerdings muss ich schauen – meine Kollegin hat Urlaub, vielleicht …«

»Ich denke, es reicht, wenn du am Wochenende kommst«, unterbrach Leon sie. »Bei den Untersuchungen selbst können wir eh nicht beide dabei sein – falls überhaupt jemand mit rein darf. Komm doch am Samstagmorgen.«

»Okay. Es gibt nur ein Problem …« Dana zögerte. »Meine Schwester ist am Wochenende unterwegs. Kann ich bei dir übernachten? Ich würde ungern die Hotelkosten …«

Leon unterbrach sie: »Natürlich, das weißt du doch, du bist bei mir jederzeit willkommen.« Erst als ihm sein Widerstreben bewusst wurde, fiel ihm auf, dass er in Gedanken schon damit gespielt hatte, Katie zu sich einzuladen.

»Danke, Honey! Ich würde dann am Freitag kommen, wenn es bei dir passt?«

Leon schloss die Augen und atmete tief durch. »Ich habe Freitagabend einen Termin, den ich leider so auf die Schnelle nicht absagen kann. Ich komme später, aber du weißt ja, wo der Schlüssel liegt. Mach es dir einfach bequem.«

»Alles klar! Schickst du mir das Schreiben über den Messenger?«

»Das mache ich jetzt sofort«, versprach er.

Gedankenverloren legte er auf. Die Untersuchungen erfolgten schon in zwei Tagen. Würde er Katie wiedersehen?

26

Katie

»Mr und Mrs Marcus warten schon in Ihrem Besprechungszimmer«, sagte Oberschwester Hermine barsch.

Katies Herzschlag beschleunigte sich. Sie hatte schon gehört, dass Leon die letzten Tage allein dagewesen war. Die Schwestern hatten von dem gut aussehenden, fürsorglichen Vater in den höchsten Tönen geschwärmt. Nun hatte er also seine Frau mitgebracht.

»Die standen auf dem Gang bloß im Weg«, fügte die Oberschwester mürrisch hinzu, als wollte sie einem Einwand zuvorkommen – vielleicht hatte sie Katies Gesichtsausdruck missinterpretiert.

Eigentlich wusste Schwester Hermine, dass Katie es nicht mochte, wenn sich Leute allein in ihrem Büro befanden. Doch das war in diesem Fall gar nicht Katies vorrangiges Problem. Ihr wäre es lieber gewesen, Leon hätte auf sie zukommen müssen. Nun war sie gezwungen, die Initiative zu ergreifen, und sie hatte sich noch nicht entschieden, wie sie sich ihm gegenüber verhalten wollte.

Bevor sie ihm gegenübertrat, hatte sie abklären wollen, wie es um seine Tochter stand. Die letzten Tage hatte sie es bei Lilys Untersuchungen erfolgreich vermeiden können, ihm direkt zu begegnen. Doch es wäre aufgefallen, wenn sie sich vor dem Elterngespräch, das sie normalerweise führte, gedrückt hätte.

Schnell riss sie sich zusammen. Jetzt ging es um die kleine Lily, die hatte oberste Priorität. Alles andere war zweitrangig.

Dennoch konnte sie nicht ignorieren, wie sich das Ziehen in ihrem Magen verstärkte. Gleich würde sie Leon wiedersehen.

Zögernd öffnete sie die Tür zu ihrem Besprechungszimmer. Das Ehepaar stand eng umschlungen am Fenster, die Frau verschwand in den Armen ihres Mannes. Das war an und für sich kein ungewöhnlicher Anblick für Patienteneltern.

Doch Katie blieb wie erstarrt stehen. Der Boden begann sich zu drehen. Die Erinnerung, wie es sich anfühlte, in diesen Armen geborgen zu liegen, wurde übermächtig.

So viel also zu: Wir sind seit einigen Jahren getrennt, schoss es Katie durch den Kopf. Doch der zweite Gedanke, der diesem unmittelbar folgte, war noch viel schwerwiegender: Selbst wenn diese Umarmung vielleicht nicht viel zu bedeuten hatte und dem emotionalen Moment geschuldet war – die beiden verstanden sich noch gut.

Diese kleine Familie sollte im Moment eng zusammenstehen. Lily brauchte ihre beiden Elternteile. Es kam vor, dass Eltern unter solchen Umständen wieder zusammenfanden. Auch wenn Leon es heruntergespielt hatte, so hatte es sicherlich einen tieferen Grund gehabt, dass sich die beiden nicht hatten scheiden lassen; selbst wenn er ihnen vielleicht nicht bewusst gewesen war.

Katies Herz wurde schwer. Sie konnte sich nicht in diese Beziehung drängen.

In dem Moment hatten die beiden sie gehört und lösten die Umarmung.

Katie starrte einem emotional aufgewühlten Leon ins Gesicht. Für einen Augenblick war sie versucht, auf ihn zuzustürzen und sich in seine Arme zu werfen.

Bevor er zu erkennen geben konnte, dass sie sich kannten, hatte sie sich gefasst. Obwohl der Puls in ihren Ohren hämmerte, zwang sie sich ganz ruhig zu sagen: »Guten Tag. Mein

Name ist Doktor Katrina Bennett.« Ihre Stimme klang selbst in ihren eigenen Ohren belegt.

Leons Frau eilte auf sie zu. Ihre Augen waren gerötet, vielleicht hatte sie geweint. »Ich bin Dana, und das ist mein Mann Leon.« Sie umfasste Katies Hand mit ihren beiden und schüttelte sie kräftig. »Es freut mich, Sie kennenzulernen.«

Es würde dich nicht freuen, wenn du wüsstest, was dein Mann so alles mit mir angestellt hat, schoss es Katie durch den Kopf. Sie nötigte sich trotzdem zu einem professionellen Lächeln. Dass die Freude auf ihrer Seite war, brachte sie heute jedoch nicht heraus.

Dana war hübsch. Sie hatte eine sportliche Figur und kinnlange kastanienbraune Haare, glatter als ihre eigenen, dazu schokoladenbraune Augen, die sie, obwohl sie vom Weinen gerötet waren, warm anblickten. Das Schlimmste war, dass sie ihr auf Anhieb sympathisch war.

Leon stand immer noch wie angewurzelt auf der Stelle, seinen Gesichtsausdruck konnte sie nicht deuten.

Katie eilte hinter ihren Schreibtisch, ohne ihm ihre Hand anzubieten, und war froh, dass sie sich auf ihren Stuhl fallen lassen konnte. Sie war sich nicht sicher, wie lange ihre weichen Knie sie noch getragen hätten.

»Bitte nehmen Sie Platz.« Nun war sie froh um die Routine, die ihr half, auch mit schwierigen Situationen fertigzuwerden.

»Was ist denn los, Honey? Setz dich doch.« Dana klopfte auf den Stuhl neben sich und sah Leon fragend an.

Er ließ sich auf den Platz sinken, und Katie merkte, dass er ihren Blick suchte.

Schnell hob sie an zu sprechen. »Zu Ihrer Tochter Lily …«

Während Leon gleichzeitig sagte: »Dana lebt in San Francisco …«

Dana tätschelte seinen Schenkel. »Lass sie doch erst mal

aussprechen, was mit Lily ist, Honey, das ist das Wichtigste«, drängte sie.

Katie holte tief Luft. »Die Untersuchungen Ihrer Tochter waren sehr erfolgversprechend. Das Gremium hat getagt und entschieden, dass wir sie in unser Forschungsprogramm aufnehmen können. Das heißt, wir könnten sie zur Behandlung direkt in unsere Klinik verlegen, wenn Sie einverstanden sind.«

Fassungslosigkeit zeichnete sich auf Leons Miene ab. »Aber wie …?« Er verstummte. Und sie wusste genau, was er fragen wollte. Wie sie das gemacht hatte. Und ob sie es seinetwegen tat.

Sie zwang sich zu einem Lächeln. »Es wurde ein Platz frei. Wir haben gerade einen Probanden nach Hause entlassen. Lassen Sie mich aber direkt zu den Details kommen, das interessiert Sie sicherlich am meisten.«

Mit jedem Satz, den Katie zu den geplanten Behandlungsmethoden von Lily sagte, gewann sie mehr an Sicherheit zurück.

Leon hing gebannt an ihren Lippen und stellte intelligente Zwischenfragen. Er schien sich sehr detailliert mit der Krankengeschichte und den möglichen Behandlungen sowie Heilungschancen für seine Tochter auseinandergesetzt zu haben. Wenn er von ihr erzählte, sprach die Liebe zu ihr aus jeder Pore.

Es ging Katie wider Willen nahe.

Die Kleine liegt ihm wohl ehrlich am Herzen, auch wenn er sie mir verschwiegen hat, schoss es Katie durch den Kopf.

Dennoch konnte sie nicht verhindern, dass der Schmerz in ihr wuchs.

Dana schaltete sich ein: »Und … was ist mit den Kosten?«

»Die Kosten für das *Tibetarius Hospital*, die bislang dort angefallen sind, müssen Sie natürlich tragen. Bei uns fallen im Rahmen des Forschungsprogrammes, für das Fördergelder zur Verfügung stehen, keine Behandlungskosten an. Hat man Sie darüber informiert, dass wir – natürlich anonym – die Forschungsergebnisse veröffentlichen dürfen?«

»Das ist kein Problem, nicht wahr, Honey?« Dana lächelte ihn unter feuchten Augen an.

Leon nickte stumm.

»Ich kann es noch gar nicht fassen.« Dana rieb sich über die Augen und griff nach Leons Hand.

Er drückte sie.

Am Ende des Gesprächs, als sie endlich alle Fragen der beiden beantwortet hatte, stand Katie auf und geleitete ihre Gäste zur Tür.

Dana schüttelte ihr die Hand. »Herzlichen Dank, Doktor Bennett. Ich weiß ehrlich gesagt gar nicht, wie ich Ihnen danken soll.« Sie schluckte hörbar. »Ich bin so froh über den Hoffnungsschimmer und erleichtert, unsere Lily in guten Händen zu wissen.«

»Vielen Dank, Mrs Marcus. Wir werden unser Bestes geben.«

Sie zwang sich, auch Leon ihre Hand hinzustrecken, auch wenn sie Angst vor der Berührung hatte.

Doch zu ihrem Erstaunen ignorierte er sie und wandte sich an seine Frau. »Würdest du mich bitte einen Moment mit Doktor Bennett allein lassen, Dana? Geh doch schon vor zu Lily, und begrüße sie in aller Ruhe, ich komme gleich nach.«

Seine Frau sah ihn überrascht an, doch bevor Katie protestieren konnte, war sie draußen.

Leon schloss die Tür und musterte sie. »Wieso tust du das?«

Er stand so nah bei ihr, dass sie schwach den Duft seines Aftershaves wahrnahm.

Katie trat einen Schritt zurück und verschränkte die Hände vor der Brust. »Ich tue es nicht für dich, sondern für deine Tochter, die tatsächlich wunderbar in dieses Forschungsprojekt passt. Außerdem habe nicht ich das entschieden, sondern das Gremium.«

»Aber du hast sie vorgeschlagen, nicht wahr?«

Katie wich seinem Blick aus.

»Ich weiß nicht, wie ich dir danken soll.« Er klang heiser.

»Vergiss es einfach! Dank nicht mir, dank dem Gremium.«

Leon schluckte hörbar. »Ich weiß, du bist sauer auf mich, und mit vielem, was du mir vorgeworfen hast, hattest du recht. Ich hätte dir von Lily erzählen sollen.« Er senkte den Kopf. »Es war dumm von mir. Und egoistisch.«

»Hattest du gedacht, es würde mich stören, dass du eine Tochter hast?«

»Nein, ich hatte wohl eher … Ach, ich weiß selbst nicht, was ich gedacht hatte. Du wolltest schöne Stunden verbringen, abschalten, weil du beruflich so eingespannt warst – ich wollte dich nicht mit meinen Sorgen belasten, sondern dir eine schöne Zeit schenken.« Vermutlich sah er, dass sie protestieren wollte, er hob die Hand und stieß die Luft aus. »Warte! Ich weiß, was du sagen willst, und du hast recht. Es war nicht nur wegen dir. Vermutlich war ich so egoistisch, dass ich auch selbst schöne Stunden verbringen wollte. Und …«, er schluckte, »ich wollte viele deiner Gefühle, aber kein Mitleid.« Er knetete die Hände. »Kannst du mir verzeihen?«

Katie hob die Mundwinkel. »Ich war wütend und habe im Effekt vieles gesagt, was ich nicht so meinte. Ich bin dir nicht böse.«

Ein Leuchten glitt über sein Gesicht. »Dann steht nichts mehr zwischen uns? Ich meine, wenn tatsächlich keine Kosten mehr entstehen, dann kann ich den Nebenjob natürlich aufgeben …«

Ihr Herz machte einen Satz. Dann fiel ihr die Vertrautheit zwischen den zweien wieder ein – und Lily, die ihre beiden Elternteile brauchte. »Warte!« Das Schlucken fiel ihr schwer.

»Ich bin Lilys behandelnde Ärztin – so einfach ist das nicht.« Sie straffte die Schultern. »Doch nicht nur das. Wie ich schon damals gesagt habe – ich bin mit meinem Beruf verheiratet. Ich möchte keine Beziehung, vielleicht war das ein Missverständnis. Wir hatten eine … nette Zeit.« Sie erstickte beinahe an den Worten. »Aber du solltest dich jetzt ausschließlich auf deine Tochter konzentrieren.«

Das Leuchten auf Leons Zügen erlosch. Betretenheit nahm den Platz ein. »Natürlich, du hast recht.« Er nickte steif. »Dann bleibt mir nur noch mein herzlichster Dank … für alles.«

Seine Verabschiedung glich einer Flucht.

Katie ließ sich gegen das Türblatt sinken. Sie fühlte sich ausgelaugt, als hätte sie eine Zweiundsiebzig-Stunden-Schicht ohne Pause hinter sich.

27

Leon

Leon war so froh, eine Möglichkeit für Lily gefunden zu haben. Katie würde alles geben, um seine Tochter zu retten, dessen war er sich sicher. Sie war eine Koryphäe auf dem Gebiet. Er sollte singen und tanzen. Und trotzdem fühlten sich seine Beine bleischwer an. Wie konnte man gleichzeitig überglücklich und todtraurig sein?

Zum ersten Mal war er froh um den Mundschutz, der die Hälfte seines Gesichtes verbarg.

Dana sah auf, als er ins Krankenzimmer trat. Neugier schimmerte in ihren Augen. »Was hattet ihr denn noch Vertrauliches zu besprechen?«

»Nichts Wichtiges.« Er wandte sich gleich an Lily. »Und, wie gefällt es dir hier?«

»Es ist total schön. Die Wände sind viel hübscher.«

Leon folgte ihrem Blick. Es war hier tatsächlich wesentlich kindergerechter eingerichtet – mit großen Micky-Maus-Figuren an den Wänden. Sogar Daniel Düsentrieb mit dem Flugzeug war dabei. Er würde Lily in den nächsten Tagen ein Mobile mit Flugzeugen mitbringen.

»Die Aussicht aus dem Fenster ist auch viel besser hier.« Sie deutete auf den mit Epiphyten bewachsenen Mammutbaum, dessen Äste die Sonnenstrahlen filterten und Leuchtpunkte gegen die Wände zauberten. »Und Schwester Karen sagte, vom Dach aus kann man das Meer sehen!« Lilys Augen funkelten vor Begeisterung.

»Das ist doch prima. Dann sehen wir zu, dass wir zusammen aufs Dach können, um den Sonnenuntergang anzusehen, Prinzessin.«

»Vielleicht kannst du Doktor Bennett fragen, ob wir das bald dürfen?« Nun trat doch Unsicherheit in Lilys Blick. »Hat sie denn dazu gerade noch was gesagt?«

»Nein, ich habe Katie … Doktor Bennett«, korrigierte er sich schnell, »nur …«

Lily riss die Augen auf. »Ist meine Ärztin die Katie, mit der du dich manchmal getroffen hast?«

Leon blies die Wangen auf. *Verflucht!* Er war meist so stolz darauf, wie clever seine Tochter war, aber nun wünschte er sich, sie hätte nicht den totalen Durchblick – und er hätte nicht so viel von Katie erzählt. Doch leugnen brachte nichts, sie würde merken, wenn er log. Und er wollte sie auch nicht anlügen. Nicht schon wieder.

»Katie? Katrina Bennett?« Dana pfiff durch die Zähne. »Nun wird mir so einiges klar! Irgendwie hatte ich schon das Gefühl, dass da etwas zwischen euch läuft. Und deshalb war es dir so wichtig zu betonen, dass wir nicht zusammen wohnen? Wieso hast du nichts gesagt? Hat sie unsere Umarmung missverstanden? Konntest du es nun klären?«

Leon hob die Hände. »Leute, bitte! Lasst es gut sein. Da ist nichts zwischen uns, und es wird auch nichts sein. Was war, ist vergangen. Gerade hier in der Klinik sollten Gerüchte ganz bestimmt nicht die Runde machen, das wäre ihr mit Sicherheit nicht recht.«

Dana nickte nachdenklich.

Lilys Augen funkelten zwar immer noch hoffnungsvoll, aber sie legte den Zeigefinger auf die Lippen und mit einer feierlichen Geste die andere Hand aufs Herz. »Großes Indianerehrenwort. Wir schweigen, oder es wird uns die Zunge herausgeschnitten.«

Eine ganze Weile saßen sie zu dritt beieinander. In alter

Vertrautheit. Als wäre nicht in der Zwischenzeit so viel vorgefallen.

Dann stand Dana auf und verabschiedete sich. Ihr Flug nach San Francisco ging demnächst, sie musste wieder zurück.

»Ich komme am Wochenende wieder, meine kleine Lilymaus.« Sie warf ein paar Luftküsse zu Lily, bevor sie Leon umarmte. Kurz sah sie aus, als wollte sie noch etwas sagen, doch dann lächelte sie nur.

28

Katie

Mit einem unguten Gefühl zog Katie ihren Pager aus der Tasche ihres Arztkittels. Angepiept zu werden war meist etwas Ungutes.

Mrs Marcus wünschte sie nochmals zu sprechen. Widerwillig ging sie zu ihrem Büro.

Da stand sie schon und wartete.

Nach einem kurzen Zögern bat Katie sie herein. »Was kann ich für Sie tun, Mrs Marcus?«

»Dana. Ich wollte mich nur kurz bei Ihnen verabschieden. Mein Flug geht gleich. Ich wohne in San Fran«, fügte sie erklärend hinzu. »Und muss morgen wieder arbeiten, ich bin Flugbegleiterin.«

Entweder hatte sie Katies Erstaunen nicht wahrgenommen, oder sie ignorierte es, denn sie fuhr direkt fort. »Ich komme am Wochenende wieder, aber mein Mann ist jeden Tag hier. Na ja, besser gesagt Lilys Vater, wir leben schon seit einigen Jahren getrennt.« Sie lächelte sie offen an.

Also stimmte wenigstens das. Und als hätte sie ihr angesehen, dass sie sich fragte, warum sie ihr das erzählte, fügte sie hinzu: »Leon ist Hauptansprechpartner, aber ich habe auch meine Nummer hinterlassen. Er wird mich zwar sofort informieren, es wäre jedoch schön, wenn Sie gegebenenfalls auch mich direkt kontaktieren, falls ...«, ein Schatten glitt über ihr Gesicht, »etwas Wichtiges mit Lily wäre.«

»Das mache ich natürlich gern«, beeilte sich Katie zu versichern. Doch das schien noch nicht alles gewesen zu sein, was Dana auf dem Herzen hatte.

»Ich … denke, es ist ganz gut, wenn Sie als … Lilys Ärztin auch etwas über die familiären Hintergründe erfahren. Ich lebe mit meiner Lebenspartnerin, einer Frau, zusammen. Wir sind beide Flugbegleiterinnen. Wir sind viel unterwegs. Deshalb hielt ich es Lily zuliebe für besser, sie bei ihrem Daddy zu lassen, den sie abgöttisch liebt. Ich hätte die beiden auch nicht auseinanderreißen können. Leon ist ein großartiger Vater, und er würde alles für Lily tun.«

Katie hatte Mühe, ihre Überraschung zu verbergen. Dana lebte mit einer Frau zusammen?

»Es ist möglich, dass meine Partnerin gelegentlich mitkommt, und ich wollte nur von vornherein eventuelle Missverständnisse aus dem Weg schaffen«, erklärte sie. »Es ist vielleicht eine ungewöhnliche Situation, aber mein Ex-Mann versteht sich auch mit meiner neuen Partnerin gut. Und Lily hat gern ihre ganze Familie um sich …« Dana sah verlegen aus.

»Danke, dass Sie mich informiert haben. Das ist natürlich kein Problem, dass auch Ihre Partnerin zu den engsten Familienangehörigen hinzugerechnet wird, die nach der Operation eine Besuchserlaubnis erhalten«, versicherte ihr Katie. Sie kämpfte immer noch mit den Neuigkeiten. »Unter der Einhaltung der üblichen Hygienevorschriften selbstverständlich. Sagen Sie einfach am Eingang Bescheid und dass das mit mir abgesprochen ist, ich werde einen Vermerk in die Akten eintragen.«

»Vielen Dank, das ist lieb von Ihnen.« Die Erleichterung stand in Danas Gesicht.

»Gibt es noch etwas, was ich für Sie tun kann?«

»Nein, ich …« Ihre Finger verkrampften sich ineinander. »Ich möchte nur, dass Sie wissen, dass Lily mir genauso wichtig ist, auch wenn ich nicht immer da bin.«

»Das glaube ich Ihnen«, beruhigte Katie sie.

»Leon ist ein ganz großartiger Mann. Ich hoffe, er kann auch bald mit der Partnerin zusammen sein, die ihn glücklich macht, sodass Lily eine große Familie haben kann, wie sie es sich wünscht.« Dana warf ihr einen bedeutungsvollen Blick zu.

Katie hatte Mühe, den Mund nicht offen stehen zu lassen. Hatte Leon seiner Noch-Frau von ihr erzählt? Das war kein Wink mit dem Zaunpfahl, das war ein regelrechter Telegrafenmast.

Bevor sie antworten konnte, schob Dana den Stuhl zurück. »Ich muss los.«

Immer noch verwirrt ergriff Katie die ausgestreckte Hand. »Guten Flug!«

»Danke!« Und mit den nächsten Worten und dem bedeutsamen Blick zerstreute Dana jeglichen Zweifel, dass sie über Katies Beziehung zu Leon Bescheid wusste. »Ich freue mich wirklich *sehr*, Sie persönlich kennengelernt zu haben.«

29

Katie

Katie ließ sich auf dem Stuhl zurücksinken. Sie biss sich auf den Daumennagel. Die Aufregung jagte Adrenalin durch ihren Körper, sie fühlte sich völlig aufgedreht.

Hoffnung und Sorge wechselten sich im Sekundentakt ab. Sie musste mit Leon sprechen. Ganz dringend. Wenn er tatsächlich Dana von ihr erzählt hatte, dann musste er doch tiefere Gefühle hegen. Außerdem bestand wohl keine Chance mehr für die beiden, wenn Dana eine Frau liebte. Wenn Katie zurückdachte, wie sehr sie ihn mit den Worten verletzt hatte, ob er nicht an seine Tochter dachte, schämte sie sich immer noch in Grund und Boden. Sie war eifersüchtig gewesen und hatte sich betrogen gefühlt. Doch wenn sie sich ins Gedächtnis rief, was er für seine Tochter tat, erfüllte es ihr Herz mit Liebe.

Sollte sie es doch wagen und mit ihm sprechen?

Zögernd eilte sie über den Gang. Der Pulsschlag dröhnte in ihren Ohren, als sie an Lilys Zimmertür klopfte und den Mundschutz über ihr Gesicht zog.

Enttäuschung überkam sie, als sie die Kleine allein vorfand.

»Hallo, Lily! Wie geht es dir?«

Ein breites Grinsen überzog das Gesicht der Kleinen, das Katie schmerzhaft an Leon erinnerte. Sie richtete sich auf. »Ich freue mich, Sie zu sehen.« Es klang so, als meinte sie tatsächlich, was sie sagte.

Katie verbarg ihr Erstaunen nicht. Normalerweise waren

die Kinder den »Weißkitteln« gegenüber eher schüchtern und schon gar nicht erfreut, die Menschen kennenzulernen, die ihnen zwangsläufig Schmerzen bereiteten.

»Schön, dass du dich so freust, solche Begrüßungen bin ich gar nicht gewohnt.«

»Ich weiß doch, dass Sie mir helfen werden«, gab die Kleine altklug zurück.

Katie lächelte. »Das hoffe ich.«

Im Grunde musste sie kein Eis mehr brechen, aber trotzdem deutete sie auf die zahlreichen Flugzeuge, die sich auf Lilys Nachttisch stapelten, als sei er ein Hangar. Auch auf ihrem Nachthemd war ein Flieger abgebildet.

»Du scheinst Flugzeuge zu mögen?«

»Ja, ich werde mal Pilotin, wenn ich groß bin.« Ein Schatten glitt über ihre Züge. »*Falls* ich erwachsen werde.«

Katie schnappte nach Luft, doch da erhellte schon wieder ein Lächeln das Gesicht der Kleinen. »Meine Mommy ist Flugbegleiterin. Und ihre Freundin, also meine zweite Mommy, auch. Und mein Daddy baut immer ganz viele Flugzeuge mit mir.«

Deshalb hat er sich bei Robs Geburtstag so gut mit Flugzeugmodellbau ausgekannt.

Lily sprach schon weiter: »Und wir lassen sie dann am Strand fliegen. Oder manchmal auch bei uns hinter dem Haus. Dort haben wir eine schöne Wiese.«

Leon mit der Wildblumenwiese. Unwillkürlich lächelte Katie.

»Das klingt super!«

Lily überraschte sie wieder. »Mögen Sie Kinder?«

Katie lachte auf. »Na, das denke ich doch! Sonst würde ich nicht mit ihnen arbeiten.«

»Haben Sie auch Kinder?«

»Nein, leider nicht.«

»Wollen Sie denn keine?«

Ein feiner Stachel bohrte sich in ihr Inneres, und sie ließ sich auf Lilys Bettkante sinken. »Leider hat es sich noch nicht ergeben, dass ich welche bekommen hätte.«

»Ich wünsche mir ganz unbedingt ein Geschwisterchen«, erzählte Lily und sah sie dabei mit einem eigentümlichen Blick an, der Katie tief berührte.

»Vielleicht wird dein Wunsch irgendwann erfüllt«, murmelte sie. Das waren nun wirklich Gedanken, die ihre Vorstellungskraft gerade haltlos überstiegen.

»Falls ich mal wieder ins Krankenhaus muss, dann hätte mein Daddy nämlich jemanden, der sich um ihn kümmert«, erklärte die Kleine mit einer Ernsthaftigkeit, die, verbunden mit der tiefen Liebe für ihren Vater, die aus ihren Augen sprach, Katie tief ins Herz schnitt.

Sie war in Patientengesprächen Profi. Durch und durch. Dennoch konnte sie nicht verhindern, dass sich Tränen in ihre Augen drückten, die sie nur mühsam wegblinzeln konnte.

Sie räusperte sich. »Ich würde vorschlagen, wir sorgen jetzt ganz schnell dafür, dass du gesund wirst, damit du deinen Daddy selbst versorgen kannst, nicht wahr?«

»Das wäre schön.« Und wieder dieses verschmitzte Grinsen, das sie von ihrem Vater hatte. »Dann könnte ich mich auch selbst um meinen Daddy und das Geschwisterchen kümmern. Und vielleicht um eine dritte Mommy, weil zwei habe ich ja schon.«

Als hätte Leon gespürt, dass sie gerade über ihn gesprochen hatten, öffnete er in dem Moment die Tür und balancierte dabei ein Mobile aus Modellfliegern in seinen Händen.

Katies Herz, das bei Lilys Worten schon einen Satz gemacht hatte, verdoppelte die Schlaggeschwindigkeit.

Er zuckte zurück, als er Katie sah. »Doktor Bennett«, sagte er steif.

»Mr Marcus.«

Doch bevor sie die richtigen Worte für ihn gefunden hatte,

schaltete sich Lily ein: »Ich habe Katie gerade gesagt, dass ich gern ein Geschwisterchen hätte. Sie mag auch gern Kinder«, sagte sie und sah ihren Vater bedeutungsvoll an.

Er errötete, während Hitze in Katies Wangen stieg.

»Lily«, ermahnte er sie streng, worauf sie die Hand auf den Mund schlug. »Und für dich heißt sie Doktor Bennett.« Er klang heiser.

»Du kannst auch gern Katie sagen. Aber woher kennst du überhaupt meinen Spitznamen?«, fragte sie verblüfft. Hier im Krankenhaus nannte sie jeder Katrina.

Nun war es an Lily zu erröten. Sie sah ihren Vater an, der sich vor Verlegenheit sichtlich wand.

Hatte er seiner Tochter etwa auch von ihr erzählt?

Tausend Gedanken stürmten gleichzeitig auf Katie ein. Die widersprüchlichsten Empfindungen jagten durch ihren Körper. »Vor dem Heimgehen bitte ich …«, sie zögerte kurz, wie sie ihn ansprechen sollten, doch das Unpersönliche wäre hier allemal die beste Lösung, »Sie, in mein Büro zu kommen, ich möchte etwas mit Ihnen besprechen, Mr Marcus.«

Leon wirkte für einen Moment, als wollte er etwas sagen, dann nickte er nur mit einem unsicheren Blick.

»Danke für das nette Gespräch, Doktor Bennett«, rief Lily ihr hinterher.

Katie schenkte ihr ein Lächeln, das sie trotz des Mundschutzes hoffentlich sah. »Sehr gern. Ich komme bald wieder!«

Welch ein unglaubliches Mädchen! Sie konnte sich vorstellen, dass die Kleine nun von Leon für die Indiskretion eine mächtige Gardinenpredigt erwartete, und musste sich ein Grinsen verkneifen.

Es dauerte nicht lange, bis es an ihrer Tür klopfte.

»Ja, bitte.«

Leon steckte den Kopf herein.

»Komm bitte rein und schließ die Tür hinter dir«, wies sie

ihn an, als er keinerlei Anstalten machte, sich vorwärtszubewegen.

Er blieb stehen und sah sie an. »Ich muss mich für meine Tochter entschuldigen. Sie ist so bemüht, dass ich versorgt bin …« Er schluckte und verstummte.

Sein Schmerz traf sie unerwartet, und sie musste ebenfalls schlucken. Der Wunsch, sich in seine Arme zu werfen, wurde übermächtig.

»Du hast eine großartige, sehr clevere Tochter, die du toll erzogen hast.«

Die Liebe zu ihr stand in seinen Zügen. »Danke«, sagte er schlicht.

Nachdem er immer noch keine Anstalten machte, sich zu setzen, stand sie ebenfalls auf.

»Diejenige, die sich entschuldigen muss, bin ich, Leon.« Sie knetete verlegen die Finger. »Was ich vorhin gesagt habe, war vielleicht nicht die ganze Wahrheit.«

»Wie … meinst du das?« Die Unsicherheit, die sich in seiner Miene widerspiegelte, rührte sie tief.

»Ich dachte, es wäre in dieser Situation das Beste, eure Familie kommt wieder zusammen …«

Leon unterbrach sie: »Dana hat eine Frau. Ihr Interesse an mir ist definitiv erloschen. Und auch ich trauere ihr nicht nach, falls du das befürchtest. Wir sind einfach gute Freunde.«

»Das ist mir inzwischen auch klar geworden«, gestand sie.

»Und die Sache, dass du keine Beziehung möchtest …?« Leon trat einen Schritt näher, nach wie vor sichtlich verunsichert.

»Nun ja, ich bin beruflich tatsächlich sehr eingespannt und häufig in der Klinik. Aber wenn es einen potenziellen Partner nicht stören würde …« Sie fuhr sich mit der Zunge über die Lippen.

»Ein potenzieller Partner wäre dumm, wenn ihn dein überaus wichtiger Beruf stören würde oder wenn er sich dich entgehen ließe.« Nun klang Leon heiser.

Er kam abermals näher, sie konnte seine Körperwärme spüren. »Würdest du berufliche Probleme bekommen, wenn du eine Beziehung mit dem Vater einer Patientin hättest?«

»Nun ja. Ich würde es – solange Lily bei uns stationiert ist – nicht unbedingt publik machen, wegen der anderen Eltern. Ich habe Professor Hollister jedoch schon bei dem Vorschlag, Lily in das Programm aufzunehmen, darüber informiert, dass du mir persönlich bekannt bist. Allerdings bin ich nicht in die Details gegangen, *wie gut* wir uns kennen.«

Leons Blick verschleierte sich – die Erinnerung an ihre gemeinsamen Stunden wurde wohl auch bei ihm präsent. Seine Stimme nahm dieses dunkle Timbre an, dass ihr immer so unter die Haut ging. »Würdest du denn Probleme mit deinem Chefarzt bekommen, wenn dich der Vater einer Patientin küssen würde?«

Katie sog seinen Duft in sich auf, die Sehnsucht nach ihm erfüllte ihren ganzen Körper. »Wenn es nur in meinem Büro wäre, vermutlich nicht.« Sie fasste zum Türschloss. Ein Klicken ertönte, als sie verriegelte.

Mit einem Aufstöhnen zog Leon sie an sich und bedeckte ihr Gesicht mit Küssen, bevor er ihre Lippen mit seinen verschloss. Er küsste sie – mit Leib und Seele. Wie nur er küssen konnte. Die Glückshormone in ihrem Körper tanzten.

Eine ganze Weile später schob er sie von sich. »Könntest du dir denn vorstellen, mit einem verheirateten Mann zusammen zu sein, der eine kranke Tochter hat?«

Die Furcht, die hinter seinen Worten verborgen lag, schickte warme Wellen durch ihren Körper. Sie spürte genau, dass der Fokus seiner Frage auf dem letzten Teil lag.

Sie lächelte ihn an. »Es stört mich nicht. Aber es wäre mir nicht unrecht, wenn das mit dem ›verheiratet‹ früher oder später geändert würde. Aber nachdem ihr schon lange nicht mehr zusammen seid, ist auch das kein Problem für mich.«

»Das können wir ändern. Dana und ihre Freundin möchten sowieso eventuell ebenfalls heiraten.«

Ebenfalls? Ihr Herz hüpfte. »Möchtest du denn eine feste Beziehung mit mir?« Katie biss sich auf die Unterlippe.

Sein Lächeln war voller Wärme. »Wie wir Kalifornier zu sagen pflegen: *Eureka!* Das soll in meinem Fall heißen: *Ich habe es gefunden* – das Mädchen meiner Träume.«

Lachend schmiegte sie sich an ihn.

»Und es ist okay für dich … mit Lily?« Besorgnis stand in seinen Augen.

»Wir müssen einfach dafür sorgen, dass Lily schnell gesund wird, damit es keine ›kranke‹ Tochter mehr gibt. Aber wenn mich das generell stören würde, dann wäre ich wohl falsch in meinem Beruf.«

Leon presste sie fest an sich. Dann schob er sie mit nachdenklichem Blick von sich, so ganz sicher schien er sich ihrer noch nicht zu sein. »Lily wird immer eine sehr wichtige Rolle in meinem Leben spielen.« Es klang wie eine Frage.

»Das ist mir bewusst. Es wäre schlimm, wenn es nicht so wäre, sie ist dein Kind.« Sie lächelte wehmütig. »Vermutlich liebe ich dich genau dafür. Weil du so bist, wie du bist.«

Ein Strahlen glitt über seine Züge, bevor er ihr ins Ohr wisperte. »Ich liebe dich auch, Katrina Bennett. Von ganzem Herzen. Schon vom allerersten Moment an.« Abermals küsste er sie. »Ihr beide werdet euch mögen«, versprach er.

»Da bin ich mir sicher. Lily ist unglaublich!« Katie rieb ihre Wange an seiner, die weichen Stoppeln kitzelten angenehm. »Hast du ihr eigentlich von mir erzählt?«

»Schon beim ersten Treffen. Ich hatte mich tatsächlich bereits in dein Foto verguckt und war höllisch nervös. Ihr bleibt nichts verborgen.« Ein verlegenes Grinsen schlich sich auf seine Züge. »Ich weiß, es klingt total bescheuert, aber als ich dein

Bild sah, wusste ich, ich will dich unbedingt kennenlernen. Es war irgendetwas an deinem Blick, deinem Lächeln, das mich sofort in den Bann gezogen hat. Ich hatte fürchterliche Angst, du nimmst einen anderen.«

Glückseligkeit mischte sich mit Eifersucht. »Wirst du jetzt aufhören?«

»Schon passiert. Ich … hatte einfach das Geld gebraucht. Und das war die schnellste Möglichkeit, die finanziellen Mittel für die OP zusammenzubekommen …« Seine Betretenheit brachte ihr Herz zum Schmelzen.

»Das ist mir inzwischen auch klar.«

»Aber natürlich habe ich nun auf der Stelle bei Alan gekündigt.« Er fuhr mit dem Finger sanft ihre Gesichtszüge nach.

»Wird dir … das mit den anderen Frauen nicht fehlen?« Ein Funken Angst war noch da.

Ein verschmitztes Grinsen erhellte seine Miene. »Ich bin überzeugt, du wirst mich vollständig auslasten«, raunte er ihr ins Ohr. »Das zwischen uns ist etwas Unglaubliches, Einzigartiges. Ich kann es selbst nicht in Worte fassen.«

Katies Herzschlag raste.

Als hätte er gespürt, dass sie weiche Knie bekam, legte er die Arme um sie. »Von nun an wird meine gesamte Konzentration darauf gerichtet sein, das Wohlbefinden der Ärztin meiner Tochter zu steigern.«

»Wie hast du dir das denn so vorgestellt?« Sie blinzelte ihn kokett an.

Seine warmen Hände glitten unter ihren Kittel und strichen zart über die nackte Haut ihrer Taille. »Ich werde jeden Millimeter deines Körpers streicheln und küssen.« Seine Zunge liebkoste ihr Ohrläppchen.

Katie sog scharf die Luft ein, als er die Daumen über den weichen Stoff ihres BHs gleiten ließ, während seine Lippen nun ihren Hals verwöhnten.

»Das klingt schon mal nach einem guten Plan.«

»Ich würde vorschlagen, du kommst jetzt mit zu mir«, murmelte er heiser.

Leon nahm sie mit zu sich nach Hause?

Seine Finger glitten in den Gummibund ihrer Hose und strichen seitwärts über ihren Schenkel, was sofort Hitze in ihre Mitte schickte. »Und dann statte ich diesem kleinen Schmetterling einen Besuch ab.« Sein Blick war voller Zärtlichkeit.

Sie zog seinen Kopf zu sich und küsste ihn.

»Es gibt einen Pool. Nicht groß, aber groß genug für zwei«, fuhr er mit rauer Stimme fort.

»Ich habe keinen Bikini dabei«, gab sie atemlos, mit gespieltem Bedauern, zurück, bevor sie die Lippen über seinen Hals gleiten ließ, was ihm ein Stöhnen entlockte.

»Dann werde ich wohl fairerweise auch auf die Badehose verzichten müssen. Der Garten ist rundherum vor Blicken geschützt.« In seinen Augen lag die pure Verführung.

Katie hatte Mühe, sich auf seine Worte zu konzentrieren. Die Bilder vermischten sich zu einem bunten Kaleidoskop.

»Ringsherum um das Schwimmbecken ist auch eine hohe Wiese.« Sein Atem strich warm über ihren Hals.

Leon mit der Wildblumenwiese. Das sehnsuchtsvolle Ziehen verstärkte sich.

»Auf was warten wir noch?«

Leon zog die Hände zurück und sah auf seine Jeans hinunter, wo sich eine deutliche Ausbeulung abzeichnete. »Darauf, dass ich wieder unter die Leute kann.« Sein dunkles Lachen ließ ihr Zwerchfell vibrieren.

Er nahm ihr Gesicht in seine Hände und küsste sie sanft. »Ich möchte dich so lange lieben, bis wir beide nicht mehr können. Und hinterher möchte ich dich in meinen Armen halten und nie wieder loslassen.«

Katie schluckte und presste gerührt den Kopf in seine Halskuhle.

Die folgende Umarmung war voller Wärme und Geborgenheit. Sie standen eine ganze Weile eng umschlungen da.

Sanft schob er sie von sich und küsste sie auf die Nasenspitze. »Ich habe allerdings noch einen Punkt, der mir am Herzen liegt …«

»Hm?«

»Zukünftig gibt es kein *oder* mehr.« Ein amüsiertes Funkeln trat in seine Augen. »Ab jetzt ist Wahrheit Pflicht.«

Ein befreites Lachen sprudelte in ihr auf. »Du sprichst mir aus der Seele!«

Nun zeigte er wieder dieses verschmitzte Grinsen, das ihre Glieder zu Wachs werden ließ. »Dann, Doktor Katrina Bennett, sollte meinerseits nichts mehr im Wege stehen, den Rest meines Lebens mit einer einzigen Frau zu verbringen.«

Er besiegelte das Versprechen mit einem innigen Kuss.